invasion galactique

A.E. VAN VOGT | ŒUVRES

LE MONDE DES Ã	*J'ai Lu* 362***
LES JOUEURS DU Ã	*J'ai Lu* 397***
LES ARMURERIES D'ISHER	*J'ai Lu* 439***
LES FABRICANTS D'ARMES	*J'ai Lu* 440***
À LA POURSUITE DES SLANS	*J'ai Lu* 381**
LE LIVRE DE PTATH	*J'ai Lu* 463**
LA FAUNE DE L'ESPACE	*J'ai Lu* 392***
L'EMPIRE DE L'ATOME	*J'ai Lu* 418**
LE SORCIER DE LINN	*J'ai Lu* 419**
DESTINATION UNIVERS	*J'ai Lu* 496***
LA CITÉ DU GRAND JUGE	
LA GUERRE CONTRE LE RULL	*J'ai Lu* 475**
AU DELÀ DU NÉANT	
CRÉATEUR D'UNIVERS	*J'ai Lu* 529**
POUR UNE AUTRE TERRE	
L'ASSAUT DE L'INVISIBLE	
LA MAISON ÉTERNELLE	
UNE BELLE BRUTE	
LES MONSTRES	*J'ai Lu* 1082**
APRÈS L'ÉTERNITÉ	
MISSION STELLAIRE	
LA QUÊTE SANS FIN	
TÉNÈBRES SUR DIAMONDIA	*J'ai Lu* 515**
DES LENDEMAINS QUI SCINTILLENT	*J'ai Lu* 588**
L'HOMME MULTIPLIÉ	*J'ai Lu* 659**
INVASION GALACTIQUE	*J'ai Lu* 813***
LE SILKIE	*J'ai Lu* 855**
L'HORLOGE TEMPORELLE	*J'ai Lu* 934**
LE COLOSSE ANARCHIQUE	*J'ai Lu* 1172***
RENCONTRE COSMIQUE	*J'ai Lu* 975***
L'ÉTÉ INDIEN D'UNE PAIRE DE LUNETTES	*J'ai Lu* 1057**
LA BÊTE	

A.E. VAN VOGT

invasion galactique

Traduit de l'américain
par France-Marie WATKINS

Éditions J'ai Lu

Ce roman a paru sous le titre original :

SUPERMIND

© A. E. Van Vogt, 1977
Pour la traduction française :
© Éditions J'ai Lu, 1978

PROLOGUE

Prenez un être pensant...
Cette description convenait même à Steve Hanardy. C'était un homme petit et trapu, qui semblait avoir vécu trop près du stade animal. Ses yeux étaient perpétuellement plissés, comme s'il était ébloui par une lumière vive. Il avait une large figure charnue. Mais il était humain. Il pouvait penser et agir, et c'était un donneur plus qu'un preneur.

... Placez cet être pensant dans un système solaire entouré par un océan de néant virtuel de deux milliards d'années-lumière, au delà duquel, apparemment, il y a encore du néant...

Hanardy, produit de la migration de la Terre vers la lune et les planètes du système solaire, était né sur Europa, une des lunes de Jupiter, avant que le système éducationnel atteigne les colons. Il était devenu un vagabond et un homme à tout faire à bord des cargos et des vaisseaux de ligne qui croisaient à toute allure parmi l'immense accumulation de détritus — allant des lunes aux météorites habitables — qui entourait l'énorme Jupiter. C'était une région prospère, où le commerce était en plein développement et, finalement, même Hanardy, si lourd et dépourvu d'imagination, posséda son propre cargo. Dès le début ou presque, ses voyages les plus lucratifs furent des excursions occasionnelles vers le météorite où un savant, le Pr Ungarn, vivait avec sa fille Patricia. Depuis des années, c'était une navette rentable, de routine, sans incidents.

... Confrontez cet individu pensant avec l'énigme de l'être...

PREMIÈRE PARTIE

L'INVASION DREEGH

1

Une lourde indécision pesait sur les pensées de l'homme tandis qu'il traversait la cabine de contrôle du vaisseau spatial pour aller se pencher sur la couchette où la femme était allongée, tendue, terriblement immobile. Il dit de sa voix grave :

— Nous ralentissons, Merla.

Pas de réponse, nul mouvement, pas un frémissement des joues délicates, anormalement blêmes. Les fines narines se dilataient imperceptiblement à chaque inspiration. C'était tout.

Le Dreegh lui souleva un bras et le lâcha. Il retomba contre elle comme un morceau de bois inerte et son corps resta rigide. Avec précaution, il avança la main vers un œil, souleva la paupière, se pencha encore. L'œil le regarda fixement, d'un bleu laiteux, aveugle. Il se redressa. Debout dans le silence du vaisseau fonçant à travers l'espace, il semblait incarner le calcul, la spéculation glacée. Il songeait sombrement : « Si je la ranime maintenant, elle aura plus de temps pour m'attaquer, plus de force. Si j'attends, elle sera plus faible. »

Lentement, il se détendit. Un peu de la lassitude des années que cette femme et lui avaient passées ensemble dans la noire immensité de l'espace vint briser sa logique anormale. Il fut pris de compassion et se décida. Il prépara une piqûre, la lui fit au bras droit. Elle ouvrit des yeux gris d'acier brillants quand il approcha les lèvres de son oreille.

— Nous sommes près d'un système stellaire, dit-il d'une voix claire et vibrante. Il y aura du sang, Merla ! Et de la vie !

La femme s'agita. Un instant, elle eut l'air d'une poupée aux cheveux d'or soudain douée de vie. Aucune couleur ne monta à ses joues parfaitement modelées mais son regard devint plus vif. Elle le considéra avec hostilité, avec une expression presque interrogatrice.

— J'ai été chimique, dit-elle.

Soudain, elle n'eut plus rien d'une poupée. Son regard se fixa sur l'homme, un peu de sa joliesse s'évapora. Elle reprit :

— C'est vraiment bizarre, Jeel, que tu ailles encore bien. Si j'avais pensé...

— N'y pense pas, dit-il sèchement, l'air froid, attentif. Tu es une gaspilleuse d'énergie et tu le sais. De toute façon, nous allons atterrir.

La brûlante tension de la femme s'apaisa. Elle se releva péniblement mais elle avait toujours un air songeur quand elle murmura :

— J'aimerais connaître les risques. Ce n'est pas une planète galactique, n'est-ce pas ?

— Il n'y a pas de galactiques par ici. Mais il y a un Observateur. Depuis deux heures, je capte des signaux *ultra-secrets*, dit-il avec une certaine ironie, avertissant tous les vaisseaux de se tenir à l'écart parce que le système n'est pas prêt pour un contact, quel qu'il soit, avec les planètes galactiques.

La joie diabolique qui envahissait ses pensées avait dû s'insinuer dans sa voix. La femme le regarda et lentement ses yeux s'agrandirent. Elle souffla :

— Tu veux dire...

Il haussa les épaules :

— Les signaux devraient nous parvenir à plein

volume, maintenant. Nous allons voir de quel degré est ce système. Mais tu peux commencer à espérer.

Face au tableau des commandes, il plongea avec précaution le poste dans l'obscurité et régla les automatiques. Une image se forma sur un écran de la paroi opposée. Au début, ce ne fut qu'un point lumineux au milieu d'un ciel étoilé, puis une planète brillante flotta dans l'espace obscur, des continents et des océans nettement visibles. Une voix monta de l'écran :

— Ce système stellaire contient une planète habitée, la troisième à partir du soleil, appelée Terre par sa race dominante. Elle a été colonisée par les Galactiques de la manière habituelle, il y a environ sept mille ans. Elle se trouve maintenant au troisième degré de développement, ayant atteint il y a un peu plus de cent ans une forme limitée de voyage spatial.

D'un mouvement brusque, l'homme coupa l'image et ralluma, puis il jeta vers la femme un regard triomphant.

— Troisième degré ! murmura-t-il avec une certaine stupéfaction. Seulement le troisième degré. Merla, tu te rends compte de ce que ça veut dire ? C'est l'occasion des siècles. Je vais appeler la tribu Dreegh. Si nous ne repartons pas avec plusieurs citernes de sang et toute une batterie de « vie », nous ne méritons pas d'être immortels !

Il se tourna vers le communicateur ; et pendant cet instant d'exultation, sa prudence fut presque en défaut. Du coin de l'œil, il vit la femme bondir de la couchette. Trop tard, il tenta de l'esquiver. Le mouvement ne le sauva qu'en partie. Ce furent leurs joues et non leurs lèvres qui se rencontrèrent.

Une flamme bleue jaillit de lui, vers elle. La brûlante énergie lui mit aussitôt la joue à vif, en sang. Il faillit tomber. Puis, fou de douleur, il se libéra.

— Je te romprai les os ! ragea-t-il.

Le rire de la femme, rauque de fureur contenue, monta vers lui du sol où il l'avait jetée.

— Ainsi, dit-elle, tu avais bien une provision secrète de « vie » pour toi-même. Sale traître !

Sa mortification s'atténua quand il comprit la futilité de sa colère. Lourd d'une faiblesse qui envahissait déjà ses muscles, il pivota vers le tableau des commandes, et se mit fébrilement à effectuer des réglages destinés à ramener le vaisseau dans l'espace et le temps normaux.

Les impulsions corporelles montaient rapidement en lui, un sombre besoin impitoyable. Par deux fois, il chancela vers la couchette, pris de nausée. Mais à chaque fois il lutta et revint vers le tableau des commandes. Il s'y assit enfin, tête basse, conscient de l'engourdissement qui s'insinuait de plus en plus profondément en lui. Il conduisait le vaisseau trop vite. La fusée devint d'un blanc éblouissant quand elle entra enfin en contact avec l'atmosphère de la troisième planète. Mais ses métaux résistèrent, elle garda sa forme, et les vitesses fantastiques cédèrent à la fureur des rétro-fusées et à la pression de l'air de plus en plus dense.

Ce fut la femme qui l'aida à monter dans la minuscule chaloupe de sauvetage. Il s'y laissa tomber et resta inerte, rassemblant ses forces, contemplant avidement cette mer de lumières scintillantes : la première ville qu'il voyait sur la face nocturne de ce monde étrange. Engourdi, il regarda la femme conduire le petit vaisseau, jusque derrière une cabane, dans une petite ruelle noire. Et comme soudain les secours semblaient proches, il put marcher à côté d'elle vers l'avenue résidentielle faiblement éclairée.

Il s'y serait engagé sans réfléchir si la femme ne l'avait retenu dans l'ombre de la ruelle.

— Tu es fou ? chuchota-t-elle. Couche-toi. Nous allons rester là jusqu'à ce qu'il passe quelqu'un.

Le ciment était dur sous son corps, mais au bout d'un

moment de repos douloureux, il sentit revenir son énergie et parvint à exprimer son amère pensée :

— Si tu n'avais pas volé presque toute ma provision de « vie », si soigneusement épargnée, nous ne serions pas dans cette situation désespérée. Tu sais très bien qu'il est plus important que je conserve tous mes pouvoirs.

Dans le noir, à côté de lui, la femme garda un moment le silence. Puis il entendit son murmure, le ton de défi.

— Nous avons tous deux besoin d'un changement de sang, et d'une nouvelle recharge de « vie ». Je t'en ai peut-être un peu trop pris, mais c'était parce que j'étais obligée de te voler. Tu ne m'en aurais pas donné de ton plein gré et tu le sais.

Pendant un moment, la futilité de la querelle le réduisit au silence, mais tandis que les minutes s'égrenaient lentement, la terrible impulsion physique influença de nouveau son esprit. Il grommela :

— Tu te rends compte, bien sûr, que nous avons révélé notre présence. Nous aurions dû attendre que les autres arrivent. Il ne fait aucun doute que notre vaisseau a été repéré par l'Observateur Galactique de ce système avant que nous atteignions les planètes extérieures. Où que nous allions, ils vont nous situer, et quel que soit l'endroit où nous enterrerons notre machine, ils connaîtront son emplacement exact. Il est impossible de cacher les énergies de poussée interstellaire ; et comme ils ne commettraient pas l'erreur d'amener de telles énergies sur une planète du troisième degré, nous ne pouvons espérer les situer de cette façon. Mais nous devons nous attendre à une attaque. J'espère seulement qu'un de nos Grands Galactiques n'y prendra pas part.

— L'un d'eux ! chuchota-t-elle en étouffant une exclamation. N'essaie pas de me faire peur ! Tu m'as répété je ne sais combien de fois...

Il l'interrompit, sur un ton las et maussade :

— Ça va, ça va ! Le temps a prouvé qu'ils nous

considèrent comme indignes de leur attention personnelle. Et, ajouta-t-il avec mépris, en dépit de son épouvantable faiblesse, qu'un des agents qu'ils peuvent avoir dans ces planètes de basse catégorie essaie donc de nous arrêter !

— Chut, souffla-t-elle. Des pas ! Vite, lève-toi !

Il distingua vaguement son ombre qui se redressait. Merla se pencha vers lui, lui prit les mains, le tira. Chassant le vertige, il se releva.

— Je ne crois pas que je pourrai...

— Jeel ! (Son chuchotement était pressant, elle le secouait.) C'est un homme et une femme. Ils sont la « vie », Jeel, la « vie » !

La vie !

Il se raidit. Une étincelle de l'inaltérable volonté de vivre qui l'avait amené à travers les distances ténébreuses et les noires années s'embrasa en lui. Légèrement, rapidement, il marcha à côté de Merla et avança à découvert. Il aperçut les ombres de l'homme et de la femme. Dans la demi-obscurité, sous les arbres de cette avenue, le couple s'approchait d'eux, s'écartait pour les laisser passer. La femme arriva d'abord, puis l'homme, et ce fut aussi simple que si ses muscles avaient encore toute leur force.

Il vit Merla se ruer sur l'homme ; et puis il empoigna la femme, la tête immédiatement tendue pour ce baiser anormal.

Ensuite — après qu'ils eurent pris le sang aussi — il se ressaisit, de nouveau dur ; un tissu solide de pensée et de contre-pensée se cristallisa en décision.

— Nous allons laisser les corps ici, dit-il.

Elle voulut protester mais il la fit taire, sèchement.

— Laisse-moi faire. Ces cadavres attireront vers la ville des moissonneurs de nouvelles, des rapporteurs de nouvelles, peu importe le nom qu'on leur donne sur cette planète. Et nous avons maintenant besoin d'un de ces individus. Quelque part, dans le réservoir de faits possédé par un être de ce type, il doit y avoir des indices, sans signification pour l'individu lui-même mais grâce auxquels nous pourrons découvrir la base secrète de l'Observateur Galactique de ce système. Nous devons trouver cette base, découvrir sa force, et la détruire s'il le faut quand la tribu arrivera. (Sa voix se fit plus dure, métallique :) Et maintenant, nous devons explorer la ville, trouver un bâtiment très fréquenté sous lequel nous enfouirons notre vaisseau, apprendre la langue, refaire notre approvisionnement vital, et capturer ce rapporteur. Quand j'en aurai fini avec lui (et le ton devint doucereux), il te fournira sans aucun doute cette diversion physique dont tu sembles avoir tant besoin après avoir été particulièrement chimique.

Il rit tout bas, en sentant qu'elle lui saisissait le bras d'un mouvement convulsif.

— Merci, Jeel. Tu comprends bien, n'est-ce pas ?

2

COMMENCEZ RÉHABILITATION Q.I.

Derrière Leigh, une porte s'ouvrit. Instantanément, le brouhaha de voix se tut et devint un murmure. Il se retourna vivement, jetant sa cigarette sur le dallage de marbre et l'écrasant sous son pied, d'un seul et unique mouvement.

Au plafond, les lumières prirent un éclat plus vif, celui du plein jour. Dans cet éblouissement, il vit ce que les autres yeux regardaient déjà : les deux cadavres, de l'homme et de la femme, que l'on poussait sur un chariot. Ils gisaient côte à côte sur le plateau étincelant. Leurs corps étaient raides, leurs yeux fermés. Ils avaient l'air aussi morts qu'ils l'étaient et pas le moins du monde endormis, pensa Leigh.

Il se surprit à le noter mentalement, et en fut choqué. Les premiers meurtres du continent nord-américain depuis vingt-sept ans. Et ce n'était qu'un boulot comme un autre. Il était plus endurci qu'il ne l'aurait cru.

Autour de lui, les voix s'étaient tues. Il n'entendit que la respiration rauque de l'homme le plus proche de lui, le grincement de ses propres chaussures quand il avança. Son mouvement fut comme un signal. Tout le monde s'avança aussi. Leigh éprouva un début d'anxiété. Et puis ses muscles plus solides, plus durs, l'amenèrent là où il voulait, près des deux têtes. Il se pencha, absorbé.

Ses doigts tâtèrent avec précaution les incisions visibles au cou de la femme. Il ne leva pas les yeux vers l'appariteur quand il demanda à voix basse :
— C'est par là que le sang a été drainé ?
— Oui.
Avant qu'il puisse poser une nouvelle question, un autre reporter intervint :
— Pas de commentaire particulier des spécialistes de la police ? Ces meurtres datent de plus d'une journée, maintenant. On devrait savoir quelque chose.
Leigh l'entendit à peine. Le corps de la femme, électriquement réchauffé pour l'embaumement, semblait étrangement vivant au toucher. Il mit un long moment à remarquer les lèvres, brutalement, presque sauvagement meurtries.
Il regarda l'homme. Les mêmes incisions au cou, les mêmes lèvres déchirées. Il releva la tête. Des questions lui brûlaient la langue. Elles ne furent pas formulées car l'appariteur déclara calmement :
— Normalement, quand les embaumeurs électriques sont appliqués, il y a une résistance de l'électricité statique du corps. Curieusement, cette résistance ne s'est pas produite, dans aucun des deux cadavres.
— Qu'est-ce que ça veut dire au juste ? demanda quelqu'un.
— Cette électricité statique est en réalité une forme d'énergie de vie, qui en général met environ un mois à quitter le corps. Nous ne connaissons aucun moyen de hâter le processus, mais les meurtrissures des lèvres montrent des traces nettes de brûlures, ce qui est significatif.
Des cous se tendirent, des curieux se pressèrent. Leigh s'écarta un peu. Il se retourna quand l'appariteur déclara :
— Il est probable qu'un sadique aurait pu embrasser avec une telle violence.
— Je croyais, dit Leigh, qu'il n'y avait plus de sadi-

ques, depuis que le Pr Ungarn a convaincu le gouvernement d'imposer son propre enseignement de psychologie mécanique dans toutes les écoles, mettant ainsi fin au crime, au vol, à la guerre et à toutes les perversions asociales.

L'appariteur en jaquette noire hésita, puis il dit :

— Il semble qu'un des plus redoutables sadiques y ait échappé.

« C'est tout, messieurs. Pas d'indices, pas de promesse d'arrestation prochaine, et seulement cette dernière nouvelle : nous avons envoyé un message radio au Pr Ungarn et, par un coup de chance extraordinaire, nous avons pu le joindre alors qu'il quittait son lieu de retraite, situé sur un météore proche de Jupiter. Il atterrira peu après la nuit tombée, d'ici quelques heures.

La lumière baissa. Alors que Leigh fronçait les sourcils et suivait des yeux le chariot qui emportait les deux cadavres, une phrase lui parvint dans le tumulte :

— Le baiser de la mort...

— Je te dis, le capitaine de ce vaisseau de ligne jure que c'est arrivé, disait une autre voix. Le vaisseau spatial est passé tout près de lui à des millions de kilomètres à l'heure, et il ralentissait, tiens-toi bien, il ralentissait... il y a deux jours.

— L'affaire du vampire ! Voilà comment je vais l'appeler !

Et ce fut ainsi que Leigh l'appela, quand il parla brièvement dans son communicateur-bracelet.

— Maintenant je vais dîner, Jim, conclut-il.

— D'accord, Bill, répondit la voix métallique du rédacteur en chef local. Ah ! dis donc, je dois te féliciter. Neuf mille journaux ont repris le *Planétaire* sur cette histoire, et seulement quatre mille sept *Universal*. Et je crois que tu as trouvé le bon angle pour aujourd'hui. Mari et femme, un jeune couple ordinaire, qui fait une petite promenade dans la soirée. Un démon leur saute dessus, draine leur sang dans un réservoir, leur énergie vitale dans un réseau ou je ne sais quoi... les gens vont croire ça, je suppose. Tu pourrais aussi laisser entendre que ça peut arriver à n'importe qui ; alors attention, bonnes gens ! Et tu avertis qu'à notre époque de vitesses super-atmosphériques, il pourrait être n'importe où, ce soir, pour son prochain crime. Comme je le disais, c'est très chouette, bon papier. Ça va maintenir l'intérêt en éveil ce soir. Ah, au fait...

— Vas-y.

— Un gosse est passé il y a une demi-heure pour te voir. Il disait que tu l'attendais.

— Un gosse ? marmonna Leigh, les sourcils froncés.

— Un nommé Patrick. Un lycéen, dans les seize ans. Non, attends, quand j'y pense, ce n'était que la première impression. Dix-huit ans, vingt peut-être, très intelligent, assuré, fier.

— Je me souviens maintenant. Un étudiant. Une interview pour le journal de son université. Il m'a téléphoné cet après-midi. Un de ces types vachement persuasifs. Avant d'avoir pu réfléchir, j'avais accepté de dîner avec lui chez *Constantine's*.

— C'est ça. Je devais te le rappeler. D'accord ?

Leigh haussa les épaules.

— J'ai promis, dit-il.

Quand il sortit dans la vive lumière de l'après-midi ensoleillé, il n'y avait à vrai dire aucune pensée importante dans sa tête. Pas la moindre prémonition.

Autour de lui, le grouillement de l'humanité devenait plus dense. D'immenses immeubles déversaient la première vague de la grande marée de 5 heures du soir. A deux reprises, Leigh sentit une pression sur son bras, mais il mit un moment à comprendre qu'il n'était pas simplement bousculé par un passant.

Il se retourna et abaissa son regard sur deux yeux sombres, avides, dans un visage basané et parcheminé. Le petit homme brandissait une liasse de feuillets. Leigh distingua des lignes écrites à la main et puis le petit bonhomme se mit à bredouiller :

— Mr Leigh, cent dollars pour ça... le plus grand papier...

— Ah, fit Leigh, et son intérêt s'évapora. Portez-le aux bureaux du *Planétaire*. Jim Brian vous paiera la pige que vaut votre histoire.

Il se remit en route, à peu près certain que l'affaire était réglée. Mais, de nouveau, on le tira par le bras.

— Un scoop ! insista le petit homme. Les notes du Pr Ungarn, tout sur un vaisseau spatial venu des étoiles. Des diables dedans qui boivent du sang et donnent le baiser de la mort aux gens !

— Ecoutez... commença Leigh avec irritation, et puis il se tut brusquement.

Un désagréable vent froid le glaçait. Il vacilla un peu, sous le choc de la pensée qui se figeait dans son esprit ! *Les journaux contenant ces détails de « sang » et de « baiser de la mort » n'étaient pas encore en vente, ils ne tomberaient pas avant un quart d'heure ou vingt minutes.*

— Regardez, reprit l'homme, il y a le nom du Pr Ungarn imprimé en or en haut de chaque feuillet, et ça raconte tout sur ce vaisseau qu'il a d'abord aperçu à dix-huit années-lumière d'ici, et comment il a franchi toute cette distance en quelques heures... et il sait où il est maintenant et...

Le cerveau de journaliste de Leigh, cet organe très spécial et hautement développé, fourmillait de petites pensées confuses qui formèrent soudain un motif net et lumineux. Dans ce schéma serré, il n'y avait pas place pour une telle coïncidence, pour que cet homme l'aborde justement là dans cette rue animée.

— Faites voir un peu, dit-il, et il arracha les feuillets de la main tendue.

L'autre les lâcha, mais Leigh ne les regarda même pas. Ses idées étaient claires, ses yeux glacés.

— Je ne sais pas à quoi vous jouez, dit-il sèchement. Je veux savoir trois choses, et tâchez de répondre un peu vite ! Un : comment m'avez-vous repéré, avec mon nom, mon métier et tout, dans une rue pleine de monde où je ne me trouve que par hasard ?

Le petit homme bafouilla des mots incompréhensibles. Leigh n'y prêta aucune attention. Il poursuivit impitoyablement :

— Deux : le Pr Ungarn arrivera de Jupiter dans trois heures. Comment expliquez-vous que vous possédiez des papiers qu'il a dû écrire il y a moins de deux jours.

— Ecoutez, monsieur, vous me jugez mal, je...

— Troisième question, dit sombrement Leigh : comment allez-vous expliquer à la police votre connaissance des détails du crime ?

— Hein ?

Les yeux du petit homme devinrent vitreux, et soudain Leigh eut pitié de lui. Il se radoucit.

— Allez, mon vieux, videz votre sac.

Les paroles se bousculèrent, et au début ne furent que des sons incohérents. Enfin, l'homme se calma.

— ... et c'est comme ça que ça s'est passé, monsieur. J'étais là debout et ce gosse est venu, il vous a désigné, il m'a donné cinq dollars et ces papiers que vous avez en main, et il m'a dit ce que j'étais censé vous raconter et...

— Un gosse ! s'exclama Leigh, et il reçut un second choc.

— Ouais, un môme dans les seize ans. Non, plutôt dix-huit ou vingt... et il m'a donné ces papiers et...

— Ce garçon, dit Leigh, il n'avait pas l'air d'un étudiant ?

— C'est ça ! Vous l'avez dit. Un étudiant. Vous le connaissez, hein ? Bon, alors voyez, moi j'y suis pour rien, et je m'en vais...

— Attendez ! cria Leigh.

Mais le petit homme sembla soudain comprendre qu'il lui suffisait de courir. Il disparut au coin de la rue, à jamais.

Leigh resta immobile, le front plissé, et parcourut la mince liasse. Il n'y avait rien d'autre que ce que le petit bonhomme avait bredouillé. C'était une vague suite de notes prises sur un cahier à feuilles mobiles. A la lire, l'histoire du vaisseau spatial et de ses occupants manquait de densité et à chaque seconde paraissait de moins en moins convaincante. Bien sûr, il y avait le simple nom « Ungarn » gravé en lettres d'or au sommet de chaque feuillet mais...

L'idée d'une blague stupide devint si vive que Leigh pensa rageusement : « Si ce crétin d'étudiant m'a vraiment joué un tour pareil, ce sera une très brève interview. » La pensée s'arrêta là. Elle n'avait pas plus de sens que tout le reste.

Il n'y avait toujours aucune réelle tension en lui. Il se rendait simplement au restaurant.

Il entra dans le splendide vestibule qui n'était que le début du vaste et magnifique *Constantine's*. Il s'arrêta sous une arche majestueuse pour contempler le scintillement des tables, les jardins suspendus des salons de thé. L'étincelant *Constantin's*, célèbre dans le monde entier, n'avait guère changé depuis sa dernière visite.

Leigh donna son nom et ajouta :

— Je crois qu'un certain Mr Patrick a réservé une table.

— Ah oui, Mr Leigh, répondit la jeune femme. Mr Patrick a retenu le Privé Trois. Il vient juste de téléphoner pour dire qu'il sera là dans quelques minutes. Notre maître d'hôtel va vous accompagner.

Leigh s'éloigna, un peu surpris du grand sourire obséquieux de la fille. Et puis une idée surgit. Il revint sur ses pas.

— Une seconde. Vous avez bien dit le Privé Trois ? Qui va payer pour ça ?

— On a payé par téléphone. Quatre mille cinq cents dollars !

Leigh fut saisi. Même après l'incident dans la rue, ce rendez-vous ne lui avait guère paru plus qu'une corvée irritante dont il se débarrasserait rapidement. Maintenant, soudain, cela devenait une chose anormale, fantastique. Quatre mille cinq cents dollars ! Etait-ce un stupide gosse de riche, qui voulait en mettre plein la vue ?

Avec une froide logique, il rejeta cette solution. L'humanité produisait des égocentristes sur une échelle phénoménale, mais aucun n'irait jusqu'à commander un pareil festin pour impressionner un journaliste. Ses yeux se plissèrent quand un soupçon lui vint.

— Où est votre téléphone officiel ? dit-il.

Quelques instants plus tard, il demandait à l'appareil :

— Le secrétariat des Universités Réunies ? Je voudrais savoir si un certain Mr Patrick est inscrit dans l'une de vos universités, et dans ce cas s'il a été ou non autorisé par un journal universitaire à interviewer William Leigh, du *Planétaire*. Leigh à l'appareil.

Il dut attendre six minutes, et puis la réponse vint, concise, énorme, définitive :

— Il y a trois Mr Patrick dans nos dix-sept unités. Tous sont en train de dîner dans leurs résidences personnelles. Il y a quatre Miss Patrick, situées de même par notre personnel. Aucun des sept n'a de rapports quelconques avec un journal universitaire. Avez-vous besoin d'aide pour traiter avec l'imposteur ?

Leigh hésita. Quand il répondit enfin, ce fut avec l'impression curieuse et inquiétante qu'il s'engageait dans une aventure.

— Non, dit-il, et il raccrocha.

Il sortit de la cabine, secoué par ses propres pensées. Sa présence dans cette ville à cette heure n'avait qu'une seule raison : le crime ! Et il n'y connaissait pratiquement pas une âme. Il semblait incroyable qu'un inconnu pût désirer le voir pour une raison n'ayant aucun rapport avec sa propre activité. Il attendit que le désagréable frisson se dissipe. Puis il dit au chasseur :

— Privé Trois, s'il vous plaît.

Bientôt, il examinait la luxueuse suite. C'était un appartement magnifiquement meublé, de six pièces, dont une salle à manger digne d'un palais. Tout un mur de cette pièce était constitué par une vitre à facettes de miroir derrière laquelle scintillaient de centaines de bouteilles d'alcool. Les marques lui étaient inconnues, et le bouquet de certaines, qu'il déboucha, vigoureux mais séduisant. Dans un cabinet de toilette de femme, une longue vitrine était pleine de bijoux. Il estima qu'il devait y en avoir pour plusieurs centaines de milliers de dollars, s'ils étaient vrais. Leigh ne fut pas impressionné. Il avait des goûts simples et, à son avis, *Constantine's* ne valait pas les prix qu'on y pratiquait.

— Je me félicite que vous soyez grand et fort, dit une voix derrière lui. Tant de reporters sont petits et maigres.

La voix était subtilement différente de celle entendue au téléphone dans l'après-midi. C'était délibéré. La différence, remarqua-t-il en se retournant, était dans la silhouette aussi : la différence entre une femme et un garçon ; des formes adroitement dissimulées, mais pas parfaitement, sous un costume d'homme bien coupé. A vrai dire, elle était d'allure garçonnière, jeune, svelte, avec des hanches étroites. Et Leigh s'avoua qu'il n'aurait rien deviné si elle n'avait permis à sa voix de prendre des accents indiscutablement féminins. Elle se fit l'écho de ses propres pensées.

— Oui, je voulais que vous sachiez. Mais à présent, inutile de gaspiller les paroles. Vous savez tout ce que vous avez besoin de savoir. Voici un pistolet. Le vaisseau spatial est enfoui sous l'immeuble.

Leigh ne tenta pas de prendre l'arme, il ne la regarda même pas. Le premier choc était passé. Il s'assit dans un petit fauteuil capitonné de soie, s'adossa à la coiffeuse, haussa les sourcils et dit :

— Considérez-moi comme un journaliste à l'esprit lent, qui a besoin de savoir de quoi il s'agit. Pourquoi tant de préliminaires ?

Il se disait que jamais encore, dans sa vie d'adulte, il ne s'était laissé embarquer précipitamment dans quoi que ce soit. Il n'allait certainement pas commencer maintenant.

3

Leigh s'aperçut au bout d'un moment que cette fille était toute menue. Ce qui était bizarre, songea-t-il. Parce que sa première impression avait été celle d'une très haute taille. Ou peut-être — il considéra cette possiblité sans se presser — cette deuxième impression était-elle due à la tenue masculine.

Il écarta ce problème particulier, insoluble pour le moment. La taille de la fille n'avait aucune importance, dans le fond. Elle avait de longs cils noirs et des yeux sombres brillant dans un visage fier, presque hautain. C'était cela. C'était l'essence de sa personnalité. Il y avait de l'orgueil dans son port de tête. Et dans l'aisance de ses moindres mouvements, dans la grâce naturelle de sa démarche tandis qu'elle s'approchait lentement de lui. Ce n'était pas une fierté consciente, mais un sentiment de supériorité qui affectait chaque mouvement de ses muscles et qui vibra dans sa voix quand elle déclara avec mépris :

— Je vous ai choisi parce que tous les journaux que j'ai lus aujourd'hui publiaient votre récit des meurtres, et parce qu'il m'a semblé qu'un homme travaillant déjà si activement sur l'affaire serait raisonnablement rapide à en saisir l'essentiel. Quant à la préparation spectaculaire, j'avais considéré qu'elle serait beaucoup plus convaincante qu'une explication. Je vois que je me suis trompée.

Elle était tout près de lui, à présent. Elle se pencha, posa son revolver sur la coiffeuse à côté du coude de Leigh et poursuivit, avec une certaine indifférence :

— C'est une arme efficace. Elle n'a pas de balles, mais il y a une détente et on vise comme avec n'importe quel pistolet. Au cas où il vous viendrait un commencement de courage, descendez dans le souterrain derrière moi aussi vite que possible, mais ne vous montrez pas à ceux à qui je vais parler. Restez caché ! N'agissez que si je suis menacée.

Un souterrain, pensa Leigh tandis qu'elle sortait rapidement de la pièce. Un souterrain, là dans cet appartement, le Privé Trois. Ou il était fou, ou elle l'était.

Il se rendit soudain compte qu'il aurait dû s'offenser de ce qu'elle avait dit et de sa façon de le dire. Il se sentait agacé qu'elle l'eût quitté ainsi, laissant sa curiosité en haleine. Il sourit ironiquement. S'il n'avait pas été journaliste, il lui aurait montré que ce genre de psychologie au rabais ne marchait pas avec lui. Encore irrité, il se leva, prit le revolver et s'immobilisa un instant en entendant le bruit singulier et étouffé d'une porte qui s'ouvrait en grinçant.

Il la trouva dans la pièce à gauche de la salle à manger. Il n'éprouva qu'un vague étonnement quand il vit qu'elle avait rabattu un côté de l'épais tapis vert, et qu'il y avait un trou à ses pieds. Le carré de plancher qui recouvrait le tunnel était relevé, maintenu en position par une charnière à l'aspect compliqué.

Le regard de Leigh remonta de l'ouverture à la fille. A ce moment, juste avant qu'elle prenne conscience de sa présence, il surprit une certaine incertitude dans son comportement. Son profil droit, à demi détourné de lui, révélait des lèvres pincées et une pâleur inquiète. Il eut l'impression qu'elle hésitait. Il éprouva ce sentiment subtil de voir une jeune femme qui, brièvement, avait perdu sa superbe assurance. Puis elle l'aperçut, et son attitude changea.

Elle ne parut en rien se raidir. Sans faire du tout attention à lui, elle posa le pied sur la première marche du petit escalier plongeant dans le trou, et commença à descendre résolument. Cependant, persuadé qu'elle avait hésité, il s'avança, songeur. Et soudain, la certitude de la peur fugitive de la fille rendit toute cette singulière folie bien réelle. Il dévala les marches et ne s'arrêta que lorsqu'il vit qu'il était dans un tunnel aux parois lisses, faiblement éclairé, et que la fille s'était arrêtée, un doigt sur les lèvres.

— Chut, fit-elle. La porte du vaisseau est peut-être ouverte.

Cela exaspéra Leigh, une dure petite flambée de colère. Maintenant qu'il s'était engagé, il se sentait automatiqueent le chef de cette expédition fantastique. Les prétentions de cette fille, sa manière hautaine l'impatientaient.

— Ne me faites pas taire ! chuchota-t-il sèchement. Donnez-moi simplement les faits et je ferai le reste.

Il se tut. La signification de ce qu'elle venait de dire le frappait enfin. La colère se calma.

— Le vaisseau ? dit-il avec stupéfaction. Est-ce que vous voulez me dire qu'il y a réellement un vaisseau spatial enfoui sous *Constantine's* ?

Elle ne parut pas entendre. Leigh vit qu'ils étaient au bout d'un court passage. Devant eux, du métal luisait doucement.

— Voilà la porte, dit-elle enfin. Maintenant n'oubliez pas, vous montez la garde. Restez caché, prêt à tirer. Et si je crie « Tirez ! », vous tirerez.

Elle se baissa. Il y eut un imperceptible éclair écarlate. La porte s'ouvrit, révélant une deuxième porte juste au delà. Encore cet infime et intense éclat rouge, et puis cette porte s'ouvrit à son tour.

Cela avait été rapide, trop rapide. Avant que Leigh puisse pousser une exclamation, la fille entrait froidement dans la salle brillamment illuminée.

Leigh resta dans l'ombre, hésitant, étonné et pris de court par l'acte de la fille. L'ombre était plus dense près du mur de métal contre lequel il se pressait d'un geste instinctif. Il y resta figé. Silencieusement, il maudit cette stupide jeune femme qui se jetait dans un antre d'ennemis en nombre inconnu, sans plan organisé de protection. Ou bien, savait-elle combien ils étaient? Et qui?

La question le troubla. Finalement, il se dit qu'elle n'était pas entièrement dépourvue de protection. Il était au moins là, avec une arme, invisible.

Il attendit, crispé. Mais la porte resta ouverte; et il n'y avait aucun mouvement apparent dans cette direction. Lentement, Leigh se détendit, permit à son esprit tendu d'enregistrer les premières impressions. La partie de la salle souterraine qu'il pouvait voir contenait ce qui semblait être l'extrémité d'un tableau de bord, un panneau métallique où clignotaient des voyants minuscules. Il distinguait le bord d'une couchette assez luxueuse. Tout cela évoquait tellement un vaisseau spatial que Leigh pensa, ahuri, que la fille n'avait pas cherché à le tromper. Incroyablement, là sous terre, sous *Constantine's*, il y avait un petit vaisseau spatial.

Le cours de ces pensées fut interrompu quand, au delà de la porte ouverte, le silence, un silence anormalement long, fut rompu par une voix masculine.

— Je n'essaierais même pas de lever cette arme, si j'étais vous. Le fait que vous n'ayez rien dit depuis votre entrée indique que nous sommes immensément différents de ce que vous attendiez.

Il rit tout bas, un rire nonchalant, grave, un rire moqueur que Leigh perçut nettement; puis il reprit:

— Merla, que penses-tu de la psychologie qui inspire les faits et gestes de cette jeune personne? Tu as naturellement remarqué qu'il s'agit d'une jeune femme, pas d'un garçon.

Une femme à la voix prenante répondit :

— Elle a été amenée dans ce système stellaire peu après sa naissance, Jell. Elle n'a aucune des caractéristiques normales des Kluggs, c'est une Galactique, mais assurément pas l'Observateur Galactique. Elle n'est probablement pas seule. Dois-je aller voir ?

— Non, dit l'homme avec indifférence. Nous n'avons pas à nous inquiéter de l'assistant d'une Klugg.

Leigh se détendit lentement, mais il éprouvait comme une sensation de vide. Pour la première fois, il comprenait le rôle énorme que la calme assurance de la jeune femme avait joué, suscitant sa propre assurance. Brisée à présent ! Devant les énormes certitudes de ces deux êtres, leur découverte instantanée du bon déguisement masculin, l'effet de la personnalité assez admirable de la fille semblait lointain, secondaire, écrasé par une puissance supérieure.

Il s'appliqua à chasser sa peur quand la fille parla. Il força son courage à se renforcer à chaque mot qu'elle prononçait. Peu importait qu'elle simulât ou non : ils étaient plongés dans cette histoire ; maintenant, lui aussi profondément qu'elle. Seul le plus grand sang-froid leur permettrait de transformer en victoire la défaite qui les menaçait tous les deux.

Il nota avec admiration l'intensité de sa voix quand elle déclara :

— Mon silence est dû au fait que vous êtes les premiers Dreeghs que j'aie jamais vus. Naturellement, je vous ai étudiés avec quelque curiosité. Mais je puis vous assurer que je ne suis pas impressionnée. Cependant, vu vos extraordinaires opinions sur l'affaire, j'irai droit au but. J'ai reçu de l'Observateur Galactique de ce système l'ordre de vous prier de partir avant demain matin. Notre seule raison, pour vous avoir laissé autant de liberté, c'est que nous ne voulons pas étaler au grand jour la vérité de tout cela. Mais n'y comptez plus. La terre est sur le point d'être classée dans le quatrième degré ; et comme vous le savez sans doute, en cas d'urgence, les quatrièmes reçoivent la connaissance galactique. Nous considérons que cet état d'urgence sera atteint demain à l'aube.

— Eh bien, eh bien, fit l'homme avec un léger rire ironique, un joli discours, puissamment prononcé, mais sans signification pour nous qui pouvons analyser ses prétentions, si sincères qu'elles soient, et les faire remonter à leur origine Klugg.

— Qu'as-tu l'intention de faire d'elle, Jeel ?

L'homme était froid, redoutable, absolument sûr de lui.

— Il n'y a aucune raison de la laisser partir. Elle a du sang, et de la vie plus que normale. Cela fera nettement comprendre à l'Observateur notre mépris pour son ultimatum.

Il s'interrompit pour éclater d'un rire étonnamment chaleureux et poursuivit :

— Nous allons à présent mettre en scène une comédie fort simple. La jeune personne va tenter de lever brusquement son arme pour m'abattre. Avant qu'elle puisse agir j'aurai dégainé mon propre pistolet et tiré. Toute l'affaire, comme elle le découvrira, est une question de coordination nerveuse. Et les Kluggs sont congénitalement aussi lents ou presque que les êtres humains.

Sa voix se tut. Son rire se calma. Silence.

De toute sa carrière, toujours en alerte, Leigh ne s'était jamais senti aussi indécis.

Son instinct lui disait *maintenant ;* sûrement elle allait donner le signal. Et même si elle ne le donnait pas, il devrait agir de lui-même. Se précipiter ! Tirer !

Mais son esprit était glacé d'une affreuse crainte. Il y avait quelque chose dans la voix de l'homme, une onde de puissance. Une force anormale, sauvage. Est-ce que vraiment cela pouvait être un vaisseau spatial venu des étoiles ? Son cerveau refusait d'accepter cette terrible pensée. Il se tapit, tâtant l'arme qu'elle lui avait donnée, vaguement conscient de son étrangeté ; elle était très différente de tous les revolvers qu'il avait jamais possédés.

Le silence durait dans la salle de contrôle du vaisseau spatial. C'était le même silence étrange qui avait suivi l'entrée de la fille quelques minutes plus tôt. Seulement cette fois ce fut elle qui le rompit, d'une voix légèrement haletante mais froide, vibrante, sans peur.

— Je suis ici pour avertir, non pour imposer. Et à moins que vous ne soyez chargés de l'énergie vitale de quinze hommes, je ne vous conseille pas de tenter quoi que ce soit. Après tout, je suis venue ici en sachant ce que vous étiez.

— Qu'en penses-tu, Merla ? Pouvons-nous être certains que c'est une Klugg ? Serait-il possible qu'elle appartienne au type Lennel le plus élevé ?

L'homme accordait quelque poids à l'argument, mais la dérision était toujours là, le dessein implacable, la formidable assurance.

— Il doit y en avoir quelques-uns aussi, sur une planète de Troisième stade bien cachés naturellement, et sans lien avec l'Observateur Galactique. (Froidement :) Nous savons par expériene que ceux-là nous laissent tranquilles.

Cependant, malgré le sentiment d'une violence imminente, Leigh se sentit soudain détourné de l'idée de danger. Son cerveau de journaliste se tournait irrésistiblement vers la fantastique signification de ce qui se déroulait :

... L'énergie vitale de quinze hommes...

Tout était là. De façon monstrueuse, tout concordait. Les deux morts qu'il avait vus vidés de leur sang et de l'*énergie vitale*, les allusions répétées à un Observateur Galactique, avec qui la fille avait des rapports. Il prit conscience que la femme parlait.

— Klugg ! affirma-t-elle. Ne fais pas attention à ses protestations, Jeel. Tu sais que je suis sensible aux femmes. Elle ment. Ce n'est qu'une petite sotte qui est entrée ici en pensant que nous aurions peur d'elle. Détruis-la à ta guise.

— Je n'aime pas attendre, dit l'homme. Donc...

Il n'était plus question de tarder. Leigh bondit vers la porte ouverte. Il distingua en un éclair un homme et une femme en tenue de soirée, l'homme debout, la femme assise. Il eut conscience d'un décor métallique étincelant. Le tableau des commandes, qu'il avait déjà vu en partie, se révélait dans toute sa masse d'instruments lumineux, et puis tout cela s'effaça quand il cria :

— Ça suffit. Les mains en l'air.

Pendant un instant, il eut l'impression que son entrée était une surprise, qu'il dominait la situation. Aucune des trois personnes de la salle n'était tournée vers lui. L'homme, Jeel, et la fille se faisaient face. La femme, Merla, était assise dans un fauteuil profond, son fin profil tourné vers lui, ses cheveux d'or rejetés en arrière. Ce fut elle qui, toujours sans le regarder, prononça les mots qui mirent fin à sa brève certitude de victoire. Elle dit à la fille déguisée :

— Vous avez vraiment de curieuses fréquentations : un être humain stupide ! Dites-lui de s'en aller avant qu'il lui arrive malheur.

— Leigh, murmura la fille, je suis navrée de vous avoir embarqué dans cette histoire. Chaque mouvement que vous avez fait en entrant a été entendu, observé, rejeté avant même que vous pussiez adapter votre esprit à la scène.

— Son nom est Leigh ? demanda vivement la femme. Il m'a bien semblé le reconnaître quand il est entré. Il ressemble beaucoup à la photo qui accompagne sa chronique dans le journal. Jell, dit-elle d'une voix singulièrement tendue, un rapporteur de journal !

— Nous n'avons pas besoin de lui maintenant, répondit l'homme. Nous savons qui est l'Observateur Galactique.

— Hein ? fit Leigh, ahuri par ces stupéfiantes paroles. Qui ? Comment l'avez-vous découvert ? Que...

— L'information, déclara la femme (et il comprit soudain que l'étrange nuance de sa voix traduisait l'avidité) ne vous serait d'aucune utilité. Quoi qu'il arrive à la fille, vous restez.

Elle jeta un bref coup d'œil à l'homme, comme pour quêter son approbation.

— Rappelle-toi, Jell, tu as promis.

Cela avait si peu de sens que Leigh n'éprouva aucun sentiment de danger personnel. Son esprit lui transmettait à peine les mots. Son regard se concentrait sur une réalité qui, jusqu'à cet instant, avait échappé à sa conscience.

— Vous venez de dire « quoi qu'il arrive à la fille », murmura-t-il. Quand je suis entré, vous lui avez ordonné : « Dites-lui de s'en aller avant qu'il lui arrive malheur. » Tout cela me paraît très loin de la menace de mort immédiate qui pesait sur nous il y a quelques secondes. Et je viens à l'instant d'en remarquer la raison. Il y a un petit moment, j'ai entendu notre copain Jeel mettre au défi ma petite amie de lever son arme. Je vois à présent qu'*elle l'a déjà levée*. Mon entrée a bien fait son effet. (Il se tourna vers la fille :) Allons-nous tirer... ou nous retirer ?

Ce fut l'homme qui répondit :

— Je vous conseille de vous retirer. Je pourrais encore gagner mais je ne suis pas de ces types héroïques qui prennent le risque d'affronter un éventuel péril. (Il ajouta, en aparté, à la femme :) Merla, nous pourrons toujours nous emparer de ce Leigh, maintenant que nous savons qui il est.

— Passez devant, Mr Leigh, dit la fille, et il ne se le fit pas dire deux fois.

Des portes de métal claquèrent derrière lui quand il s'élança dans le souterrain. Au bout d'un moment, il s'aperçut que la fille courait avec légèreté à côté de lui.

L'incroyable petite comédie, redoutable, étrangement irréelle, était terminée, s'achevant aussi fantastiquement qu'elle avait commencé.

4

Quand ils sortirent de chez *Constantine's* une lumière grise les enveloppa. Ils étaient dans une rue transversale, crépusculaire, et les passants se hâtaient avec l'expression anxieuse de gens en retard pour dîner. La nuit tombait. Leigh regarda sa compagne. Dans la pénombre du soir, elle avait tout d'un garçon, svelte, souple, marchant d'un pas assuré. Il rit un peu, tout bas, et puis plus durement :

— Qu'est-ce que c'était que ça ? Est-ce que nous l'avons échappé belle ? Ou avons-nous gagné ? Qu'est-ce qui vous fait croire que vous pouvez agir comme Dieu, et donner à ces durs à cuire douze heures pour sortir du système solaire ?

Elle garda le silence quand il se tut. Elle marchait devant lui, la tête baissée. Brusquement, elle se retourna.

— J'espère que vous avez assez de bon sens pour vous retenir de parler de ce que vous venez de voir et d'entendre.

— C'est le plus grand papier depuis...

— Vous n'allez pas en publier un mot, déclara-t-elle sur un ton de pitié, parce que d'ici dix secondes vous allez comprendre que personne au monde n'y croira.

Dans l'obscurité, Leigh eut un sourire crispé.

— Le psychologue mécanique confirmera chaque syllabe.

— Je m'y suis préparée aussi ! lança la voix vibrante.

Elle leva une main vers la figure de Leigh. Il eut un mouvement de recul. Trop tard.

De la lumière éclata dans ses yeux, une force éblouissante, aveuglante qui explosa dans ses nerfs optiques avec toute la puissance atroce d'une clarté intolérable. Leigh jura tout haut, follement, et voulut saisir son bourreau. Sa main droite frôla une épaule. Il frappa violemment de la gauche et ne toucha que le bord d'une manche qui lui fut aussitôt arrachée.

— Espèce de petit démon ! ragea-t-il. Vous m'avez aveuglé !

— Vous allez vous en remettre, répliqua-t-elle froidement. Mais vous allez découvrir que le psychologue mécanique analysera tout ce que vous dites et l'attribuera à l'imagination pure. Considérant votre menace de publication, j'ai dû avoir recours à cela. Maintenant rendez-moi mon pistolet.

Les premières lueurs de vision revenaient. Leigh put distinguer le corps de la jeune femme, une forme diffuse dans la nuit. En dépit de la douleur persistante, il sourit amèrement. Il dit d'une voix douce :

— Je viens de me rappeler que d'après vous ce revolver ne tire pas de balles. Rien que son *aspect* indique qu'il fournira une preuve intéressante de ce que je dis. Donc...

Son sourire s'effaça brusquement. Car la fille avançait. Le métal qui s'enfonça dans ses côtes y était poussé si violemment, qu'il ne put retenir un grognement.

— *Donnez-moi ce revolver !*

— Vous voulez rire ! Espèce d'ingrate petite garce, comment osez-vous me traiter ainsi alors que je vous ai sauvé la vie ? Je devrais vous assommer !

Il se tut. Avec une soudaineté fracassante, il comprit qu'elle ne plaisantait pas. Ce n'était pas une fille élevée dans une pension raffinée, qui n'oserait pas tirer, mais une jeune créature pleine de sang-froid qui avait déjà prouvé sa résolution en face d'un adversaire bien plus redoutable que lui.

Il n'avait jamais eu d'idées bien nettes quant à la supériorité de l'homme sur la femme, et il n'en avait aucune à ce moment. Précipitamment, il lui rendit l'arme. La fille la prit et dit froidement :

— Vous semblez vous imaginer que votre entrée dans le vaisseau spatial m'a permis de braquer mon arme. Vous vous trompez. Vous m'avez simplement fourni l'occasion de leur faire croire qu'il en était ainsi, qu'ils dominaient la situation. Mais je puis vous assurer que votre aide s'est bornée à ça. Elle était pratiquement insignifiante.

Leigh éclata d'un rire moqueur, méprisant.

— Dans ma courte vie, j'ai appris à reconnaître la personnalité et le magnétisme chez les êtres humains. Vous en avez, vous en avez beaucoup, mais ce n'est même pas une fraction de ce que possédaient ces deux-là, surtout l'homme. Il était terrible. C'est l'être le plus anormalement magnétique que j'aie jamais rencontré. Je ne puis qu'essayer de deviner ce que tout cela signifie, mais je vous conseille... (Leigh s'interrompit avant de poursuivre sur un ton implacable :) Je vous conseille, à vous et à tous les autres Kluggs, d'éviter ce couple. Quant à moi je vais avertir la police, et il va y avoir une perquisition dans le Privé Trois. Je n'ai guère apprécié leur curieuse menace, selon laquelle ils pourraient m'attraper quand ils le voudraient. Pourquoi moi ?... Hé ! Où allez-vous ? Je veux connaître votre nom ! Je veux savoir ce qui vous a fait croire que vous pouviez donner de ordres à ces deux-là. *Pour qui vous prenez-vous ?*

Il n'en dit pas plus. Il ne songeait plus qu'à courir. Il l'aperçut un moment, silhouette garçonnière et floue dans la faible lumière d'un réverbère. Puis elle tourna le coin de la rue et Leigh pensa : « Elle est mon unique contact avec tout ça. Si elle m'échappe... »

Ruisselant de sueur, il tourna le coin de la rue. Elle lui parut tout d'abord noire et sans vie, déserte. Et puis il aperçut la voiture. Un coupé d'apparence ordinaire, avec le capot très haut et un châssis surbaissé, qui démarrait sans bruit, tout à fait normalement. Il devint anormal. Il décolla. Incroyablement, il s'éleva au-dessus du sol. Leigh eut le temps de voir que les roues à flancs blancs se repliaient et s'escamotaient. Aérodynamique, presque en forme de cigare, le vaisseau spatial qui avait été une voiture monta à angle aigu dans le ciel.

Rapidement, il disparut.

Au-dessus de Leigh la nuit s'étendait, d'un étrange bleu vif. Malgré les brillantes illuminations de la ville braquées vers les cieux, une ou deux étoiles apparaissaient. Il les regarda, sentant comme un vide intérieur, et songea : « C'est comme un rêve. Ces... Dreeghs... qui arrivent de l'espace... des suceurs de sang, des vampires. »

Subitement affamé, il acheta une barre de chocolat à un marchand ambulant et la mangea lentement. Il commençait à se sentir mieux. Se dirigeant vers une prise murale extérieure, il brancha sa radio-bracelet.

— Jim, dit-il, j'ai besoin d'aide pour un truc ; ce n'est pas encore publiable, mais j'aimerais interviewer une de ces équipes scientifiques où toutes les disciplines sont représentées. Tu crois que tu pourrais persuader le bureau de couvrir les frais ?

— Ça se rapporte à l'histoire du vampire ?

— Oui.

— Il nous est arrivé d'avoir recours à une équipe de Recherche Alpha. Tu n'as qu'à y aller et je t'obtiendrai l'autorisation pendant ce temps-là.

— Parfait.

La voix était vive, le ton net. Son sentiment d'incapacité se dissipa. Le journaliste Leigh était de nouveau lui-même.

5

Le matériel de détection le plus perfectionné a des limites. La version Dreegh était parfaitement braquée sur William Leigh, son signal absolument régulier et sûr.

Mais c'était comme un compas. L'aiguille de la boussole indique bien la direction du pôle nord magnétique ; mais elle ne dit rien de ce que fait ce pôle, ni ce qu'il y a d'autre par là-bas, ou qui parle à qui à la surface, ou s'il y a des bâtiments alentour.

Pour cela — pour déterminer ce que faisait le journaliste — ils devaient se hasarder sous le ciel nocturne et observer tandis que le système indicateur désignait résolument un complexe de bâtiments de verre et d'acier, dont l'enseigne lumineuse disait :

RECHERCHE ALPHA
ETUDES SCIENTIFIQUES

Naturellement, Jeel tenta d'envoyer un rayon dans la direction indiquée ; il lui fut renvoyé par un écran rudimentaire. Rudimentaire, en ce sens que les énergies en cause déformaient l'onde à l'arrivée ; et ce qui ricochait était incohérent. Ce qui était rudimentaire en effet, mais assez efficace.

— On dirait qu'il est allé demander l'avis d'experts, dit Jeel avec irritation. Alors plutôt que d'aller nous embêter là-dedans, nous allons attendre qu'il ressorte et puis nous le suivrons jusque chez lui.

La femme ne dit rien. Elle se rendait compte que cette civilisation de bas niveau possédait néanmoins l'énergie atomique, et de vastes bases d'énergie bien établies, qu'un seul vaisseau spatial, malgré son matériel supérieur, ne pouvait affronter directement.

Elle attendit donc avec son compagnon, patiemment.

... William Leigh, disait le rapport sur le bureau de Hammond actuellement journaliste au Planétaire. *Né il y a 28 ans dans le centre-ouest de l'Amérique du Nord, de Cynthia Coster Leesoff et de Jan Leesoff, respectivement maîtresse d'école et fermier. La famille a pris légalement le nom de Leigh quand le petit William avait sept ans. Mauvais élève à l'école primaire, moyen au lycée, et bonnes études supérieures, diplômé de l'Université d'Agua avec une moyenne de B +.*

*Commence sa carrière de journaliste comme reporter à l'*International News Survey Syndicate. *Carrière moyenne jusqu'à ce qu'il soit grièvement blessé en Inde lors des émeutes de 57. Hospitalisé, à l'article de la mort, s'est rétabli presque par miracle. A ce moment, sa carrière devient plus dynamique, indiquant que le corps-esprit a été singulièrement stimulé par l'accident.*

Son Q.I. dans les tests universitaires n'a jamais dépassé 123, ce qui est assurément une exigence minimum pour l'université aussi bien que pour la profession de journaliste. Bien qu'aucun nouveau test n'ait été effectué, nous pouvons déduire de sa carrière depuis lors — beaucoup plus dynamique et intelligente — qu'il a maintenant un Q.I. d'au moins 135 ou 140...

Hammond, un bel homme à l'expression calme, d'une quarantaine d'années, examina d'un air songeur la photo de William Leigh accompagnant le rapport. Finalement, il leva les yeux vers Helen Wendell.

— Un très beau garçon, dit-il. Avons-nous quelque chose sur ses rapports avec les femmes ?

— Il était fiancé au moment de son accident, répondit-elle. A sa sortie de l'hôpital, il a rompu, puis il a eu un certain nombre de liaisons sans importance. Vous voulez entendre l'enregistrement de sa rencontre avec notre équipe scientifique ?

Le Directeur Général et premier vice-président de Recherche Alpha secoua la tête.

— Résumez-la-moi.

Son assistante, qui devait avoir trente ans, expliqua :

— J'ai porté cette affaire à votre attention personnelle parce que Leigh a fait ce que nous sommes en mesure, vous et moi, de considérer comme une analyse exacte des vampires en disant qu'ils viennent de l'espace, et du Pr Ungarn et de sa fille, extra-terrestres eux aussi. Notre équipe scientifique terrestre l'a naturellement écouté avec scepticisme, et a suggéré qu'un de nos propres appareils psychologues scellés soit installé dans sa chambre d'hôtel. On s'en est occupé, et l'appareil commencera à travailler sur lui ce soir même, dès qu'il dormira.

— Pensez-vous qu'il confirmera son récit ?

— J'en doute. Je crois que la fille, Patricia Ungarn, a réussi à effacer les preuves. (Après un bref silence, elle reprit :) Pensez-vous que je doive appeler un des vaisseaux-gardiens, pour le prier de venir dans le système solaire ?

Hammond secoua la tête.

— La raison de mon silence, tout à l'heure, c'est que je considérais ce que je devais vous révéler ou non. Je suis un peu surpris du temps qui s'est écoulé depuis que Sloane m'a parlé de cette affaire, en 57 (Sloane était le président de Recherche Alpha). Il avait reçu une communication indiquant qu'une solution de base surviendrait dans les trois ans.

Helen ouvrit les yeux ronds.

— Employez-vous le mot base dans son sens précis ?

Hammond hocha la tête sans rien dire.

— Mon Dieu ! s'exclama-t-elle. Mais alors ce reporter, William Leigh, s'est introduit là où il n'est absolument pas qualififié !

Cela provoqua un mince sourire.

— Ma foi, ma chère, quand vous présentez la chose ainsi je ne puis que répondre « Qui diable sur terre est qualifié ? ».

— Vous avez sans doute raison.

— Nous devons être extrêmement prudents. Ces Dreeghs ne sont, sur un niveau, pas plus intelligents que certains des extra-terrestres — comme nous par exemple — qui sont ici depuis pas mal de temps. Mais ils sont les seuls immortels de l'univers connu au niveau inférieur à un Q.I. de 1 000. Cela les rend plus pénétrants, du fait qu'ils ont acquis tellement plus d'expérience. (Son sourire s'élargit.) Ainsi, j'ai déjà reçu deux appels de demande d'asile, si extraordinaire que cela paraisse. On dirait que nous allons avoir la communauté inter-stellaire derrière nos écrans, ici à Alpha, jusqu'à ce que cette solution de base soit atteinte.

— Pas de tentative d'influence ?

— Non.

— Et les êtres humains que William Leigh a contactés dans l'organisation ?

— Faites voir la liste.

La liste fut bientôt placée sur son bureau. Trois noms y figuraient : le Dr Henry Gloge, Barbara Ellington et Vince Strather.

— Hum, fit Hammond. Gloge, hein ? Qui sont les autres ?

— Barbara est dactylo, au service de sténo-dactylographie en bas et Vince technicien photographe de deuxième classe dans un des laboratoires.

Hammond hocha la tête, d'un air décidé.

— Trouvez une mission pour chacun d'eux, qui les enverra dans un de nos postes d'Europe ou d'Asie pendant la crise.

— Je pourrais peut-être dire à Barbara et à Vince, hasarda-t-elle sans conviction, qu'on pense à eux pour une promotion ?

— Un prétexte qui en vaut un autre. Arangez-vous pour qu'ils quittent le pays avant minuit.

6

Les petites boules scintillantes du psychologue mécanique tournaient de plus en plus vite. Elles devinrent un cercle continu, brillant dans l'obscurité. Ce fut seulement alors que la première bouffée délicieuse de psycho-gaz chatouilla les narines de Leigh. Il se sentit glisser, planer. Une voix se mit à parler dans le lointain, si loin qu'aucune parole n'était perceptible. Il n'y avait que le son, un faible et bizarre murmure, et le sentiment, de plus en plus fort, qu'il allait bientôt entendre les choses fascinantes que la voix semblait raconter.

Le désir d'entendre, de faire partie de ce murmure bourdonnant, le tiraillait, par petites impulsions rythmées semblables à des ondes. Mais la promesse de compréhension n'était toujours pas tenue. Les pensées personnelles cessèrent totalement. Il ne restait que le chant incompréhensible et le gaz agréable qui le retenaient tout au bord du sommeil, son flot si délicatement réglé que son esprit planait de minute en minute au-dessus de l'ultime abysse de la conscience. Presque endormi, il entendait encore la voix qui se fondait maintenant dans les ténèbres. Elle continua un moment, un son doux, amical, mélodieux dans les lointains tréfonds de son cerveau, s'éloignant à chaque seconde. Il s'endormit, d'un profond sommeil hypnotique, tandis que l'appareil continuait de ronronner.

Quand Leigh ouvrit les yeux, la chambre était sombre, à part le cercle de lumière du lampadaire près d'un fauteuil dans le coin. Il éclairait la femme en robe sombre qui y était assise, sauf son visage dans l'ombre. Il dut bouger car la tête, penchée sur plusieurs feuillets dactylographiés, se releva soudain. Il entendit la voix de Merla, la Dreegh :

— Cette fille a très bien réussi à effacer vos souvenirs subconscients. Il n'y a qu'un seul indice possible de son identité et...

Elle continua de parler, mais le cerveau de Leigh bousculait les mots et les privait de sens, en ce premier instant de choc. C'était trop, trop de peur en un temps trop court. Pendant un moment, il fut comme un enfant, et il lui vint des idées d'évasion, étranges, rusées, intenses. S'il pouvait se glisser hors du lit du côté opposé, courir à la porte de la salle de bains... La voix de la femme lui parvint :

— Voyons, Mr Leigh, vous n'allez pas faire de bêtises ? Si j'avais l'intention de vous tuer, je l'aurais fait bien plus facilement pendant que vous dormiez.

Leigh ne bougea pas, humecta ses lèvres sèches et tenta de rassembler ses pensées éparses. Ce qu'elle disait n'était pas rassurant.

— Que... que voulez-vous ? demanda-t-il enfin.

— M'informer. (Laconiquement :) Qu'était cette fille ?

— Je ne sais pas.

Il cligna des yeux dans la pénombre, en direction du visage de la femme. Ses yeux commençaient à s'habituer à la demi-obscurité, il distinguait vaguement la couleur dorée des cheveux.

— Je croyais... que vous le saviez, dit-il. (Puis, plus rapidement :) Je croyais que vous connaissiez l'Observateur Galactique ; et que cela signifiait que la fille pouvait être identifiée à tout moment.

Il eut l'impression qu'elle souriait.

— Notre déclaration à cet effet était destinée à vous faire baisser la garde à tous deux, et elle constitue la victoire partielle que nous avons arrachée à ce qui était devenu une situation impossible.

Leigh avait toujours la nausée. Mais la peur désespérée qu'elle avait produite s'estompa derrière les implications de cet aveu de faiblesse. Ces Dreeghs n'étaient pas les surhommes qu'il avait cru. Le soulagement fit place à la prudence. Doucement, se dit-il, il serait dangereux de les sous-estimer. Mais il ne put s'empêcher de répondre :

— J'aimerais vous faire observer que ce que vous appelez une victoire partielle, arrachée à la défaite, n'était pas si réussie que ça. La déclaration de votre mari, disant que vous pourriez vous emparer de moi n'importe quand, a fort bien pu la compromettre.

La voix de la femme se teinta de mépris.

— Si vous connaissiez quoi que ce soit à la psychologie, vous sauriez que la formulation vague de cette menace a en réalité endormi votre méfiance. Vous avez certainement négligé de prendre des précautions élémentaires. Et la fille n'a rien fait pour vous protéger.

La suggestion d'une tactique délibérément subtile ranima les craintes de Leigh. Tout au fond de lui-même, il pensa : « Quelle fin cette femme Dreegh a-t-elle prévue à notre rencontre ? »

— Vous devez comprendre, reprit la Dreegh à mi-voix, que vous pouvez nous être précieux vivant... ou mort. Il n'y a pas d'alternative facile. Je vous conseille d'être sincère dans votre coopération. Vous êtes engagé à fond dans cette affaire.

C'était donc cela, l'idée. Une fine goutte de transpiration coula le long de la joue de Leigh. Ses doigts tremblèrent quand il prit une cigarette sur sa table de chevet. Il l'allumait d'une main mal assurée quand son regard se fixa sur la fenêtre. Il éprouva un petit choc.

Car il pleuvait, une pluie rageuse qui tambourinait sans bruit sur la vitre insonorisée.

Il imagina les rues sombres et désertes, leur éclat terni par la nuit noire gonflée de pluie. Des rues abandonnées... Leigh abandonné. Car il était abandonné là. Tous les amis qu'il avait, dispersés aux quatre coins du globe, ne pourraient ajouter une once à sa force, ni apporter un seul rayon d'espoir dans cette chambre obscure, contre cette femme assise sous la lumière qui l'examinait de ses yeux au regard voilé.

Avec un effort, Leigh se ressaisit.

— Je suppose que c'est mon rapport psychographique que vous avez entre les mains. Que dit-il ?

— Très décevant, répondit-elle d'une voix lointaine. Il comporte un avertissement au sujet de votre régime. Il semble que vos repas soient irréguliers.

Elle jouait avec lui. Cette tentative d'humour la rendait plus inhumaine, et non moins. Car les mots prononcés étaient intolérablement en conflit avec la réalité de cette femme : la noire immensité de l'espace qu'elle avait traversé, les désirs anormaux qui les avaient amenés, l'homme et elle, sur la Terre sans défense. Leigh frissonna. Puis il se dit furieusement : « Bon Dieu, je me fais peur à moi-même. Tant qu'elle reste dans ce fauteuil, elle ne peut pas me faire le coup du vampire. »

— S'il n'y a rien dans la psychographie, dit-il, alors je crains de ne pouvoir vous aider. Vous pourriez aussi bien partir. Votre présence n'ajoute rien à mon bonheur.

Vaguement, il avait espéré la faire rire. Elle ne rit pas. Elle restait assise, ses yeux brillant faiblement dans l'obscurité. Enfin elle déclara :

— Nous allons repasser ce rapport ensemble. Je crois que nous pouvons omettre sans crainte les références à votre santé qui n'a pas d'importance. Mais il y a un certain nombre de facteurs que je voudrais approfondir. Qui est le Pr Ungarn ?

— Un savant, répondit franchement Leigh. Il a

inventé ce système d'hypnose mécanique, et il a été appelé quand on a découvert les cadavres, car les meurtres semblaient avoir été commis par des sadiques.

— Savez-vous quel est son aspect physique ?

— Je ne l'ai jamais vu. Il n'a jamais accordé d'interview et il est impossible de se procurer sa photo maintenant. J'ai entendu des histoires mais...

Il hésita. Il ne lui révélait que ce qui était connu de tous, mais même cela risquait d'être dangereux.

— Ces histoires, dit la femme, donnent-elles l'impression d'un homme d'une force magnétique peu commune, mais avec la figure marquée par des rides de souffrance mentale, et d'une sorte de résignation ?

— De la résignation à quoi ? s'exclama vivement Leigh. Je n'ai pas la moindre idée de ce que vous racontez. J'ai simplement vu des photographies, et elles montrent un visage fin, las, assez sensible.

— Trouverait-on plus de renseignements dans une bibliothèque ?

— Ou à la documentation du *Planétaire,* dit impulsivement Leigh, et il se serait volontiers mordu la langue d'avoir donné ce petit renseignement gratis.

— La documentation ?

Leigh expliqua ce que c'était, mais sa voix frémissait de rage contre lui-même. Depuis quelques secondes, une question s'imposait à son esprit : était-il possible que cette femme diabolique fût sur la bonne piste ? Et lui soutirât des réponses compromettantes parce qu'il n'osait pas prendre le temps de s'organiser pour mentir. Il eut un sentiment incongru d'injustice, en songeant à la rapidité anormale avec laquelle elle avait percé l'identité de l'Observateur. Parce que, bon Dieu, ça pourrait être le Pr Ungarn.

Ungarn était un personnage mystérieux, un savant, un grand inventeur dans une dizaine de domaines différents et hautement complexes. Il avait une maison près d'une des lunes de Jupiter, et une fille nommée Patricia. Dieu du ciel ! Patrick... Patricia !

Le courant incertain de ses pensées fut interrompu par la femme.

— Pouvez-vous faire envoyer des informations par votre bureau à votre enregistreur ici ?

— Ou-oui.

Sa réticence était si évidente que la femme se pencha dans la lumière. Pendant un instant ses cheveux d'or étincelèrent, ses yeux bleus très pâles pétillèrent d'un étrange amusement satanique, sans humour.

— Ah ! fit-elle. Vous le pensez aussi ?

Elle rit, d'un rire étrange et musical, singulier du fait qu'il était à la fois si bref et si plaisant. Le rire cessa brusquement, anormalement, sur une note aiguë. Soudain, bien qu'il ne l'ait pas vue bouger, un objet de métal apparut dans sa main, braqué sur lui. Sa voix cassante ordonna sèchement :

— Vous allez sortir du lit, mettre en marche votre enregistreur, et naturellement vous ne ferez rien, vous ne direz rien que ce qui sera nécessaire.

Leigh obéit lentement. Une fois debout, il eut le vertige, la chambre tournoya. Si seulement je pouvais m'évanouir, pensa-t-il désespérément. Mais il reconnut que c'était au delà des pouvoirs de son corps vigoureux. C'était la détresse qui le faisait frissonner ainsi. Il fut irrité de constater que ses forces revenaient alors qu'il se dirigeait vers l'enregistreur. Pour la première fois de sa vie, il avait horreur de sa propre résistance. Il mit l'appareil en marche et dit :

— Ici William Leigh. Donnez-moi tout ce que nous avons sur le Pr Garrett Ungarn.

Un silence, et puis une voix rapide annonça :

— Vous l'avez. Signez le formulaire.

Leigh signa et regarda sa signature se dissoudre dans l'appareil. A ce moment, comme il se redressait, il entendit la femme demander :

— Est-ce que je le lis ici, Jeel, ou bien emportons-nous la machine avec nous ?

Leigh cligna des yeux et pivota ; et puis, avec de grandes précautions, il s'assit sur le lit. Le Dreegh, Jeel, était nonchalamment accoté au chambranle de la porte de la salle de bains, bel homme brun à l'air machiavélique, un léger sourire déplaisant aux lèvres. Derrière lui, c'était incroyable, derrière lui, par la porte de la salle de bains, Leigh ne voyait pas la baignoire mais une autre porte, et une autre derrière et, au delà, la salle de contrôle du vaisseau spatial des Dreeghs !

Elle était là, exactement telle qu'il l'avait vue enfouie dans la terre sous le *Constantine's*. Il avait la même vue partielle de la somptueuse couchette, l'imposante extrémité du tableau de commandes, le sol capitonné. *Dans sa salle de bains !*

Une pensée démente lui vint : « Je gare mon vaisseau spatial dans ma salle de bains, naturellement. »

Ce fut la voix du Dreegh qui arracha son cerveau à la contemplation vertigineuse.

— Je crois que nous ferions bien de partir. J'ai du mal à maintenir le vaisseau dans cette alternance d'espaces-temps. Amène l'homme et la machine et ...

Leigh n'entendit pas la suite. Il arracha totalement son esprit de ce qu'il regardait.

— Vous... vous voulez... m'emmener ?

— Mais bien sûr, dit la femme. Vous m'avez été promis, et d'ailleurs nous avons besoin de votre aide pour trouver le météore d'Ungarn.

Leigh resta assis, la tête vide. Il s'aperçut au bout d'un moment que la pluie continuait de battre les carreaux, de gouttes étincelantes qui ruisselaient en serpentant sur les larges vitres. Et il vit que la nuit était noire. Nuit noire, pluie noire, noir destin... tout cela convenait à ses sombres pensées. Avec effort, il força son corps et son esprit à se détendre. Lorsque, enfin, il fit de nouveau face à ses ravisseurs venus d'ailleurs, le reporter Leigh avait retrouvé son sang-froid, accepté son sort et se sentait prêt à lutter pour sa vie.

— Je ne puis imaginer une seule raison, dit-il, pour que je vous accompagne. Et si vous pensez que je vais vous aider à détruire notre Observateur, vous êtes fous.

La femme répondit tranquillement :

— Il y avait une brève allusion dans votre psychographie à une certaine Mrs Jan Leigh, qui habite un village nommé Relton, sur la côte du Pacifique. Nous pouvons être là-bas en une demi-heure : votre mère et sa maison seront détruites une minute plus tard. Ou peut-être pourrions-nous ajouter son sang à nos réserves.

— Elle doit être trop vieille, dit l'homme sur un ton glacé. Nous ne voulons pas du sang des vieux.

Ce fut l'objection glaciale qui horrifia Leigh. Mentalement, il vit un vaisseau silencieux, d'une incroyable rapidité, plongeant de la nuit au-dessus d'un paisible hameau. L'énergie destructrice en tomberait et le vaisseau repartirait vers l'ouest au-dessus des immenses eaux sombres.

L'image mortelle s'estompa. La femme disait, d'une voix douce :

— Jeel et moi avons mis au point un intéressant petit système pour interroger les êtres humains de la basse catégorie. Pour je ne sais quelle raison, sa simple présence terrifie les gens. De même, ils éprouvent pour moi une peur anormale quand ils me voient clairement dans une lumière vive. Alors nous nous sommes toujours efforcés d'organiser nos rencontres avec les êtres humains de façon que je sois assise dans la pénombre, avec Jeel à l'arrière-plan. Cela s'est révélé très efficace.

Elle se leva, grande, svelte, silhouette en jupe assez moulante et corsage noir.

— Eh bien, partons-nous? Apportez votre machine, Mr Leigh.

— Je vais la prendre, dit le Dreegh.

Leigh jeta un coup d'œil à la maigre figure de cet

homme terrible, surpris de ce soupçon, immédiat et juste, de sa propre intention désespérée.

Le Dreegh se pencha sur le petit appareil posé sur le bureau.

— Comment cela marche-t-il ?

Leigh s'avança. Il avait encore une chance de se tirer de ce mauvais pas sans danger supplémentaire pour qui que ce fût. Ce ne serait d'ailleurs qu'une vexation, à moins, comme l'indiquait leur désir de trouver le météore d'Ungarn, qu'ils ne se dirigent tout droit vers le cosmos. S'ils faisaient cela, alors il pourrait les retarder.

— Pressez le bouton marqué « Titres », dit-il, et la machine imprimera toutes les principales manchettes.

— Cela me paraît raisonnable.

La longue tête dure opina. Le Dreegh avança la main et pressa le bouton. L'enregistreur bourdonna doucement ; un panneau s'alluma, montrant des lignes dactylographiées sous un couvercle transparent. Il y avait plusieurs titres.

— « ... SA DEMEURE DU METEORE », lut le Dreegh. C'est ce que je veux. Et ensuite, que faut-il faire ?

— Pressez la touche marquée « Sous-titres ».

Soudain, Leigh se sentit trembler. Il gémit intérieurement. Etait-il possible que cette créature à l'aspect humain obtienne les renseignements voulus ? Certainement, une intelligence aussi phénoménale ne se laisserait pas aisément détourner de la séquence logique. Il serra les dents. Il lui faudrait tenter sa chance et tout risquer.

— Le sous-titre que je désire, dit le Dreegh, est marqué « Site ». Et il y a un chiffre, un Un, devant. Et maintenant ?

— Pressez la touche N° 1, et puis celle qui porte l'indication « Déclenchement Général ».

A peine avait-il parlé, que ses nerfs se crispèrent. Si cela marchait, et il n'y avait aucune raison que ça ne marche pas, la touche N° 1 donnerait toute l'information sous ce titre. Et sûrement l'homme n'en voudrait pas davantage pour le moment. Après tout, ce n'était qu'un essai. Ils n'étaient pas pressés. Et plus tard, quand le Dreegh découvrirait que la touche « Déclenchement Général » avait fait se dissoudre toutes les autres informations, il serait trop tard.

La pensée se dissipa. Leigh sursauta. Le Dreegh le regardait fixement.

— Votre voix est comme un orgue, dit l'homme. Chaque mot prononcé est plein de nuances subtiles qui ont une grande signification pour une oreille sensible. En conséquence (et un sourire féroce convulsa la maigre figure) je vais presser la touche N° 1. Mais pas le « Déclenchement Général ». Et dès que nous aurons examiné le petit récit de l'enregistreur, je m'occuperai de vous, pour ce tour que vous avez essayé de nous jouer. Le verdict est ... la mort.

— Jeel !

— La mort ! répéta catégoriquement l'homme, et la femme garda le silence.

Le silence, donc, à part le léger bourdonnement de l'enregistreur. L'esprit de Leigh était pratiquement vide de pensées. Il se sentait désincarné, et mit un moment à comprendre qu'il attendait là au bord d'une nuit plus sombre que les noirs déserts de l'espace d'où ces monstres étaient venus.

Il se sentait une affinité avec la pluie noire qui ruisselait avec tant de force silencieuse contre les carreaux scintillants. Son regard vague revint vers l'enregistreur, vers l'homme qui suivait d'un air songeur le texte qui se déroulait. Son esprit se ranima. Et soudain il eut un but.

Si la mort était inévitable, il pourrait essayer au moins encore une fois, d'une façon ou d'une autre, de presser cette touche du « Déclenchement Général ». Il la regarda, calcula la distance. Un mètre, pensa-t-il, un mètre trente peut-être. S'il se jetait sur l'appareil, comment quelqu'un, même un Dreegh, pourrait-il empêcher le poids de son corps et ses doigts tendus d'accomplir une mission aussi simple ? Après tout, son action soudaine avait une fois déjà frustré les Dreeghs en permettant à la petite Ungarn — en dépit de ses protestations — de braquer son arme en position de tir.

Il vit le Dreegh se détourner de l'appareil. L'homme pinça les lèvres, mais ce fut la femme, Merla, qui parla dans la pénombre.

— Eh bien ?

L'homme fronça les sourcils.

— Le site exact n'est indiqué nulle part. Apparemment, il n'y a eu aucune colonisation des météores, dans ce système. Je m'en doutais. Après tout, les voyages spatiaux n'existent que depuis un siècle et les nouvelles planètes, les lunes de Jupiter, ont absorbé toutes les énergies de l'homme explorateur et exploiteur.

— J'aurais pu vous le dire, grommela Leigh.

S'il pouvait se glisser un peu le long de l'enregistreur, pour que le Dreegh ne puisse simplement tendre le bras...

L'homme disait :

— Il y a cependant une allusion à un homme qui transporte des vivres et des marchandises de la lune Europa chez les Ungarn. Nous allons... euh... persuader cet homme de nous montrer le chemin.

— Un de ces jours, dit Leigh, vous allez découvrir que tous les êtres humains ne peuvent être matés. Quelles pressions allez-vous exercer sur ce type ? Supposez qu'il n'ait pas de mère.

— Il a... la vie, sussura la femme.

— Un seul regard sur vous, trancha Leigh, et il saura qu'il la perdra de toute façon.

Tout en parlant, il fit un pas, un petit pas vers la gauche. Il avait envie de dire quelque chose, n'importe quoi pour détourner l'attention. Mais sa voix l'avait déjà trahi. Et peut-être en était-il de même une fois encore.

La figure glacée de l'homme était presque trop énigmatique.

— Nous pourrions, dit la femme, utiliser William Leigh pour le persuader.

Les mots avaient été prononcés à voix basse, mais ils choquèrent Leigh. Car ils lui offraient un vague espoir. Et cela brisa sa volonté d'action. Son but s'estompa. Il lutta pour ramener à sa conscience cette dure détermination. Il concentra son regard sur l'enregistreur, mais la femme continuait de parler ; et son esprit ne voulait rien entendre que l'urgente signification de ses paroles.

— C'est un esclave trop précieux pour qu'on le détruise. Nous pourrons toujours prendre son sang et son énergie, mais maintenant nous devons l'envoyer sur Europa, pour y trouver le pilote du cargo des Ungarn, et l'accompagner au météore du professeur. S'il pouvait examiner l'intérieur, notre attaque serait certainement simplifiée, et il est possible qu'il y ait de nouvelles armes, dont nous devrions être informés. Nous ne devons pas sous-estimer la science des Grands Galactiques. Naturellement, avant d'accorder à Leigh sa liberté, nous manipulerons un peu son cerveau, et effacerons de son esprit conscient tout ce qui s'est passé dans cette chambre d'hôtel. Nous rendrions plausible pour Leigh l'identification du Pr Ungarn avec l'Observateur Galactique, en récrivant quelque peu son rapport psychographique ; et demain il se réveillera dans son lit avec un nouveau but, né d'une impulsion humaine simple, telle que l'amour pour la fille.

Le fait même que le Dreegh, Jeel, la laissait parler, ramena un peu de rose aux joues de Leigh, une légère rougeur à la pensée de l'énorme série de trahisons qu'elle attendait de lui. Néanmoins, si faible était son désir de continuer à vivre qu'il ne put que lancer :

— Si vous croyez que je vais tomber amoureux d'une bonne femme qui a deux fois mon Q.I., vous êtes...

La femme l'interrompit :

— Taisez-vous, imbécile ! Vous ne voyez pas que je vous ai sauvé la vie ?

L'homme était froid, glacé.

— Oui, nous nous servirons de lui, pas parce qu'il est essentiel mais parce que nous avons le temps de rechercher des victoires faciles. Les premiers membres de la tribu Dreegh n'arriveront pas avant un mois et demi, et il faudra un mois à Mr Leigh pour atteindre la lune Europa, par un des vaisseaux de ligne primitifs de la Terre. Heureusement, la base militaire galactique la plus proche est à plus de trois mois de distance... à la vitesse des vaisseaux galactiques.

Avec une vivacité de tigre, déconcertante, le Dreegh pivota pour faire face à Leigh ; ses yeux étaient des puits de feu noir qui évaluaient le regard surpris du reporter.

— Finalement, pour rappeler à votre subconscient l'erreur de la ruse, et afin de compléter le châtiment pour vos offenses passées, et intentionnelles, *ceci !*

Désespérément, Leigh tenta d'éviter le métal qui fulgurait vers lui. Ses muscles tentèrent horriblement d'accomplir la mission impérative qui s'imposait à lui. Il bondit vers l'enregistreur... mais *quelque chose* saisit son corps. Quelque chose de non physique.

La douleur qui le frappa parut mortelle. Il n'y avait pas de flamme d'énergie visible, seulement cette lueur émanant du métal. Mais ses nerfs se tordirent ; des forces énormes contractèrent les muscles de sa gorge ; gelèrent le hurlement qui y frémissait. Tout son être accueillit les ténèbres miséricordieuses qui mirent fin à la souffrance infernale.

7

Comme la scène s'estompait, Hammond se détourna du panneau viseur et sourit à Helen Wendell.

— Ainsi, voilà le notoire vampire Dreegh. La vie a ses bons moments, n'est-ce pas ?

Elle hocha gravement la tête.

— J'ai entendu parler d'eux toute ma vie et ici, sur cette lointaine planète, nous finissons par en voir un. Ou plutôt deux... Cette femme était absolument abominable. (Elle devint songeuse.) Croyez-vous qu'ils ont soupçonné que nous nous servions du psychologue mécanique comme intermédiaire pour les observer ?

— Jeel l'a examiné dans la crainte d'une menace. N'en voyant pas, je suis certain qu'il ne s'est soucié de rien d'autre.

Il était assis sur un capané, devant l'instrument de vision. Il se leva, alla à son bureau, et se laissa tomber dans le fauteuil. Sa compagne le rejoignit. C'était une jolie femme, vive et gracieuse, et elle s'assit dans le fauteuil en face de lui.

— Que faisons-nous maintenant ? demanda-t-elle.

— Toujours rien. N'oubliez pas que nous observons une opération de police qu'un des Grands a lancée il y a trois années terrestres. (Il parut singulièrement stimulé par cette pensée :) Vous rendez-vous compte que nous allons peut-être avoir la chance extraordinaire d'assister à toute une opération menée par un de ces êtres supérieurs ? Cela pourrait être l'occasion éducationnelle la plus importante de toute notre vie.

— Hum.

Le visage beau et fort de Hammond exprima la stupéfaction.

— Il est intéressant qu'un Grand Galactique prenne enfin conscience de la situation Dreegh. Il y a tant de crimes et de guerres parmi les milliers de races inférieures dans cette partie de l'univers que, d'en haut, cela doit ressembler à un carnage anonyme.

Hell Wendell avoua :

— Je dois reconnaître que c'est parfois l'impression que j'ai.

Il fronça les sourcils.

— Un détail cependant, le fait que le président de Recherche Alpha a été averti à l'avance me donne à penser qu'éventuellement nous serons directement concernés.

— Oh, mon Dieu !

— Alors, dites-moi... Où sont les trois personnes dont vous m'avez donné la liste hier soir ? Barbara Ellington, Vince Strather et le Dr Gloge. Ont-ils bien été transportés ?

— Il n'a pas été facile de faire partir le Dr Gloge. Il a le Projet Oméga, vous savez. Mais apparemment il existe un caméléon asiatique qu'il voulait étudier. Alors il part pour nos installations de Tokyo, afin d'observer le caméléon dans une simulation de son habitat naturel. Le jeune homme, Vince, n'avait pas très envie de quitter le pays. C'est un coléreux ; et s'il ne l'a pas dit carrément, je crois comprendre qu'il soupçonne une personne de son service d'essayer de l'évincer. Donc (léger sourire), avec lui, ça n'a pas été la promesse d'un nouvel emploi, mais l'assurance qu'il retrouverait le sien à son retour.

— Je vois que vous êtes toujours aussi habile.

— Ils sont tous dans nos installations britanniques. J'avoue que je peux imaginer la possibilité qu'un super-savant comme le Dr Gloge soit d'un vague intérêt pour les Dreeghs mais les deux jeunes gens, non.

Hammond serra les dents.

— Ma chère, je pars du principe qu'il n'y a pas de coïncidences dans cette affaire. Donc le rôle plus important de William Leigh, un journaliste, est significatif. Et son contact accidentel, comme vous dites, avec trois employés de Recherche Alpha doit être noté.

— Et l'équipe scientifique qui a interrogé Leigh ?

— J'y ai songé. Ils ont été désignés objectivement, au hasard. Donc ce n'est pas la même chose.

— J'ai leurs noms, au cas où vous les voudriez.

— Bien.

Il se leva et sourit.

— Maintenant, retournons nous coucher.

Tous deux quittèrent la pièce.

8

Le troisième jour, Europa commença à accorder un peu de ciel à l'énorme masse de Jupiter derrière elle. Les moteurs qui transformaient si imparfaitement l'attraction magnétique en une vague répulsion fonctionnaient de mieux en mieux depuis que la complication d'attirance gravifique et de contre-attirance cédait avec la distance. Le vieux petit cargo poussif fonçait tant bien que mal dans l'immense nuit ; et les jours devinrent des semaines, les semaines un mois complet. Le trente-septième jour, la sensation de ralentissement fut si nette que Leigh se traîna hors de sa couchette et croassa :

— C'est encore loin ?

Le routier de l'espace à la figure massive lui sourit. L'homme s'appelait Hanardy.

— Nous arrivons, répondit-il tranquillement. Vous voyez ce point lumineux là-bas sur la gauche ? Il vient par ici.

Il ajouta, avec une compassion bourrue :

— Le voyage a été dur, hein ? Plus pénible que vous ne le pensiez quand vous m'avez proposé ce reportage sur ma petite navette pour vos grands journaux.

Leigh l'entendit à peine. Il collait le nez au hublot et cherchait à percer les ténèbres. Au début, ses yeux clignaient malgré lui, et il ne voyait rien. Il y avait des étoiles là-dehors, mais il dut attendre de longues secondes avant que son regard brouillé distingue des lumières mouvantes. Il les compta avec une vague perplexité.

— Un, deux, trois... sept, dit-il. Qui voyagent en formation.

— Quoi ? Sept ?

Hanardy vint se pencher à côté de lui.

Un bref silence tomba, tandis que les lumières s'éloignaient et finissaient par disparaître.

— Dommage, marmonna Leigh, que Jupiter soit derrière nous. Elles n'auraient peut-être pas disparu comme ça. Laquelle était le météorite d'Ungarn ?

Hanardy se redressa, la figure assombrie, les sourcils froncés. Il dit lentement :

— C'était des vaisseaux. Je n'ai jamais vu de vaisseaux aller si vite. Ils ont disparu en moins d'une minute.

Son visage se rasséréna. Il haussa les épaules.

— Ça doit être de ces nouveaux vaisseaux de la police, probable. Et nous avons dû les apercevoir sous un angle bizarre, pour qu'ils disparaissent aussi rapidement.

Leigh resta à demi accroupi, figé, immobile. Et après un coup d'œil rapide à la figure burinée du pilote, il détourna son regard. Pendant un moment il avait eu atrocement peur que ses pensées folles fulgurent de ses yeux.

Des Dreeghs ! Deux mois et demi avaient lentement suivi leur cours, depuis les meurtres. Plus d'un mois pour aller de la Terre à Europa, et maintenant cet exténuant voyage solitaire avec Hanardy, l'homme qui approvisionnait les Ungarn. Chaque jour, il avait été certain que le danger ne s'était pas fondamentalement modifié mais avait pris une forme moins directe. La seule réalité positive de toute l'affaire, c'est qu'il s'était réveillé le matin, après le test du psychologue mécanique, d'un sommeil sans rêves ; et là, sur le rapport psychographique, il y avait l'identification d'Ungarn avec l'Observateur, et la déclaration, prouvée par une tension émotionnelle trop familière, qu'il était amoureux de la fille.

Et maintenant ça ! Son esprit bouillonnait. Des Dreeghs dans sept vaisseaux. Cela signifiait que le premier avait reçu de puissants renforts. Et peut-être les sept n'étaient-ils qu'un groupe de reconnaissance, qui se retirait à l'approche de Hanardy. Ou peut-être ces extraordinaires assassins avaient-ils déjà attaqué la base de l'Observateur. La fille était peut-être morte.

Mal à l'aise, il regarda le météorite d'Ungarn tracer un sombre sillon scintillant dans les ténèbres. Les deux objets, le vaisseau et la masse informe de roche métallique, se rejoignirent, le vaisseau un peu en arrière. Une grande porte d'acier s'ouvrit dans la pierre. Adroitement, le vaisseau glissa dans le gouffre. Il y eut des déclics bruyants. Hanardy sortit de la salle de contrôle, perplexe et sombre.

— Ces foutus vaisseaux sont encore là-dehors. J'ai fermé les grands verrous d'acier, mais il faut quand même que je prévienne le professeur et...

Crash! Le monde bascula. Le plancher s'éleva et frappa violemment Leigh. Il resta assommé, glacé malgré la pensée qui brûlait comme une flamme dans son esprit. Pour une raison quelconque, les vampires avaient attendu que le cargo soit à l'intérieur. Et puis instantanément, férocement, ils avaient attaqué. En masse !

— Hanardy !

— Une voix féminine vibrante jaillit d'un des haut-parleurs.

Le pilote se redressa lourdement, assis sur le sol où il était tombé à côté de Leigh.

— Oui, Miss Patricia.

— Vous avez osé amener un étranger avec vous !

— Ce n'est qu'un reporter, mademoiselle. Il fait un reportage sur moi, sur ma navette.

— Espèce d'imbécile vaniteux ! C'est William Leigh.

C'est un espion sous hypnose de ces démons qui nous attaquent. Amenez-le immédiatement à mon appartement. Il doit être tué sur l'heure.

— Hé! voulut protester Leigh et puis il se raidit.

Le pilote le regardait fixement, les yeux plissés. Toute camaraderie s'était effacée de sa lourde figure burinée. Leigh rit sèchement.

— Ne soyez pas bête, vous aussi, Hanardy. J'ai commis l'erreur un jour de sauver la vie de cette jeune personne et elle me déteste depuis.

Les gros sourcils se froncèrent.

— Ainsi vous la connaissiez, hein? Vous m'aviez pas dit ça. Feriez bien de me suivre avant que je vous casse la gueule.

Maladroitement, il tira le pistolet de la gaine à son côté et braqua le vilain canon sur Leigh.

— Allez, venez!...

Il tendit la main vers un dispositif de minuscules voyants à côté de la porte des appartements de Patricia Ungarn... et Leigh bondit et frappa un seul coup. Il soutint le gros corps trapu quand il s'affaissa, saisit le pistolet, allongea le poids mort sur le sol du couloir et puis se dressa comme un grand animal aux aguets, l'oreille tendue.

Le silence! Il examina les panneaux blonds de la porte, comme si par la seule force de sa sauvage volonté il espérait pénétrer leur opacité au beau grain doré. Le silence le frappa de nouveau, le vide de ces longs corridors semblables à des tunnels. Ahuri, il se demanda s'il était possible que le père et la fille vivent réellement là, sans compagnons ni serviteurs, sans aucune autre présence humaine. En imaginant qu'ils pourraient soutenir l'assaut des puissants et terribles Dreeghs!

Ils avaient beaucoup d'énergie, là, bien sûr. La reproduction de la gravité terrestre à elle seule devait en consommer des quantités incroyables. Mais il se dit qu'il valait mieux s'esquiver tout de suite, avant que la fille s'impatiente et sorte avec une de ses armes. Ce qu'il devait faire était fort simple, et sans aucun rapport avec l'espionnage ridicule, hypnotique ou non. Il devait trouver l'automobile-vaisseau spatial dans lequel... *Mr Patrick* lui avait échappé quand ils étaient sortis de chez *Constantine's*. Et avec ce minuscule vaisseau, il devrait tenter de se glisser hors du météorite d'Ungarn, s'insinuer entre les lignes des Dreeghs et regagner la Terre.

Quel fou il avait été, quel être humain médiocre, de s'associer à des gens pareils ! Le monde était plein de filles normales, de son propre niveau intellectuel. Pourquoi n'était-il pas tranquillement marié avec l'une d'elles ? Pensant toujours à cela, il traîna laborieusement Hanardy sur le sol lisse. Comme ils atteignaient un détour du couloir, l'homme revint à lui. Sans hésitation, Leigh le frappa violemment avec la crosse du pistolet. Ce n'était pas le moment de mollir.

Le pilote redevint inerte et le reste fut simple. Leigh abandonna le corps dès qu'il l'eut traîné hors de vue, et courut dans le corridor, essayant d'ouvrir des portes. Les quatre premières résistèrent. La cinquième était fermée à clef aussi, mais cette fois Leigh s'arrêta pour réfléchir.

Il paraissait incroyable que tout fût verrouillé. Deux personnes dans un météorite isolé ne devaient pas passer leur temps à ouvrir et refermer des portes à clef. Avec soin, il examina celle-là. Et découvrit son secret. Elle s'ouvrit sur une légère pression d'un minuscule bouton qui semblait faire partie de la ferrure. Il entra, et recula aussitôt, saisi de terreur.

La pièce n'avait pas de plafond. Au-dessus de lui il y avait... l'espace. Une bouffée d'air glacé le gifla. Il aperçut vaguement de gigantesques machines, des appareils qui ressemblaient un peu à ceux de l'observatoire ultra-moderne de la lune qu'il avait visité deux ans plus tôt, lors de son inauguration. Cet unique et bref coup d'œil fut tout ce que se permit Leigh. Il retourna dans le couloir. La porte de l'observatoire se referma automatiquement.

Comme il se hâtait vers la porte suivante, il se dit qu'il s'était conduit comme un crétin. La présence de l'air froid révélait que l'effet d'ouverture du plafond n'était qu'une illusion, produite par du verre invisible. Mais il préféra ne pas y retourner.

La sixième porte s'ouvrit sur un petit cagibi. Après un instant d'égarement, il comprit ce que c'était. Un ascenseur !

Il s'y jeta. Plus il s'éloignerait de l'étage résidentiel, moins il risquerait d'être découvert rapidement. Il se retourna pour fermer la porte, et vit qu'elle se fermait automatiquement. Un déclic, et l'ascension immédiate. Leigh fronça les sourcils. L'ascenseur était apparemment programmé pour monter à un endroit défini. Et cela risquait d'être très mauvais. Il chercha des yeux les commandes mais ne vit rien. Pistolet au poing, il attendit, tous ses sens en alerte, quand la cabine s'arrêta. La porte glissa.

Leigh ouvrit des yeux ronds. Il n'y avait pas de couloir. La porte s'ouvrait sur des ténèbres. Pas le noir de l'espace avec ses étoiles. Ni une salle obscure, à demi révélée par la lumière de l'ascenseur. Le noir total ! Impénétrable. Il tendit une main hésitante, s'attendant presque à trouver un mur. Mais quand sa main pénétra dans le noir, elle disparut. Il la ramena vivement, la regarda et fut saisi d'épouvante. Elle luisait d'une lumière à elle, et tous les os étaient nettement visibles.

Rapidement, la lumière pâlit, s'éteignit, la peau devint opaque, mais tout son bras palpitait de douleur. Il songea : imbécile, imbécile ! Riant amèrement, il s'attendit au pire.

Soudain, un éclair dans les ténèbres. Quelque chose qui scintillait vivement, quelque chose de matériel qui flamboyait et visait son front... qui pénétrait dans sa tête. Et puis...

Il n'était plus dans l'ascenseur. A gauche et à droite s'étendait un long corridor. Le gros Hanardy tendait la main vers les minuscules voyants à côté de la porte de l'appartement de Patricia Ungarn. Les doigts de l'homme effleurèrent un des voyants lumineux, qui s'éteignit. Sans bruit, la porte s'ouvrit. Une jeune femme au regard fier, insolent, au port de reine, apparut.

— Père veut que vous descendiez au Niveau 4, dit-elle à Hanardy. Un des écrans d'énergie est tombé ; et il a besoin de votre aide avant d'en élever un autre.

Elle se tourna vers Leigh. Sa voix prit des accents métalliques quand elle lui dit :

— *Mr Leigh, vous pouvez entrer !*

9

Leigh entra, avec à peine un frémissement. Une brise fraîche caressa ses joues; et il perçut un doux chant d'oiseaux dans le lointain. Il s'arrêta net en voyant le jardin ensoleillé derrière les portes-fenêtres. Au bout de quelques secondes il se demanda ce qui lui arrivait.

Il porta les mains à sa tête, se tâta le front, tout le crâne. Mais il n'y avait rien, pas la moindre contusion, aucune douleur. Il vit que la fille le regardait fixement et comprit que ses gestes devaient paraître très bizarres.

— Qu'est-ce que vous avez ? demanda-t-elle.

Leigh la considéra avec méfiance.

— Ne faites pas l'innocente, dit-il durement. Je suis monté dans la salle de noirceur et tout ce que je peux vous dire, c'est que si vous projetez de me tuer, il est inutile de vous cacher derrière une nuit artificielle ou toute autre manigance.

La fille plissait les yeux, son regard était désagréablement glacé.

— Je ne sais pas ce que vous essayez de prétendre, dit-elle, mais je puis vous assurer que ça ne retardera pas la mort que nous devons vous infliger.

Elle hésita, puis elle demanda sèchement :

— La salle de *quoi?*

Leigh le lui expliqua, dérouté par sa perplexité, et puis irrité par son sourire dédaigneux. Elle l'interrompit :

— Je n'ai jamais entendu d'histoire aussi incohérente. Si votre intention était de m'ahurir et de retarder votre mort grâce à ce récit invraisemblable, vous avez échoué. Vous devez être fou. Vous n'avez pas assommé Hanardy, pour la bonne raison que lorsque j'ai ouvert la porte il était là, et je l'ai envoyé à mon père.

— Ecoutez...

Leigh se tut. Parce que Hanardy était bien là quand elle avait ouvert ! Et pourtant quelques minutes plus tôt...

Quand ?

Obstinément, Leigh poursuivit le cours de sa pensée. Quelques minutes plus tôt, il avait attaqué Hanardy. Puis il était monté, dans un ascenseur. Et puis, sans savoir comment, il était revenu. Il sentit sa raison lui échapper. D'une main tremblante, il se tâta de nouveau le crâne. Et tout était absolument normal. Seulement, pensa-t-il, il y avait quelque chose à l'intérieur, qui scintillait et chatouillait.

Il sursauta en voyant que la fille tirait un pistolet de la poche de sa robe blanche toute simple. Il regarda fixement l'arme et se dit : « Il faut que je la retarde encore. »

— Bon, dit-il, je veux bien admettre que mes paroles vous déconcertent. Commençons par le commencement. Cette pièce existe, n'est-ce pas ?

— Je vous en prie, dit-elle avec un soupir excédé, épargnez-moi votre logique. Mon Q.I. est de 243, le vôtre de 132. Alors je vous assure que je suis tout à fait capable de raisonner depuis le commencement que vous choisirez. Il n'existe pas de salle de « noirceur » comme vous l'appelez, pas de chose scintillante qui s'insinue dans un crâne humain. Il n'y a qu'un fait précis : au cours de leur visite dans votre chambre d'hôtel, les

Dreeghs vous ont hypnotisé, et cette curieuse illusion mentale ne peut être que le résultat de cette hypnose... Ne discutez pas !

D'un mouvement violent du pistolet elle lui imposa le silence et reprit :

— Nous n'avons pas le temps. Pour je ne sais quelle raison, les Dreeghs vous ont fait quelque chose. Pourquoi ? Qu'avez-vous vu dans cette pièce ?

Tandis qu'il expliquait et décrivait, Leigh comprit qu'il allait devoir attaquer cette fille, et prendre tous les risques que cela comportait.

Le dessein était une chose bien concrète dans son esprit, quand il obéit à son geste et la précéda dans le couloir. La détermination glacée ne le quitta pas pendant qu'il comptait les portes à partir du coin où il avait laissé Hanardy inconscient.

— Une, deux, trois, quatre, *cinq*. Cette porte !

— Ouvrez-la, ordonna la fille.

Il la poussa. Et resta bouche bée. Il avait devant les yeux une pièce confortable, douillette, tapissée de livres admirablement reliés. Il y avait des fauteuils profonds, un magnifique tapis, un bureau.

Ce fut la fille qui referma la porte avant de lui faire encore une fois signe de marcher devant elle. Ils atteignirent la sixième porte.

— Et ça, c'est votre ascenseur ?

Leigh hocha la tête sans rien dire ; et parce que tout son corps tremblait, il ne fut qu'à peine étonné de constater qu'il n'y avait pas d'ascenseur mais un long couloir silencieux et désert. La fille lui tournait presque le dos ; s'il la frappait, il lui cognerait la tête contre le montant de la porte.

Ce fut l'atroce brutalité de cette pensée qui l'arrêta, qui le retint un instant. Et puis ce fut trop tard. La fille pivota et le regarda dans les yeux.

Elle leva son arme et la braqua d'une main assurée.

— Pas comme ça, dit-elle calmement. J'ai souhaité un

instant que vous ayez le courage d'essayer. Mais pour moi, ce serait une faiblesse. (Ses yeux brillèrent de fierté :) Après tout, il m'est déjà arrivé de tuer par nécessité, et cela m'a fait horreur. Vous devez comprendre que, à cause de ce que les Dreeghs vous ont fait, c'est nécessaire. Alors retournons chez moi. J'ai là un sas qui me permettra de me débarrasser de votre corps. Avancez !

Ce fut le vide, le silence à peine troublé par le bruit de leur pas, qui agirent sur les nerfs de Leigh. Sans espoir, il retournait vers l'appartement. Il était pris au piège dans ce météorite qui fonçait dans la sombre et lointaine immensité du système solaire. Là, dans cette prison, poursuivi et attaqué par des vaisseaux mortels venus d'étoiles fixes, il était un condamné à mort et son bourreau serait une fille. C'était le plus atroce. Il ne pouvait discuter avec cette jeune femme. Chacun de ses mots ressemblerait à une supplication, et il ne voulait pas implorer.

Le chant des oiseaux, quand il entra dans l'appartement, l'arracha à son désespoir. Il s'approcha des grandes portes-fenêtres et contempla le radieux jardin ensoleillé. Un hectare au moins de pelouses, d'arbres et de fleurs s'étendait devant lui. Il y avait un grand et profond bassin d'eau verte, verte. Partout voletaient et pépiaient des oiseaux aux couleurs éclatantes, et le soleil brillait dans toute sa gloire.

Ce fut le soleil qui retint le plus longtemps l'attention de Leigh. Finalement, il crut tenir la solution. Il murmura, sans se retourner :

— Le toit... c'est un dispositif... de loupes. Il rend le soleil aussi grand que par rapport à la Terre. Est-ce...

— Retournez-vous, ordonna derrière lui la voix hostile et vibrante. Je ne tire pas dans le dos des gens. Et je veux en finir.

La complaisance moralisante des mots exaspéra Leigh. Il fit brusquement demi-tour.

— Espèce de sacrée petite Klugg ! Vous ne pouvez pas me tirer dans le dos, hein ? Oh que non ! Et vous ne pourriez pas m'abattre quand je vous attaque parce que ce serait une faiblesse. Tout doit satisfaire votre conscience !

Il se tut si brusquement que, s'il avait couru au lieu de parler, il aurait trébuché. Figurativement, presque littéralement, il vit Patricia Ungarn pour la première fois depuis son arrivée. Son esprit s'était tellement concentré, avait été si absorbé par le danger mortel...

Pour la première fois, comme une femme.

Leigh poussa un long soupir. Vêtue en homme, elle avait été charmante et juvénile. A présent, elle portait une robe de sport très simple, d'un blanc de neige. Ce n'était guère qu'une tunique, qui s'arrêtait bien au-dessus de ses genoux. Ses cheveux châtains lustrés cascadaient sur ses épaules. Ses bras et ses jambes nus étaient admirablement bronzés. Elle était chaussée de sandales blanches immaculées. Son visage donnait une impression de beauté extraordinaire. Stupéfait, il vit ses joues parfaites rougir violemment.

— Je vous interdis de prononcer ce mot !

Elle devait être absolument folle de rage. Sa fureur était si intense que Leigh ne put retenir une exclamation étouffée. Soudain, il comprit la chance formidable que lui offrait le destin.

— Klugg, répéta-t-il. Klugg, Klugg, Klugg ! Vous vous rendez compte à présent que les Dreeghs vous ont bien devinée, que toutes vos prétentions de puissance ne relevaient que de votre esprit de Klugg exigeant une compensation prétentieuse pour une vie terne et solitaire. Vous deviez vous imaginer que vous étiez quelqu'un, et pourtant vous deviez bien savoir qu'ils n'expédient que des êtres de dixième degré dans ces lointains avant-postes. Klugg, pas même Lennel ; la Dreegh n'a même pas voulu vous accorder le niveau Lennel, dont je ne sais rien. Mais elle savait. Parce que si votre Q.I. est de 243, celui des Dreeghs est de 400. Vous l'avez compris aussi, n'est-ce pas ?

— Taisez-vous ! Ou je vous fais mourir à petit feu ! cria Patricia Ungarn.

Leigh fut abasourdi de la voir blêmir sous son hâle. Il comprit, plus fortement encore, qu'il avait touché non pas le talon d'Achille émotionnel de cette étrange et terrible jeune femme, mais les racines vitales de son existence mentale elle-même.

— Ainsi, reprit-il délibérément, les grands principes s'estompent. Maintenant, vous pouvez me torturer à mort, à petit feu, sans aucun remords. Quand je pense que je suis venu ici pour vous demander de m'épouser parce que je croyais qu'une Klugg et un être humain pouvaient s'entendre !

— Quoi ? s'exclama-t-elle, ricanante. C'est donc cela, la forme de leur hypnotisme. Ils devaient bien employer une impulsion simple pour un esprit humain simpliste. (Elle s'interrompit, luttant visiblement pour retrouver son calme :) Je crois que cela suffit. Je connais parfaitement le genre de pensées qui viennent à un humain mâle quand il est amoureux. Je sais que vous n'êtes pas responsable, mais cette idée n'en est pas moins intolérable. Je me sens écœurée, insultée. Sachez, je vous prie, que mon futur mari arrivera avec les renforts, dans trois semaines. Il s'entraînera pour reprendre l'œuvre de mon père...

— Un autre Klugg ! s'écria Leigh, et la fille pâlit encore.

Leigh resta foudroyé. De toute sa vie, jamais il n'avait vu personne aussi violemment bouleversé que l'était cette jeune fille. Le masque intellectuel tombait, et révélait un bouillonnement d'émotions amères dépassant le pouvoir d'expression des mots. Il avait là un exemple d'une vie si solitaire qu'il ne pouvait l'imaginer. Les moindres paroles de Patricia trahissaient un incroyable sado-masochisme refoulé, car si elle le torturait, elle se torturait aussi elle-même. Mais il ne pouvait s'empêcher de la plaindre. Sa propre vie était en jeu, et seules de nouvelles paroles pouvaient retarder sa mort, ou amener le rapide et supportable sursis d'une balle tirée dans la passion. Il poursuivit résolument :

— Je voudrais vous poser une question. Comment avez-vous découvert que mon Q.I. est de 132 ? Quel intérêt particulier vous a poussée à vous renseigner ? Est-il possible que, toute seule ici, vous ayez eu ce genre de pensée et que, bien que votre intellect rejette un amour aussi vil, son existence soit le ressort de votre détermination à tuer, à me tuer plutôt que de me guérir ? Je...

— Ça suffit, interrompit Patricia Ungarn.

Leigh mit un instant à s'apercevoir que durant ces brèves secondes elle s'était complètement ressaisie. Il l'observa, les nerfs tendus, quand elle désigna avec le pistolet une porte qu'il n'avait pas encore remarquée.

— Je suppose qu'il y a une solution autre que la mort, dit-elle sèchement. C'est-à-dire, autre que la mort immédiate. Et j'ai décidé d'accepter la perte de mon vaisseau spatial qui en résultera. Il est là, dans le sas. Son maniement est très simple. Le volant s'élève, s'abaisse ou se pousse de côté pour diriger le vaisseau. Vous n'avez qu'à appuyer sur l'accélérateur, et l'engin foncera. Le décélérateur, c'est la pédale de gauche. Les roues de la voiture se replient automatiquement dès que l'appareil décolle. Maintenant allez. Inutile de vous dire que les Dreeghs vous attraperont probablement. Mais vous ne pouvez pas rester ici, c'est évident.

— Merci.

Ce fut tout ce que Leigh se permit de dire. Il avait fait exploser un baril de poudre émotionnel et n'osait pas y toucher davantage. Il y avait là un formidable mystère psychologique, mais ce n'était pas à lui de le résoudre. Tremblant soudain en comprenant ce qui l'attendait encore, il se dirigea en hésitant vers le sas. A ce moment...

Il éprouva une atroce nausée. Tout tournoya et il plongea dans les ténèbres.

Et puis il se retrouva debout devant la porte, dans le corridor, Hanardy à côté de lui. La porte de l'appartement de Patricia Ungarn s'ouvrit. La jeune femme prononça des paroles étrangement familières, disant à Hanardy de descendre au quatrième niveau pour réparer un écran d'énergie. Puis elle se tourna vers Leigh et lui dit, d'une voix dure et métallique :

— Mr Leigh, vous pouvez entrer.

10

Le plus fou, ce fut qu'il entra presque sans frémir. Une brise fraîche caressa ses joues. Il perçut un doux chant d'oiseaux dans le lointain. Indécis, Leigh s'immobilisa. Faisant un prodigieux effort de volonté, il chassa la brume de son esprit et se força à parcourir le tourbillon de la mémoire totale. Tout était là, soudain. Comment les Dreeghs s'étaient introduits dans sa chambre d'hôtel et l'avaient impitoyablement contraint à exécuter leur volonté, comment la salle de « noirceur » l'avait affecté, comment la fille l'avait épargné.

Pour une raison quelconque, toute la scène avec la fille avait déplu à... Jeel. Et maintenant, fantastiquement, elle devait se répéter.

Il ne poursuivait pas cette pensée. La réalité incroyable, fantastique de ce qui s'était passé fit place à un fait bien plus considérable : il y avait... quelque chose... à l'intérieur de sa tête, une chose physique. D'une manière bizarre, horrible, inexpérimentée, son esprit luttait instinctivement contre elle. Il en résultait une atroce confusion. Quelle qu'elle fût, cette chose dans sa tête était là, insensible aux convulsions fébriles de son cerveau, froide, hautaine, observatrice.

Elle observait.

Alors, dans un éclair de folie, il comprit ce que c'était. Un autre esprit. Leigh recula à cette pensée comme devant un feu destructeur. Il rassembla ses idées. Pendant un instant, sa frénésie fut telle que son visage se convulsa sous l'effort angoissé. Et tout se brouilla.

Enfin, épuisé, il renonça. Et la chose dans sa tête était toujours là. Intacte.

Que lui était-il arrivé ?

Leigh porta des mains tremblantes à son front. Puis il tâta tout son crâne. Il songea vaguement que s'il appuyait fortement, la chose serait atteinte. Il baissa vivement les mains en jurant à part lui. Enfer et damnation, voilà qu'il répétait même les gestes de cette scène. Il eut conscience du regard curieux de la fille. Il l'entendit demander :

— Qu'est-ce que vous avez ?

C'était le même son, les mêmes mots exactement. Il sourit ironiquement. Son esprit recula du sombre précipice au bord duquel il oscillait. Il retrouvait la raison.

Avec tristesse, il reconnut qu'il était encore loin d'être redevenu normal. Sain d'esprit, oui, mais découragé. De toute évidence, la fille n'avait aucun souvenir de la scène précédente, sinon elle ne se répéterait pas comme un perroquet. Cette pensée disparut aussi. Il se passait une chose étrange. L'esprit à l'intérieur de sa tête s'animait, et regardait par ses yeux. Observait intensément.

Intensément.

La pièce et la fille qui s'y trouvait changèrent, pas physiquement, mais subjectivement, par ce qu'il voyait, par de petits détails. Les détails le brûlèrent. Les meubles et le décor qui l'instant d'avant lui avaient paru harmonieux et charmants révélaient soudain des erreurs, des fautes de goût dans la disposition et la structure. Son regard se reporta sur le jardin et en une seconde le mit mentalement en pièces. Jamais de toute son existence il n'avait vu ou senti un sens critique aussi aigu et aussi dévastateur.

Seulement ce n'était pas de l'esprit critique. Pas vraiment. L'esprit était indifférent. Il voyait les possibilités. Par comparaison, la réalité en souffrait. Rien n'était désespérément laid, non. C'était quelque chose de beaucoup plus subtil. Des oiseaux qui ne convenaient pas, pour trente-six raisons, à leur environnement. Des buissons qui ajoutaient une note infinitésimale de déséquilibre et non d'harmonie, au superbe jardin.

L'esprit quitta le jardin ; et cette fois, pour la première fois, examina la fille. Sur toute la Terre, jamais aucune femme n'avait été aussi intensément détaillée. La structure de son corps et de son visage, qui pour Leigh avait été si finement, si fièrement formée, si merveilleusement patricienne... il la trouvait vulgaire à présent.

Un excellent exemple de développement de basse classe, dans l'isolement.

Telle était la pensée, pas méprisante, pas avilissante, simplement l'impression d'un esprit effroyablement direct qui voyait des nuances, des réalités sous la réalité, mille facettes là où une seule apparaissait.

Une compréhension, claire comme le cristal, de la psychologie de la fille suivit, une admiration objective pour le système d'éducation en vase clos qui faisait des filles Kluggs d'aussi remarquables reproductrices ; et puis...

L'intention !

Immédiatement mise à exécution. Leigh fit trois pas rapides en avant. La fille porta la main à sa poche pour prendre le pistolet. Elle se débattit, ses muscles tendus, comme des ressorts d'acier. Mais ils ne pouvaient rien contre la super-force de Leigh, sa super-rapidité. Il la ligota avec du fil de fer qu'il avait remarqué dans une penderie entrouverte.

Il recula, et la pensée personnelle lui vint, qui le choqua, de la chose incroyable qui venait de se passer, la compréhension que tout cela, qui semblait normal, avait été si foncièrement surhumain, si rapide que... quelques secondes à peine s'étaient écoulées depuis qu'il était entré dans la pièce.

Sa pensée personnelle se dissipa. Il eut conscience de l'esprit, considérant ce qu'il avait fait et ce qu'il devait encore faire avant d'être totalement maître du météorite.

La victoire des vampires était proche.

Il y eut une phase de marche dans des corridors déserts, de descente de plusieurs étages. Leigh pensait vaguement, personnellement, que le Dreegh semblait connaître parfaitement l'intérieur du météorite. D'une façon ou d'une autre, pendant les périodes de transition, de manipulation du temps, la créature-esprit avait dû utiliser son propre corps captif pour explorer entièrement ces lieux. Et maintenant, avec une intention simple, mortelle, il se dirigeait vers les ateliers du quatrième niveau, où le Pr Ungarn et Hanardy travaillaient pour dresser un nouveau écran d'énergie.

Il trouva Hanardy seul, devant un tour bourdonnant, et le bruit lui permit de s'approcher...

Le professeur se trouvait dans une vaste salle où d'immenses moteurs vrombissaient, un son grave et profond de puissance titanesque. C'était un homme de haute taille, et il tournait le dos à la porte quand Leigh entra. Mais ses réactions étaient beaucoup plus rapides que celles de Hanardy, plus vives encore que celles de sa fille. Il sentit le danger. Il pivota avec l'agilité d'un chat. Et céda instantanément à des muscles qui auraient pu lui arracher les membres. Ce fut pendant qu'il lui attachait les mains que Leigh eut le temps de se faire une impression.

Sur les photos qu'il avait vues, comme il l'avait dit à Merla la Dreegh, à l'hôtel, le visage du professeur était sensible, avec une expression fatiguée mais empreinte de noblesse. Il était plus que cela. De la puissance émanait de cet homme, qu'aucune photographie ne pouvait montrer, une *bonne puissance,* contrastant avec le pouvoir supérieur, sauvage et maléfique, du Dreegh.

Le sens d'une puissante personnalité s'effaçait sous l'aura de lassitude cosmique. C'était une figure ridée, extraordinairement parcheminée. En un éclair, Leigh se rappela ce que la Dreegh avait dit. Tout était là, les profondes rides tragiques d'une souffrance mentale indicible, accompagnées d'une étrange paix. Comme de la résignation. Cette nuit-là, il y avait des mois, il avait demandé à Merla la Dreegh : « Résigné à quoi ? » Et maintenant, la réponse était là dans ce visage torturé et bon : « *Résigné à l'enfer.* »

Etrangement, une seconde réponse inattendue s'insinua dans son cerveau : des minus, ils n'étaient que des minus galactiques. Des Kluggs. L'idée ne semblait pas avoir de source ; mais elle s'imposait plus fortement. Le Pr Ungarn et sa fille étaient des Kluggs, des *minus* dans l'incroyable sens galactique. Pas étonnant que la fille ait réagi comme une aliénée. Manifestement née là, elle n'avait dû deviner la vérité qu'au cours des deux derniers mois.

Le Q.I. des minus humains oscillait entre 75 et 90, celui des Kluggs entre 225, peut-être et, disons, 243. Quelle pouvait être la nature de la civilisation galactique si les Dreeghs avaient un Q.I. de 400 et si chez les Kluggs le niveau d'intelligence le plus bas était égal à celui des génies de la Terre ? Quelqu'un, bien sûr, devait vaquer aux mornes tâches routinières de la civilisation. Les Kluggs, les Lennels et d'autres étaient évidemment choisis pour cela. Pas étonnant qu'ils aient l'air fatigué, avec ce fardeau d'infériorité pesant sur leur structure nerveuse et musculaire elle-même ! Pas étonnant que des planètes entières soient maintenues dans l'ignorance.

Leigh laissa le professeur pieds et poings liés, et commença à abaisser des leviers. Certains des grands moteurs ralentissaient quand il sortit de cette formidable salle des machines. Le puissant bourdonnement diminuait.

De retour dans l'appartement de la fille, il pénétra dans le sas, monta dans le petit vaisseau spatial automobile, et s'élança dans la nuit. Rapidement, la masse scintillante du météorite s'éloigna dans les ténèbres derrière lui. Soudain, des rayons magnétiques s'emparèrent de son minuscule véhicule, et l'attirèrent impitoyablement vers l'engin en forme de cigare de quarante-cinq mètres de long qui fulgura hors de l'obscurité. Il sentit les rayons espions ; et il dut être reconnu. Car un autre vaisseau surgit pour le saisir. Des sas s'ouvrirent sans bruit, et se refermèrent. La nausée au cœur, Leigh regarda les deux Dreeghs, l'homme grand, la grande femme. Il expliqua ce qu'il avait fait. Sans espoir, il se demanda vaguement pourquoi il devait l'expliquer. Puis il entendit Jeel murmurer :

— Merla, c'est le cas d'hypnose le plus incroyablement réussi de notre vie. Il a tout fait. Même les plus infimes pensées que nous avons introduites dans son esprit ont été exécutées à la lettre. Et la preuve en est que les écrans s'abaissent. En contrôlant cette station, nous pourrons tenir même après l'arrivée des vaisseaux de guerre des Galactiques, et emplir nos citernes et nos réservoirs d'énergie pour un siècle au moins.

Sa surexcitation se calma. Regardant la femme, il sourit, avec un air de compréhension ironique. Puis il dit laconiquement :

— Ma chère, la récompense est à toi. Nous aurions pu abattre ces écrans en douze heures, mais pour cela il aurait fallu détruire le météorite. Cette victoire est bien plus grande. Prends ton reporter. Assouvis ton désir... pendant que nous nous préparons à l'occupation. Cependant, je vais l'attacher pour toi.

Leigh eut une pensée glacée, lointaine : Le baiser de la mort. Et il frémit en songeant avec terreur à ce qu'il avait fait.

11

Il était allongé sur la couchette, où Jeel l'avait ligoté. Il fut surpris, au bout d'un moment, de remarquer que, si la chose-esprit s'était retirée à l'arrière-plan de son cerveau, elle était encore là, froide, dure, anormalement consciente.

Il se demanda quelle satisfaction Jeel pouvait éprouver de connaître le mortel frisson de la mort qui était en lui. Ces gens devaient atteindre les sommets du sadisme. L'étonnement mourut comme de l'herbe sèche sous un rayon brûlant quand la femme entra dans la pièce et se glissa vers lui. Elle sourit. Elle s'assit sur le bord de la couchette.

— Ainsi te voilà, souffla-t-elle.

Leigh la compara à une tigresse. Chaque muscle de son long corps semblait tendu. Surpris, il vit qu'elle s'était changée. Elle portait une longue robe moulante, soyeuse, diaphane, qui faisait ressortir ses cheveux d'or et son visage pâle. Il la contempla avec fascination.

— Oui, je suis là, dit-il.

Des mots stupides. Mais il ne se sentait pas stupide. Il se raidit, alors qu'il parlait encore. C'était ses yeux. Pour la première fois depuis qu'il l'avait vue dans le souterrain, ses yeux le frappèrent comme un coup de poing. Des yeux bleus. Si fixes. Pas le regard droit de la franchise. Mais fixes comme des yeux morts. Un frisson parcourut Leigh, un frisson spécial, supplémentaire, s'ajoutant à la glace qui courait déjà dans ses veines. L'idée infernale lui vint que c'était une morte, artificiellement maintenue en vie par le sang et la *vie* d'hommes et de femmes morts. Elle souriait, mais la froideur demeurait dans ces yeux de poisson mort. Aucun sourire, aucune chaleur ne pourrait jamais donner de la lumière à cette présence glacée. Mais elle grimaçait un semblant de sourire :

— Nous autres Dreeghs, dit-elle, nous menons une vie dure et solitaire. Si solitaire qu'il m'arrive de penser que notre lutte pour rester en vie est une folie aveugle. Ce n'est pas de notre faute si nous sommes ce que nous sommes. Cela s'est passé au cours d'un vol interstellaire il y a mille ans... Cela semble plus long. Il doit y avoir plus longtemps. J'ai vraiment perdu la notion du temps.

Elle poursuivit, soudain sombre, comme si le souvenir, le récit même, ramenait l'horreur :

— Nous étions en vacances, parmi plusieurs milliers d'autres qui ont été pris dans l'attraction gravifique d'un soleil, appelé plus tard le Soleil dreegh. Ses rayons, terriblement dangereux pour la vie humaine, nous ont tous infectés. On a découvert que seules les transfusions sanguines continues, et l'énergie vitale des autres êtres humains, pouvaient nous sauver. Pendant un moment, nous avons reçu des dons ; et puis le gouvernement a décidé de nous faire détruire, comme incurables. Nous étions tous jeunes et amoureux de la vie, bien sûr. Quelques centaines d'entre nous s'étaient attendus à la sentence, et nous avions encore des amis, au début. Nous nous sommes enfuis. Et depuis, nous luttons pour rester en vie.

Il ne parvenait pas à éprouver de la pitié. C'était bizarre, car toutes les pensées qu'elle voulait certainement qu'il ait lui venaient. Des images d'une sombre existence infinie dans des vaisseaux spatiaux, regardant par les hublots la nuit perpétuelle. Les processus de la vie circonscrits par les inlassables besoins de corps devenus fous d'une maladie dévorante. Tout était là, toutes les images émotionnelles. Mais il n'y avait pas d'émotion. Elle était trop glacée. Les années et cette quête diabolique l'avaient marquée, à l'âme, aux yeux, au visage.

Et puis son corps semblait plus tendu, penché vers lui, de plus en plus proche, jusqu'à ce qu'il entende sa lente et régulière respiration. Même ses yeux parurent soudain contenir une vague lumière intérieure. Elle frémissait de toute la froide résolution inspirée par son désir. Quand elle parla, ce fut dans un souffle :

— Je veux que tu m'embrasses, et que tu n'aies pas peur. Je te garderai vivant pendant des jours, mais je veux une réaction, pas de la passivité. Tu es célibataire, tu as au moins trente ans. Tu ne dois pas avoir plus de morale que moi, à ce sujet. Mais tu dois laisser tout ton corps s'abandonner.

Il n'y croyait pas. Il voyait sa figure à dix centimètres au-dessus de la sienne. Et il y avait en elle une avidité refoulée d'une telle férocité que cela ne pouvait signifier que la mort. Elle avançait les lèvres, comme pour sucer, et ses lèvres frémissaient d'un étrange désir, tremblant, anormal, presque obscène. Ses narines palpitaient à chaque inspiration. Sûrement aucun être normal qui avait embrassé aussi souvent qu'elle avait dû le faire durant son interminable vie ne pouvait éprouver une telle émotion, si c'était tout ce qu'elle espérait obtenir.

— Vite ! haleta-t-elle. Abandonne-toi, abandonne-toi !

Leigh l'entendit à peine. Car cet autre esprit qui restait tapi dans son cerveau se ruait en avant à sa manière incroyable, et Leigh s'entendit répondre :

— Je crois à ta promesse parce que je ne puis résister à un tel appel. Tu peux embrasser tout ton soûl. Je suppose que je pourrai le supporter...

Il y eut un éclair bleu, une sensation de brûlure atroce

qui déferla comme une vague vers tous les nerfs de son corps.

La souffrance devint une suite de petites douleurs, comme de minuscules aiguilles perçant des milliers de morceaux de chair. Il se tordit un peu, stupéfait d'être encore vivant. Il ouvrit les yeux.

Il sentit une onde de surprise purement personnelle. La femme gisait, les lèvres à demi arrachées aux siennes, le corps écroulé en travers de sa poitrine. Et l'esprit, cet esprit fulgurant était là, qui observait, tandis que la haute silhouette du Dreegh entrait nonchalamment, se raidissait et se précipitait.

Il saisit dans ses bras le corps inerte de la femme. Il y eut le même éclair bleu quand leurs lèvres se joignirent, passant de l'homme à la femme. Finalement elle s'anima un peu et gémit. Il la secoua brutalement.

— Espèce de pauvre imbécile ! tempêta-t-il. Comment as-tu laissé arriver une chose pareille ? Tu serais morte d'ici une minute si je n'étais pas entré !

— Je... Je ne savais pas.

Sa voix était sourde, vieille. Elle se laissa tomber sur le sol à ses pieds, tassée comme une vieille femme épuisée. Ses cheveux blonds tombaient en mèches désordonnées et paraissaient curieusement ternis.

— Je ne sais pas, Jeel. J'ai essayé de prendre sa force de vie, et il a eu la mienne. Il...

Elle se tut. Ses yeux bleus s'arrondirent. Elle se releva en chancelant.

— Jeel ! Ce doit être un espion. Aucun être humain n'aurait pu me faire ça. Jeel ! (Il y avait une terreur soudaine dans sa voix :) Jeel, sors de cette pièce ! Tu ne comprends pas ? Il a mon énergie en lui. Il est allongé, là, maintenant, et ce qui le contrôle a maintenant mon énergie pour agir...

— C'est bon, c'est bon, calme-toi, dit-il en lui tapotant la main. Je t'assure qu'il n'est qu'un être humain. Et il a ton énergie. Tu as commis une faute, et le flot a pris la mauvaise direction. Mais il en faudrait beaucoup plus pour que *qui que ce soit* utilise un corps humain contre nous. Alors...

— *Tu ne comprends pas !* cria-t-elle, et sa voix frémit. Jeel, j'ai triché. Je ne sais pas ce qui m'a pris, mais je n'avais jamais assez de force vitale. Chaque fois que je l'ai pu, les quatre fois où nous avons séjourné sur la Terre, je suis sortie à ton insu. J'ai attrapé des hommes dans la rue. Je ne sais pas au juste combien, parce que je dissolvais leur corps quand j'en avais fini avec eux. Mais il y en a eu des dizaines. Et il a toute l'énergie que j'ai amassée, assez pour des vingtaines d'années, assez pour... tu ne comprends pas ? Assez pour *eux !*

Le Dreegh la secoua violemment, comme un médecin qui cherche à calmer une femme hystérique.

— Ma chère ! Pendant mille ans les Grands nous ont ignorés et...

Il s'interrompit. Sa longue figure s'assombrit. Il pivota comme l'homme-tigre qu'il était, portant la main à son pistolet tandis que Leigh se levait.

L'homme Leigh ne s'étonnait plus de rien. De sentir les cordes tomber en pourriture de ses poignets et de ses jambes. De voir le Dreegh se figer après un seul regard échangé. Car déjà il ressentait le premier choc de la formidable, presque cataclysmique vérité.

— Il n'y a qu'une différence, dit Leigh d'une voix si vibrante que le sommet de son crâne frissonna sous la violence inaccoutumée du son. Cette fois, il y a deux cent vingt-sept vaisseaux Dreeghs réunis en un seul secteur concentré. Le reste — et nos archives n'en indiquent qu'une douzaine d'autres — nous pouvons l'abandonner sans crainte à nos patrouilles de police.

Le Grand Galactique, qui avait été William Leigh, sourit sombrement et marcha vers ses captifs.

— Cela a été une fort intéressante expérience de dédoublement délibéré de la personnalité. Il y a trois ans, nos manipulations du temps nous ont révélé cette occasion de détruire les Dreeghs, qui jusque-là nous avaient échappé en raison de l'immensité de notre galaxie. Je suis donc venu sur Terre, et là, j'ai élaboré la personnalité de William Leigh, journaliste, une personnalité complète, avec famille et passé. Il était nécessaire d'isoler dans un compartiment spécial du cerveau environ neuf dixièmes de mon esprit, et de drainer complètement un pourcentage égal d'énergie vitale.

» C'était la difficulté. Comment remplacer cette énergie à un degré suffisant au moment voulu, sans jouer le rôle d'un vampire. J'ai construit un certain nombre de réservoirs d'énergie cachés, mais naturellement à aucun moment nous n'avons été capables de voir tout l'avenir. Nous ne pouvions pas voir les détails de ce qui allait se passer à bord du vaisseau, ou dans ma chambre d'hôtel, le soir de votre visite, ni sous le restaurant *Constantine's*. D'ailleurs, si j'avais possédé toute mon énergie quand je me suis approché de ce vaisseau, vos rayons espions l'auraient enregistrée. Et vous auriez immédiatement détruit mon petit vaisseau spatial-automobile. La première nécessité qui s'imposait à moi était donc de pénétrer dans la météorite, et d'obtenir un contrôle initial de mon propre corps par le moyen de ce que ma personnalité terrestre appelait la salle de « noirceur ».

» Cette personnalité terrestre présentait des difficultés inattendues. En trois ans, elle avait pris son élan en tant que personnalité, et cet élan a rendu obligatoire la répétition d'une scène avec Patricia Ungarn, et l'apparition directe d'un autre esprit conscient, afin de convaincre Leigh qu'il devait céder. Le reste, bien entendu, se réduisait à trouver un complément d'énergie vitale une fois à bord de votre vaisseau, complément qu'elle (et il s'inclina vers la femme pétrifiée) m'a aimablement fourni.

» Je vous ai expliqué tout cela parce qu'un esprit ne peut accepter d'être totalement contrôlé que s'il comprend pleinement sa défaite. Je dois enfin vous informer, par conséquent, que vous devez rester en vie pendant que certains événements supplémentaires se déroulent. Entre autres choses, vous m'aiderez à entrer personnellement en contact avec vos amis. (Il fit un geste pour les congédier.) Retourner à votre existence normale. J'ai encore à coordonner mes deux personnalités et pour cela votre présence est superflue.

Les Dreeeghs sortirent, le regard vide, presque à la hâte ; et les deux esprits dans un seul corps restèrent seuls !

Pour Leigh, le Leigh de la Terre, le premier choc désespéré était passé. La pièce était étrangement brumeuse, comme s'il la regardait avec des yeux qui n'étaient plus... les siens ! Il songea, en faisant un horrible effort pour se maîtriser : « Je dois lutter. Quelque *chose* essaye de posséder mon corps. Tout le reste n'est que mensonge. »

Une pulsation mentale apaisante s'insinua dans l'obscur compartiment où son... moi... était acculé : « Pas un mensonge mais la merveilleuse vérité. Tu n'as pas vu ce que les Dreeghs ont vu et éprouvé, car tu es à l'intérieur de ce corps, et je sais qu'il est devenu admirablement *vivant*, différent de tout ce que tes mesquins rêves terrestres peuvent concevoir. Tu dois accepter ta haute destinée, sinon la vue de ton propre corps sera terrible pour toi. Sois calme, sois plus courageux que tu ne l'as jamais été, et la douleur se transformera en joie. »

Le calme ne vint pas. Son esprit frémissait dans son obscur recoin, anormalement conscient d'étranges et surnaturelles pressions qui l'assaillaient, comme des vents surgis de la nuit inhumaine. Pendant un moment de terrible frayeur, cette nuit l'affola, puis il revint à la raison et eut une autre pensée à lui, une pensée de noire ruse : cet intrus diabolique discutait. Cela signifiait-il — et son esprit frémit d'espoir — que la coordination était impossible sans que *lui-même* cède à l'habile persuasion ?

Jamais il ne céderait !

« Réfléchis, chuchota l'esprit étranger. Pense que tu es une précieuse facette d'un esprit au Q.I. de 1 200, pense au rôle que tu as joué. Et maintenant tu retournes à la normale, la normalité du pouvoir illimité. Tu as été un acteur totalement absorbé par ton rôle, mais la pièce est finie. Tu es seul dans ta loge, ôtant ton maquillage. Ton humeur de la pièce et de ton rôle se dissipe, s'estompe, s'estompe... »

— Va te faire fiche ! cria William Leigh. Je suis William Leigh, Q I. 132, heureux d'être ce que je suis. Je me fous que tu m'aies construit avec des éléments de ton cerveau, ou d'être né normalement. Je comprends ce que tu essays de faire avec ces suggestions hypnotiques, mais ça ne marche pas. Je suis ici, je suis moi. Et je resterai moi-même. Va te trouver un autre corps, si tu es si malin.

Le silence tomba là où la voix avait été. Et le vide, le manque total de son provoqua un vif élancement de peur, plus intense que celui qu'il avait ressenti avant de parler.

Il vivait si intensément cette lutte intérieure qu'il n'avait plus conscience des mouvements extérieurs ; soudain, avec un sursaut, il s'aperçut qu'il regardait par un hublot. La nuit s'étendait dehors, la nuit vivante de l'espace.

Un truc, pensa-t-il, dans un spasme de terreur, un truc destiné à renforcer le pouvoir corrosif de l'hypnose. Un truc ! Il voulut reculer. Affolé, il s'aperçut qu'il en était incapable. Son corps refusait de bouger. Instantanément, alors, il tenta de parler, de briser cette pesante chape de silence infernal. Mais aucun son ne vint.

Pas un muscle, pas un doigt ne bougeait ; pas un seul nerf ne frémissait.

Il était seul.

Coupé de tout, enfermé dans son petit recoin de cerveau.

Perdu.

Oui, perdu, siffla pitoyablement un semblant de pensée, perdu pour une minable et sordide existence, perdu pour une vie dont la fin était visible dès l'heure de la naissance, perdu pour une civilisation qui avait déjà dû être sauvée mille fois d'elle-même. Même toi, je crois, tu peux voir que tout cela est à jamais perdu pour toi.

Leigh pensa soudain : la *chose* essaye, en répétant l'idée, en exhibant la preuve de la défaite, de poser les fondations d'une nouvelle défaite. C'était le plus vieux truc d'hypnose simple pour des gens simples. Il ne pouvait pas lui permettre de marcher.

L'esprit insistait inexorablement : tu as accepté le fait que tu jouais un rôle ; et maintenant tu as reconnu notre unité, et tu renonces au rôle. La preuve de cette reconnaissance, c'est que tu as cédé le contrôle de... notre... corps.

... Notre corps, *notre* corps, NOTRE corps...

Les mots se répercutaient comme un son colossal dans son cerveau, et puis ils se fondirent rapidement en cette calme pulsation d'outre-esprit :

... La concentration. Tout intellect est dérivé de la faculté de se concentrer ; et, progressivement le corps lui-même *s'anime*, reflète et met au point cette puissance rayonnante.

... Un pas de plus : tu dois voir...

Incroyablement, il regardait maintenant au fond d'un miroir. D'où ce miroir était venu, il n'en avait nul souvenir. Il était là devant lui, là où un instant plus tôt il n'y avait qu'un hublot noir... et il y avait une image dans le miroir, d'abord informe, à sa vue brouillée.

Délibérément — il sentait la terrible résolution — la vision s'éclaircit à sa vue. Il vit. Et ne vit plus.

Son cerveau refusait de regarder. Il se tordait dans un désespoir fou, comme un corps brûlé vif, et atrocement conscient de son sort, le temps d'un éclair. Avec démence, il lutta, voulut fuir la chose flamboyante dans le miroir. L'effort fut si abominable, la peur si titanesque, qu'il commença à bredouiller mentalement, sa conscience prise de vertige et comme une roue tournoyante, tournoyant de plus en plus vite.

La roue se brisa en dix mille fragments douloureux. Les ténèbres vinrent, plus noires que la nuit de la galaxie. Et il y eut...

L'unité !

PREMIER STADE Q.I. 10 000
REHABILITATION ACHEVEE.
COMMENCEZ DEUXIEME STADE

12

Couché là sur le sol, pieds et poings liés, Hanardy se disait avec angoisse : « Si jamais j'arrive à me libérer, je fiche le camp d'ici ! »

Il tira un peu sur la corde qui le ligotait et sa résistante dureté le fit gémir. Alors il resta un moment inerte, résigné, mais il éprouvait une grande détresse et une grande peur.

Il devinait que le Pr Ungarn et sa fille Patricia devaient être également réduits à l'impuissance, sinon ils auraient cherché, depuis une heure, à savoir ce qui lui était arrivé.

Il tendit de nouveau l'oreille, intensément, se forçant à rester immobile. Mais il ne perçut que le bourdonnement régulier des lointaines dynamos. Aucun pas n'approchait ; il n'y avait pas d'autre bruit.

Il écoutait encore quand il sentit un bizarre tiraillement à l'intérieur de son corps.

Frissonnant un peu, Hanardy secoua la tête comme pour chasser une brume mentale... et se mit debout.

Il ne remarqua pas que les cordes qui l'avaient ligoté tombaient à ses pieds.

Dans le corridor, il s'immobilisa, tendu. Tout semblait désert, vide. A part la légère vibration des dynamos, un grand silence pesait sur lui. Il avait l'impression d'être sur une planète. La gravité artificielle le rendait un peu plus léger que sur la Terre, mais il avait l'habitude de ces changements. Il avait du mal à se persuader qu'il était à l'intérieur d'un météorite, à des centaines de milliers de kilomètres de la lune ou de la planète habitée les plus voisines. Etre là, c'était comme se trouver à l'intérieur d'un grand immeuble, à un étage élevé.

Hanardy se dirigea vers l'ascenseur le plus proche. Il pensait : « Je ferais bien d'aller délivrer Miss Pat, et puis son papa, et de filer ensuite. »

C'était une décision automatique, trouver d'abord la fille. Malgré sa langue acérée, il l'admirait. Il l'avait vue employer des armes, pour blesser, mais cela ne changeait rien à ses sentiments. Il devinait qu'elle serait très en colère, qu'elle le rendrait probablement responsable de l'affreux gâchis.

Bientôt, il frappait avec hésitation à la porte de Patricia. Avec hésitation, parce qu'il était certain qu'elle n'était pas en mesure de répondre.

Quand, après une pause raisonnable, il ne reçut pas de réponse, il appuya légèrement sur le bec-de-cane, et la porte s'ouvrit.

Il pénétra dans un pur enchantement.

L'appartement était un ravissement pour les yeux. Des portes-fenêtres donnaient sur un jardin ensoleillé. Elles étaient ouvertes et l'on entendait des chants d'oiseaux. D'autres portes donnaient sur l'univers privé de l'appartement de la fille, et Hanardy, qui était déjà entré, à l'occasion, dans les autres pièces pour effectuer de petites réparations, savait que là aussi tout était d'une coûteuse élégance, égale à celle de la grande pièce où il était.

Il aperçut alors la fille. Elle était couchée par terre, à demi cachée derrière son fauteuil préféré, les pieds et les mains liés avec du fil de fer.

Hanardy s'approcha d'elle tristement. C'était lui qui avait amené William Leigh, et il ne savait pas très bien comment il se défendrait contre les accusations qu'elle pourrait formuler à ce sujet. Sa culpabilité se devinait à sa façon de marcher en traînant les pieds, à la gaucherie avec laquelle il s'accroupit à côté d'elle. Il commença à tirailler avec précaution le fil de fer qui emprisonnait ses membres.

Elle fut patiente. Elle attendit d'être complètement délivrée et puis, sans se relever, elle se mit à frotter ses poignets et ses chevilles pour rétablir la circulation.

Elle leva les yeux vers lui et posa sa première question :

— Comment avez-vous évité d'être ligoté ?

— Je ne l'ai pas évité. Il m'a eu moi aussi, dit Hanardy.

Il parlait précipitamment, avide d'être une victime, comme elle. Il se sentait déjà rassuré. Elle ne paraissait pas furieuse.

— Alors comment vous êtes-vous libéré ? demanda Patricia.

— Eh bien, tout simplement...

Hanardy se tut, foudroyé. Il réfléchit, revint en arrière, se rappela ce qui s'était passé. Il était allongé sur le sol, ligoté. Et puis... et puis...

Et puis quoi ?

Il resta bouche bée, osant à peine penser. Comprenant qu'une réponse était attendue, il tenta de s'excuser :

— Probable qu'il n'avait pas tellement serré les liens, et j'étais plutôt pressé, je pensais que vous seriez ici, alors j'ai simplement...

Tandis qu'il parlait, tout son être était saisi par le souvenir de la résistance et de la solidité des cordes, quelques minutes avant qu'il se trouve libre.

Il interrompit ses explications bredouillantes parce que la fille ne l'écoutait pas, ne le regardait même pas. Elle s'était relevée et continuait de se frotter les poignets. Elle était menue, et jolie, avec une expression un peu amère. Ses lèvres se pinçaient trop ; ses yeux étaient légèrement plissés par une anxiété permanente. A part cela, elle avait l'air d'une adolescente, plus intelligente et plus sophistiquée que la plupart des filles de son âge.

Alors que Hanardy, à sa façon lourdaude, prenait conscience de sa complexité, elle se retourna vers lui. Elle lui dit avec une autorité peu féminine :

— Racontez-moi tout ce qui vous est arrivé.

Hanardy fut heureux d'abandonner le souvenir peu satisfaisant de sa propre libération.

— Brusquement, ce type est entré alors que je travaillais au tour. Et il est fort, et qu'est-ce qu'il est rapide ! Jamais je n'aurais cru qu'il ait ces muscles-là ni une telle rapidité. Je suis assez costaud, vous comprenez...

— Et alors ?

Elle était patiente, mais il y avait dans sa question une vivacité qui le ramena au récit des événements.

— Alors il me ligote, et puis il sort, et ensuite il emmène ces deux Dreeghs du vaisseau spatial et il disparaît dans l'espace. (Hanardy secoua la tête, perplexe :) C'est ça que je ne pige pas. Comment il a fait ça ?

Il s'interrompit, plongé dans ses réflexions ; mais il revint de ses lointaines pensées et s'aperçut avec confusion qu'elle lui avait parlé par deux fois.

— Excusez-moi, marmonna-t-il. Je cherchais comment il a fait, et c'est plutôt difficile à comprendre... Vous savez ce qu'il fait ? demanda-t-il sur un ton presque accusateur.

La fille le regardait, avec une curieuse stupéfaction. Hanardy crut qu'elle lui en voulait de son inattention et se hâta d'ajouter :

— Je n'ai pas entendu ce que vous voulez que je fasse. C'était quoi, déjà ?

Elle ne parut pas l'entendre.

— Qu'est-ce qu'il *fait*, Steve ?

— Eh bien, c'est simple, il...

Hanardy se tut brusquement et se remémora les paroles qu'il avait prononcées. C'était un dialogue si fantastique qu'il sentait le sang refluer de ses joues.

— Hein ? fit-il.

— Qu'est-ce qu'il fait, Steve ?

Il vit qu'elle le regardait, comme si elle comprenait quelque chose qui lui échappait, à lui. Cela l'irrita.

— Je ferais mieux d'aller délivrer votre père avant que cette dernière bande de Dreeghs rapplique, marmonna-t-il.

Ayant parlé, il se tut encore une fois, la bouche ouverte, ahuri. Il pensa : « Je dois être cinglé. Qu'est-ce que je raconte ? »

Il tourna les talons et se dirigea vers la porte.

— Revenez là !

La voix de Patricia, sèche et tranchante, le heurta. Sur la défensive, il éleva entre elle et lui l'épais rempart de lourdeur qui l'avait servi, durant tant d'années, dans ses rapports avec les autres. Il fit lentement demi-tour. Avant qu'il puisse parler, elle lui dit d'une voix vibrante :

— Comment a-t-il fait, Steve ?

La question se heurta à la grande obstination qui était en lui. Il n'avait pas le sentiment de lui résister volontairement, mais un brouillard mental semblait l'envelopper :

— Fait quoi, mademoiselle ?

— Pour partir ?

— Qui ?

Il se sentait stupide de poser de telles questions, mais plus idiot encore d'avoir eu des pensées dépourvues de sens et dit des choses sans signification.

— Leigh, imbécile ! Leigh !

— Je croyais qu'il avait pris ce vaisseau spatial que vous possédez, qui a l'air d'une automobile.

Un long silence tomba. La fille crispait et desserrait les poings. A présent, elle n'avait plus rien d'une enfant. Hanardy, qui l'avait souvent vue en colère, attendit peureusement le tonnerre et les éclairs de sa rage. Mais la tension se dissipa. Elle parut soudain songeuse et demanda avec une douceur inattendue.

— Après ça, Steve ? Après être sorti d'ici ?

Elle leva le bras et désigna la volière, où le soleil brillait derrière les portes-fenêtres. Hanardy vit des oiseaux voleter parmi les arbres. Leurs cris mélodieux donnaient à la scène un aspect douillet, comme si c'était réellement un jardin. Il vit le feuillage s'agiter ; et il comprit que des ventilateurs dissimulés créaient une brise artificielle. C'était comme un après-midi d'été, mais au delà du mur semblable à du verre s'étendaient les ténèbres de l'espace.

Au-dehors, c'était la nuit cosmique, troublée ici et là par un atome de matière, une planète cachée à la vue par sa propre petitesse relative et son éloignement de tout le reste, un soleil, un point de lumière et d'énergie, vite perdu dans une obscurité si vaste que bientôt sa lumière s'éteindrait, deviendrait un grain dans un brillant nuage brumeux qui ne perçait la noirceur que pendant un instant du temps universel et n'occupait qu'un centimètre d'espace, ou du moins le semblait-il...

Hanardy contempla l'étonnant paysage. Il n'avait que vaguement conscience que l'intensité de son intérêt actuel était très différente de pensées similaires qu'il avait eues dans le passé. Durant ses longs voyages, de telles idées allaient et venaient dans sa tête. Il se souvint d'y avoir pensé à peine quelques mois plus tôt. Il regardait par un hublot et — rien qu'un instant — le mystère de l'immensité vide l'avait effleuré. Et il s'était demandé : « Que diable y a-t-il derrière tout ça ? Comment est-ce qu'un type comme moi mérite de vivre ? »

Tout haut, Hanardy marmonna :

— Je ferais mieux d'aller libérer votre papa, Miss Pat.

A part lui, il ajouta : « Et puis de me tirer d'ici en vitesse ! »

13

Il tourna les talons et cette fois, bien qu'elle le rappelât rageusement, il sortit dans le couloir et descendit dans les profondeurs du météorite, où les dynamos vibraient et bourdonnaient ; où, bientôt, il eut délivré le Pr Ungarn de ses liens.

Le vieux monsieur était tout joyeux.

— Eh bien, Steve, nous ne sommes pas encore morts. Je ne sais pas pourquoi ils ne nous ont pas envahis, mais les écrans tiennent bon, à ce que je vois.

C'était un homme décharné aux yeux profondément enfoncés, avec le visage le plus triste qu'Hanardy avait jamais vu. Il se frottait les bras pour rétablir la circulation. La puissance de son intellect imprégnait ses traits, ainsi que la mélancolie. Il avait défendu le météorite contre l'assaut des Dreeghs avec un tel calme et d'une manière si efficace qu'il était soudain facile de comprendre que cet homme au visage triste était en réalité l'observateur jusqu'ici insoupçonné du système solaire, au bénéfice d'une vaste culture galactique comportant à l'échelon le plus élevé le Grand Galactique — qui avait été William Leigh — et tout en bas le Pr Ungarn et sa ravissante fille.

Ces pensées s'insinuèrent dans l'esprit de Hanardy. Il se rendit compte que le savant était avant tout un protecteur. Sa station et lui étaient là pour empêcher tout contact entre la Terre et la galaxie. L'homme et sa civilisation terrestre étaient encore trop bas sur l'échelle du développement pour avoir la révélation de l'existence de la gigantesque culture galactique. Des vaisseaux interstellaires d'autres civilisations de bas échelon qui avaient été admises, elles, dans l'union galactique, recevaient des avertissements, l'ordre de s'écarter du système solaire chaque fois qu'ils s'en approchaient trop. Accidentellement, les Dreeghs traqués et hors la loi s'étaient aventurés dans ce secteur interdit de l'espace. Dans leur soif de sang et d'énergie vitale, ils s'étaient avidement concentrés là, espérant en retirer une telle quantité de sang, et de telles réserves d'énergie vitale, qu'ils échapperaient pendant des années sans nombre aux terribles recherches.

Cela avait été un sacré piège, qui avait permis au Grand Galactique d'en capturer autant. Mais à présent, un nouvel arrivage de Dreeghs était attendu ; et cette fois il n'y aurait pas de piège.

— Avez-vous pu fabriquer cette pièce avant que Leigh vous ligote ? demanda le Pr Ungarn. (Puis :) Qu'est-ce que vous avez, Steve ?

Hanardy s'arracha à ses réflexions.

— Hein ? Rien... Je vais me remettre au travail. Je dois en avoir encore pour une demi-heure.

Le Pr Ungarn hocha la tête.

— Je me sentirai plus tranquille quand cet écran supplémentaire sera en place. Ils sont vraiment toute une bande, là-dehors.

Hanardy ouvrit la bouche pour dire que cette « bande » particulière ne présentait plus de problème, mais qu'un autre super-vaisseau, un retardataire, ne tarderait pas à se présenter. Il garda le silence ; et maintenant il était consciemment affolé. « Qu'est-ce qui se passe ? se demanda-t-il. Est-ce que je deviens fou ? »

L'esprit presque vide, il descendit à l'atelier. Quand il

entra, il vit par terre les cordes qui l'avaient ligoté. Il s'en approcha lentement et en ramassa un bout, l'air médusé.

La corde se désintégra entre ses doigts, tomba en poussière, et un peu de cette poussière monta à ses narines. Il éternua bruyamment.

La corde, découvrit-il, était tout entière ainsi. Il n'en revenait pas. Il continuait d'en ramasser des morceaux, rien que pour les sentir se désagréger. Quand il n'y eut plus qu'un petit tas de poussière éparse, il se redressa et se remit à son tour. Il pensait distraitement : « Si cette prochaine bande de Dreeghs arrive, alors peut-être je pourrai commencer à croire à tout ça. »

Il s'interrompit et, pour la première fois, se demanda : « Mais où est-ce que je suis allé chercher ce nom, les Dreeghs ? »

Immédiatement, il se mit à trembler si violemment qu'il dut s'arrêter de travailler. Parce que... s'il pouvait amener le professeur à avouer que c'était ce qu'ils étaient... des *Dreeghs*, alors...

Alors quoi ?

« Eh bien, ça prouverait tout ! Rien que cette unique chose ! »

Déjà, la corde désintégrée, et ce qu'elle pouvait prouver, s'estompait dans son souvenir, elle n'était plus tout à fait réelle, elle avait besoin d'être renforcée par quelque nouveau miracle.

Par chance, il posa sa question dans des circonstances idéales. Il tendit la pièce détachée au savant et parvint à l'interroger sur les Dreeghs alors qu'il se détournait. Ungarn commença immédiatement à remonter la partie brisée de l'écran d'énergie. Ce fut ainsi, absorbé par ce qu'il faisait, qu'il répondit distraitement à la question de Hanardy.

— Oui, oui... Des Dreeghs. Des vampires, dans le

sens le plus affreux du mot... mais ils nous ressemblent tout à fait.

A ce moment, il parut se rendre compte à qui il s'adressait. Il interrompit son travail et se retourna pour dévisager Hanardy. Enfin, il dit très lentement :

— Steve, ne répétez pas tout ce que vous entendez ici. L'univers est un territoire plus vaste que vous ne l'imaginez, mais les gens se moqueraient de vous si vous cherchiez à le leur dire. Ils vous traiteraient de fou.

Hanardy ne bougea pas. Il pensait : « Il ne comprend pas. Je dois savoir. Tous ces trucs qui se passent... »

Mais l'idée de ne rien dire était facile à saisir. A Spaceport, sur la lune Europa, dans les bars qu'il fréquentait, il était accepté par certains habitués comme un compagnon jovial. Certains de ces gens étaient intelligents, même instruits, mais cyniques, et souvent pleins d'esprit, et ils raillaient particulièrement les idées sérieuses.

Hanardy se vit en train de leur raconter qu'il y avait bien plus dans l'espace que le seul système solaire — plus de vie, plus d'intelligence — et il imagina les répliques moqueuses qui suivraient.

Ils le traitaient généralement avec indulgence, mais sûrement il n'y gagnerait rien à leur révéler tout ça.

Hanardy se dirigea vers la porte. « Il faut que je sache, se répéta-t-il. Et pour le moment, je ferais mieux de monter à bord de mon cargo et de filer avant que ce Dreegh rapplique en prétendant qu'il est le futur mari de Patricia. »

Et il ferait bien de filer en douce. Le professeur et sa fille n'aimeraient pas qu'il reparte, maintenant. Mais la défense du météore c'était leur boulot, pas le sien. Ils ne pouvaient attendre de lui qu'il s'occupe du Dreegh qui avait capturé, et assassiné, le petit ami de Pat.

Sur le seuil, Hanardy s'arrêta et se sentit comme vide.

— Hein ? fit-il à haute voix.

Il pensait : « Je devrais peut-être leur dire. Ils ne

pourront pas se défendre contre le Dreegh s'ils le prennent pour quelqu'un d'autre. »

— Steve ! s'exclama le Pr Ungarn.

Hanardy se retourna.

— Oui, patron ?

— Finissez de décharger votre cargo.

— D'accord, patron.

Il suivit lourdement le corridor, fatigué et heureux qu'on lui ai dit de partir, soulagé de n'avoir pas à prendre immédiatement la décision de tout leur raconter. Avec lassitude, il songea : « Avant tout, je crois que je vais faire un somme. »

14

Hanardy remonta lentement par la rampe vers son vaisseau, vers sa propre cabine. Avant de s'allonger pour ce somme dont il avait tant besoin, il examina son reflet dans le métal brillant de la paroi. Il vit un homme petit et musclé, en pantalon de toile grise taché de graisse et chemise jaune sale. Une barbe naissante soulignait la rudesse des traits qu'il connaissait mais n'avait jamais vus aussi nettement, jamais cette certitude d'être un être humain de basse classe. Hanardy gémit et s'étendit sur sa couchette. Il se dit : « On dirait que j'ai soudain les yeux grands ouverts, pour voir quelle espèce de rustre je suis. »

Il jeta un bref regard en arrière, le long des années, et gémit encore. Il avait devant lui l'image d'un homme qui s'était laissé aller, en tant qu'être humain, cherchant une évasion dans un travail spatial solitaire, pour fuir le besoin de s'épanouir en tant qu'individu.

« Personne ne croira un mot de ce que je dirai, pensa-t-il. Toutes ces autres sottises, c'était seulement dans ma caboche, ça ne s'est pas passé de façon que je puisse prouver quoi que ce soit. Je ferais mieux de fermer ma gueule et de cesser de croire que je comprends ce qui se passe. »

Il ferma les yeux... et contempla l'univers avec une vision intérieure très nette.

Il rouvrit les yeux et s'aperçut qu'il avait dormi.

Il s'aperçut d'autre chose. Les écrans étaient abaissés ; un Dréegh dans un vaisseau spatial pénétrait dans le sas, tout en bas du météorite.

Le vampire cherchait avant tout à se renseigner, mais il tuerait tout le monde dans le météorite dès qu'il se sentirait en sécurité.

Ruisselant de sueur, Hanardy sauta de la couchette et sortit en courant de son vaisseau. Il se précipita dans le couloir menant à l'autre sas. A la porte, il tomba sur le professeur et Patricia. Ils souriaient et paraissaient excités.

— Grande nouvelle, Steve, lui annonça le savant. Le fiancé de Pat vient d'arriver. Il est là plus tôt que nous ne l'attendions, nous nous inquiétions de n'avoir reçu aucune communication.

Hanardy marmonna quelques mots en se sentant immensément stupide. S'être tellement trompé ! Avoir pensé Dreegh, alors que la réalité était... Klugg !... le fiancé tant attendu de Patricia, Thadled Madro.

Mais l'identification du nouveau venu faisait de tous ces fantasmes... exactement cela, des vapeurs irréelles, des produits d'une imagination déréglée.

Le visage sombre, Hanardy regarda Madro descendre le long de la rampe vers la chaloupe de sauvetage. L'amoureux de la fille était très grand, très mince, âgé d'une trentaine d'années, avec des yeux très renforcés. Il y avait en lui une tension à la fois impressionnante, irrésistible, et répulsive. Instantanément répulsive.

Hanardy comprit amèrement que sa réaction était exagérément critique. Il ne savait trop ce qui avait perverti cet homme, mais il lui rappelait les gens de peu qui étaient ses copains à Spaceport, sur Europa. Malins, presque tous, trop malins sans doute. Et il émanait d'eux cette même impression de personnalité trop marquée.

Il fut un peu surpris de voir que la fille ne se précipitait pas pour accueillir le maigre visiteur. Ce fut le Pr Ungarn qui aborda l'homme et s'inclina courtoisement. Madro lui rendit son salut puis il se plaça à côté de Hanardy. Le savant jeta un coup d'œil à sa fille puis il sourit au nouveau venu comme pour s'excuser.

— Thadled Madro, dit-il, voici ma fille, Patricia, qui est devenue soudain toute timide.

Madro s'inclina. Patricia fit un signe de tête. Son père se tourna vers elle.

— Ma chérie, je me rends compte que c'est une triste façon de se marier et de donner en mariage... de te confier à un homme que ni toi ni moi n'avons jamais vu. Mais pensons au courage qu'il lui a fallu pour venir ici et offrons-lui la communication et l'occasion de nous montrer ce qu'il est.

Madro s'inclina derechef devant la fille.

— Dans ces conditions, je vous salue, Patricia. Pour ce qui est de la communication, le message que j'ai reçu en route me déconcerte. Voudriez-vous me donner de plus amples explications ?

Le Pr Ungarn lui parla de l'assaut des Dreeghs et de sa soudaine interruption, il lui parla de William Leigh, le Grand Galactique, et conclut :

— Nous avons un rapport sur ce qui s'est passé, d'un membre de la race de ce système, qui a été on ne sait comment infecté par la simple présence de cet être puissant, et qui a acquis apparemment la faculté de voir à distance, et de connaître certaines des pensées de certaines gens, temporairement du moins.

Un faible sourire éclairait le visage fatigué d'Ungarn. Hanardy se ratatina un peu, sentant que l'on se moquait de lui. L'air malheureux, il regarda la fille. Elle avait dû répéter à son père ce qu'il avait dit.

Patricia surprit son regard et haussa les épaules.

— Vous l'avez dit, Steve. Pourquoi ne pas nous expliquer tout ce que vous avez ressenti ?

Le nouveau venu examina gravement Hanardy, avec une telle intensité que lui aussi avait l'air de lire dans les pensées d'autrui. Il se tourna lentement vers la fille.

— Pouvez-vous me faire un bref résumé ? demanda-t-il. Si je dois passer à l'action, il me faut une certaine base.

Il y avait dans sa voix une dureté qui glaça Hanardy, qui se répétait depuis quelques minutes *« Ils ne le connaissent pas ! Ils ne le connaissent pas... »* Il eut une vision mentale du vaisseau du vrai Madro, intercepté, de Madro capturé, drainé de toute information et puis assassiné selon la méthode des vampires. Le reste était un maquillage adroit, apparemment assez bon pour abuser le professeur et sa fille au regard pénétrant. Ce qui signifiait qu'avant de tuer Madro le Dreegh avait appris les mots de passe, les codes secrets et suffisamment d'événements passés pour être convaincant.

D'ici quelques minutes, cette créature risquait de décider qu'elle pouvait passer sans danger à l'action.

Hanardy n'avait pas d'illusions, pas d'espoir. Il avait fallu un être démesuré pour vaincre ces puissants Dreeghs. Et maintenant, grâce à une ruse, un retardataire accomplissait ce que ses semblables en masse n'avaient pu faire : il s'était introduit dans le météorite forteresse de l'observateur galactique du système solaire ; et toute son attitude indiquait que ses craintes n'avaient rien à voir avec le professeur ou sa fille, ni Hanardy.

Il voulait savoir ce qui était arrivé. Pendant un petit moment, il patienterait peut-être, pensant qu'il pourrait en apprendre davantage comme allié apparent qu'ennemi révélé.

« Nous devons le détourner, pensait désespérément Hanardy. Nous devons résister, ou peut-être lui donner ce qu'il veut. » La dernière solution lui parut préférable.

Il s'aperçut que Patricia parlait. Il l'écouta. Elle donna un résumé assez exact de ce qu'il avait dit. Tout était là, étonnamment clair et détaillé. Cela pénétrait même le brouillard qui enveloppait ses propres souvenirs.

Quand elle se tut, Madro fronça les sourcils et hocha la tête. Son corps svelte paraissait anormalement tendu. Il murmura, presque pour lui-même :

— Ainsi ils ont été presque tous capturés... Vous avez le sentiment qu'il y aura un autre vaisseau ? demanda-t-il à Hanardy.

Hanardy hocha la tête, de crainte de ne pouvoir maîtriser sa voix.

— Combien de Dreeghs y a-t-il à son bord ?

Cette fois, il fallait bien répondre.

— Neuf, dit Hanardy.

Il n'avait pas encore songé au nombre précis. Mais il savait qu'il était exact. Pour un instant seulement, il le *savait*.

Madro reprit, sur un ton bizarre :

— Vous voyez ça si clairement ? Alors vous devez déjà savoir bien d'autres choses aussi.

Ses yeux sombres fixaient ceux de Hanardy. Leur message muet semblait être : « Alors vous savez déjà qui je suis ? »

Il y avait quelque chose de tellement hypnotique dans ce regard que Hanardy dut livrer un combat pour ne pas reconnaître qu'il le savait.

Madro reprit :

— Est-ce que ceux-là, le premier groupe de Dreeghs, ont été tous tués ?

— Ma foi, je...

Hanardy s'interrompit, ahuri.

— Mince, j'en sais rien. Je ne sais pas ce qui leur est arrivé. Je crois qu'il avait l'intention de les tuer ; jusqu'à un certain moment, il en avait l'intention, et puis...

— Et puis, quoi, Steve ? demanda la voix pressante de Pat.

— Je ne sais pas. Il a remarqué quelque chose.

— Qui a remarqué quelque chose ? demanda-t-elle.

— Leigh. Vous le connaissez. Mais je ne sais pas ce qu'il a fait après ça.

— Mais où pourraient-ils être maintenant ? s'exclama Patricia, perplexe.

Hanardy resta muet, la tête vide, vaguement penaud, comme si en quelque sorte il la trahissait en ne sachant pas.

Il sentit que Madro se détournait de lui.

— On dirait qu'il y a plus à découvrir ici, dit tranquillement le Dreegh. Il est évident que nous devons ré-évaluer toute la situation ; et je crois même que nous autres Kluggs pourrions, grâce à la stimulation perceptive inopinée de cet homme, atteindre une si vaste connaissance de l'univers que, ici et maintenant, nous serions capables de faire un nouveau pas dans le développement de notre espèce.

Le commentaire semblait indiquer que le Dreegh était encore indécis. Hanardy suivit, derrière les autres. Pendant quelques secondes de désespoir, il songea à dégainer son pistolet, espérant pouvoir tirer avant que le Dreegh puisse se défendre.

Mais déjà il doutait. Car ce soupçon n'était que dans sa tête. Il n'avait aucune preuve autre que le flot d'images dans son esprit ; et c'était comme une folie, sans aucun rapport avec ce qui avait été dit et fait devant ses yeux. Des fous pourraient agir en se basant sur de telles images intérieures, mais pas le massif Steve Hanardy, si dépourvu d'imagination.

« Faut que je garde les pieds sur terre », se dit-il.

Devant lui, le Pr Ungarn disait aimablement :

— Je dois vous tirer mon chapeau, Thadled. Vous avez déjà dit un mot qui nous a choqués, Pat et moi. Vous avez employé le terme honni de « Klugg », comme si cela ne vous gênait pas du tout.

— Ce n'est qu'un mot, répondit Madro.

Ils continuèrent de marcher en silence. Ils arrivèrent à

la salle des machines. Patricia se laissa tomber dans un fauteuil tandis que son père et le visiteur s'approchaient du tableau des commandes.

— Les écrans marchent admirablement, déclara le professeur avec satisfaction. Je les ai ouverts pendant les quelques secondes qu'il vous a fallu pour les franchir. Nous avons le temps de décider de ce que nous devons faire au cas où le dernier vaisseau Dreegh nous attaquerait.

Madro alla s'asseoir à côté de la fille. Il s'adressa au Pr Ungarn.

— Ce que vous avez dit tout à l'heure, sur le mot et l'identification de Klugg... Vous avez raison, ça ne me gêne pas.

— Est-ce que vous ne vous abusez pas un peu ? répondit amèrement le savant. Parmi toutes les races qui connaissent l'existence de la civilisation galactique, nous sommes la plus basse de l'échelle. Nous effectuons le travail pénible. Nous sommes comme les ouvriers des planètes telles que la Terre. Quand Pat l'a découvert, elle a failli devenir folle d'auto-négation. Les minus de la galaxie !

Il frémit. Madro rit, d'un rire détendu ; et Hanardy ne put s'empêcher d'admirer son aisance. Si Madro était un Dreegh, alors pour autant qu'il le sache ce pouvait être un piège tendu par le Grand Galactique ; et cependant il ne paraissait pas inquiet. Si, d'un autre côté, il était en réalité un Klugg, alors il s'était vraiment bien adapté à son infériorité. « C'est ça qu'il me faudrait, pensa tristement Hanardy. Si ces types sont des minus de la galaxie, alors qu'est-ce que je suis, moi ? »

— Nous sommes ce que nous sommes, dit Madro avec simplicité. Ce n'est pas tellement une différence d'intelligence. C'est une différence d'énergie. Il existe un moyen ici, quelque part, d'utiliser l'énergie d'une façon très supérieure. Mais il faut déjà avoir l'énergie, l'obtenir de quelque chose, de quelque part. C'est ce qui rend intéressant le cas de ce Leigh. Si nous pouvions retrouver ce qu'il a fait ici, nous serions vraiment au cœur d'un tas de choses.

Patricia et son père ne dirent rien. Mais leurs yeux brillèrent, en attendant la suite. Madro se tourna vers Hanardy.

— Cette question qu'elle vous a posée, dit-il en indiquant la fille, quand vous l'avez délivrée. Comment a-t-il quitté le système solaire après avoir capturé ces... Dreeghs ?

Il hésita imperceptiblement avant de prononcer ce nom. Hanardy répondit simplement :

— Il ne l'a pas précisément quitté. C'est plutôt comme... il *était* autre part. Et il les a emmenés avec lui. (Il chercha ses mots :) Vous comprenez, les choses ne sont pas ce qu'elles paraissent. C'est...

Il se tut, malheureux. Il sentait que les deux hommes et la fille attendaient. Il écarta les bras, indiquant des choses au delà du météorite et de ses défenses.

— Tout ça... ce n'est pas vrai, pas réel.

Madro se retourna vers les autres.

— C'est le concept d'un univers d'illusion. Une vieille idée ; mais peut-être devrions-nous l'examiner de plus près.

— Il faudrait des techniques complexes pour que ça marche, murmura le professeur.

Hanardy reprit, en faisant un effort pour se faire comprendre, pour comprendre lui-même :

— Vous continuez simplement de le mettre là-dehors. Comme si vous le faisiez, même si ce n'est pas vrai. Ça vous branche dessus.

— On met quoi, dehors ? demanda Patricia, la voix aussi tendue que celle de Hanardy.

— Le monde. L'univers... tout le bazar.

— Ah !

— Et puis, pour un moment, vous ne mettez rien là. C'est quand vous faites quelque chose que je ne comprends pas.

— Quoi donc ? insista Pat.

— Vous arrêtez tout, murmura Hanardy sur un ton médusé. Vous laissez le néant se précipiter à l'intérieur. Et puis... vous devenez votre vrai vous... pour aussi longtemps que vous possédez l'énergie.

Il regarda fixement les trois personnes, à travers elles, sans les voir. La voix de Madro lui parvint, de très loin :

— Vous voyez bien ? C'est une question d'énergie. Hanardy ?

Il revint dans la salle, physiquement aussi bien que mentalement.

— Ouais ?

— Où a-t-il pris son énergie ?

— Euh... il en a pris la plus grosse partie là où elle est entreposée... une espèce de chambre noire.

C'était une nouvelle pensée ; une image l'accompagnait, montrant que l'énergie avait été placée là par quelqu'un d'autre, pas par Leigh. Avant que Hanardy puisse dire un mot, Madro marcha vers lui.

— Montrez-nous !

Sa voix était comme une flamme, brûlant un sentier d'action, exigeant une contre-action.

Hanardy les précéda, tremblant de tout son corps pesant. Il avait l'impression d'avoir avoué une chose qui donnait la victoire au Dreegh. Mais il était impossible de revenir en arrière. Si cette créature était un Dreegh, alors la résistance serait inutile. Il le savait instinctivement.

« Si seulement je pouvais en être sûr », pensa-t-il lugubrement.

Le plus bête, c'est qu'il était sûr. Aussi sûr, semblait-il, qu'il pourrait jamais l'être. Mais pas assez pour tenter de sauver sa propre vie. Au point où en étaient les choses, il devait continuer cette comédie jusqu'à ce que le Dreegh — certain que tout allait bien — les détruise tous, en prenant son temps.

Vingt minutes s'étaient écoulées.

... Ils avaient pris tous les ascenseurs, ils s'étaient arrêtés à tous les étages ; et finalement Hanardy, obstiné, avait choisi une porte, qui donnait sur un placard à outils...

— Où était-elle entreposée ? demanda Madro à Hanardy. Je veux parler de l'énergie que Leigh a captée.

Hanardy désigna tristement la paroi de métal au fond du placard.

— Vous voulez dire que l'énergie était *dans* le mur ?

Cette phrase posa une fois de plus à Hanardy la question de la réalité de ses propres pensées ; aussi resta-t-il simplement là, les bras ballants, troublé, tandis que Pat et le professeur avançaient pour sonder le mur avec un instrument portatif.

Madro ne les rejoignit pas, pas plus qu'il n'examina le cagibi. Hanardy frémit quand le Dreegh, indifférent à ce que faisaient le père et la fille, marcha sur lui.

— Steve, dit-il, j'ai à vous parler. (Il tourna la tête, éleva la voix :) Je vais emmener Hanardy pour un petit interrogatoire en tête à tête.

— Très bien.

Pat avait répondu, mais ni elle ni son père ne se retournèrent. Madro n'attendit pas. Ses doigts empoignèrent fermement le coude de Hanardy. Le cœur lourd, Hanardy comprit son intention.

Un test !

Pour déterminer sa vulnérabilité.

Jusqu'à la mort... si telle était sa faiblesse.

Alors même que Hanardy pensait de la sorte, Madro l'entraîna loin du débarras et tourna au coin du couloir. Hanardy se retournait sans cesse ; n'osant appeler au secours mais espérant quand même que le professeur et sa fille auraient l'idée de les suivre.

Son dernier coup d'œil les lui montra encore dans le placard et le professeur disait :

— Une série de tests sur cette paroi devrait...

Hanardy se demanda ce qu'ils penseraient quand ils verraient qu'il avait disparu... et le retrouveraient mort.

Madro poussa Hanardy dans un corridor transversal et dans une pièce. Il ferma la porte. Ils étaient seuls. Hanardy ne résistait toujours pas.

Madro le considéra pendant quelques minutes, grand, mince, souriant.

— Réglons ceci une fois pour toutes, dit-il tout bas. Moi-même... contre cette faculté qui vous a été conférée.

Et parce que Hanardy commençait à entretenir des fantasmes, parce qu'il avait nourri le minuscule espoir que c'était peut-être vrai, que peut-être quelque chose de grand avait réellement déteint sur lui — comme l'avait suggéré le Pr Ungarn — pendant quelques secondes il attendit sincèrement que ce quelque chose en lui prenne la situation en main.

Ce fut tout le temps qu'il eut, quelques secondes. La rapidité de l'attaque de Madro, la violence totale de l'intention anéantirent immédiatement cette réaction d'attente.

Il fut soulevé sans effort, saisi par un pied, maintenu comme une poupée de chiffons, et, incroyablement, il était sur le point d'avoir la tête fracassée contre la paroi... quand dans un spasme primitif de volonté de vivre, il rua de l'autre pied, frappant de toutes ses forces le poignet de la main qui le tenait.

Pour cet instant, pour cette seule attaque, la résistance fut suffisante. Le Dreegh le lâcha. Hanardy tomba de cette chute lente de moindre gravité. Bien trop lentement pour la rapidité du deuxième assaut de Madro.

Dans ce mouvement maladroit, une seule des jambes traînantes de Hanardy toucha le sol. En un éclair, il fut de nouveau empoigné par des doigts de granit, mordant ses vêtements et sa chair.

Il n'y avait plus aucun doute dans l'esprit de Hanardy. Il ne possédait pas de faculté particulière qui lui permette de vaincre le redoutable Dreegh.

Il n'avait pas de ressources intérieures. Plus de visions. Il était impuissant. Ses muscles durs étaient comme du mastic sous l'étreinte d'acier de l'homme dont la force avait quelque chose de phénoménal — qui dépassait de loin la sienne.

Il cessa de se débattre et cria désespérément :

— Pour l'amour du ciel, pourquoi toujours le crime ? Pourquoi est-ce que vous autres Dreeghs ne changez pas ? Essayez donc de redevenir normaux !

Aussi vite qu'elle avait commencé, la violence cessa.

Madro le lâcha, recula et le regarda fixement.

— Un message ! dit-il. Ainsi, c'est ça, votre rôle.

Hanardy ne comprit pas tout de suite que la menace s'était éloignée. Il était tombé par terre. Dans cette position suppliante, il continua d'implorer :

— Vous n'avez pas besoin de me tuer ! Je me tairai. Qui me croirait, d'ailleurs ?

— Qu'est-ce qui est normal ?

La voix du Dreegh était glacée et autoritaire. La radiation émanant de lui — impure — semblait plus forte.

— Moi, répondit Hanardy.

— Vous !

Un ton incrédule.

— Ouais, moi, insista précipitamment Hanardy. Ce qui ne va pas chez moi, c'est que je suis inférieur, en quelque sorte. Mais normal, ça oui. Les choses s'équilibrent en moi, c'est la clef. Je bois un verre, mais pas parce que j'y suis forcé. Ça ne m'affecte pas particulièrement. Quand j'étais gosse, une fois, j'ai essayé la drogue. Merde, j'ai senti tout de suite que ça ne me convenait pas. Je l'ai rejetée. C'est normal. Vous ne pouvez pas faire ça avec ce que vous avez, vous.

— Qu'est-ce qui est normal ?

Madro était glacé, dur, lointain.

— Vous êtes malade, dit Hanardy. Tout ce sang et cette énergie vitale. C'est anormal. Pas vraiment nécessaire. Vous pouvez être guéris.

Ayant prononcé ces singulières paroles, Hanardy s'aperçut de leur étrangeté. Il cligna des yeux.

— Je ne savais pas que j'allais dire ça, marmonna-t-il.

L'expression du Dreegh changeait. Soudain il hocha la tête et s'exclama :

— Je crois réellement que nous recevons une communication du Grand Galactique. Une offre de la douzième heure, une dernière chance.

— Qu'est-ce que vous allez faire de moi ?

— La question est de savoir quel est le meilleur moyen de vous neutraliser. Je choisis celui-ci.

Un objet métallique scintilla dans la main du Dreegh. Du canon jaillit un trait de lumière étincelante, droit vers la tête de Hanardy.

Il tressaillit, voulut se baisser, pensa que c'était sa mort et s'attendit à tout le moins à un choc terrible.

Il ne sentit rien. La lumière frappa sa figure ; et ce fut comme si le mince rayon d'une torche électrique l'avait brièvement ébloui. La lumière s'éteignit et il cligna des paupières, apparemment intact, autant qu'il pût en juger.

— Voici ce que nous allons faire, dit le Dreegh. Vous

allez venir avec moi et me montrer tous les endroits de ce météorite où se trouvent de l'armement ou des armes portatives, de quelque nature qu'ils soient.

Hanardy marchait devant, se retournant sans cesse ; et à chaque fois il voyait le long corps et la figure dure.

La ressemblance avec Thadled Madro s'effaçait visiblement, comme si l'autre avait métamorphosé ses traits à l'image de ceux du jeune Klugg, sans employer le moindre maquillage, et se détendait à présent.

Ils arrivèrent à l'endroit où les Ungarn attendaient. Le père et la fille ne dirent pas un mot. Hanardy les trouva déprimés ; la fille était étrangement pâle. Il se dit : « Ils savent ! »

La révélation se fit quand ils retournèrent tous quatre dans les appartements. Le Pr Ungarn soupira, se retourna et — ignorant Hanardy — déclara :

— Eh bien, monsieur le Dreegh, ma fille et moi nous nous demandons pourquoi vous tardez tant à nous exécuter.

— Hanardy ! répliqua l'autre.

Ayant lancé le nom, comme si Hanardy n'était pas présent, le Dreegh resta un long moment immobile, les yeux plissés, les lèvres entrouvertes, les dents blanches serrées. Cela donnait une espèce de sourire d'animal, un sourire menaçant.

— Il semble être sous votre contrôle. N'est-ce pas ? demanda Pat d'une petite voix.

A peine avait-elle parlé, attirant ainsi l'attention du Dreegh, qu'elle recula de quelques pas, apeurée.

Le corps crispé de Sween-Madro se détendit. Mais son sourire était toujours aussi menaçant. Et il continuait d'ignorer la présence de Hanardy.

— J'ai donné à Steve un type spécial de charge énergétique qui annulera pour le moment ce qui lui a été fait.

Le Pr Ungarn laissa fuser un rire bref.

— Vous croyez réellement que vous pouvez vaincre ce... cet être... William Leigh... le vaincre avec ce que vous avez fait à Steve? Après tout, c'est lui votre véritable adversaire, pas Hanardy. C'est un combat d'ombres. Un des combattants a laissé un pantin pour frapper à sa place.

Sween-Madro répliqua d'une voix posée :

— C'est moins dangereux qu'il n'y paraît. Les pantins sont notoirement de minables combattants.

Le professeur insista :

— Tout individu que les races inférieures considèrent comme faisant partie des Grands Galactiques — ce qui n'est manifestement pas leur vrai nom — doit avoir tenu compte de toutes ces possibilités. Que gagnerez-vous en tardant ?

Sween-Madro hésita, puis :

— Steve a mentionné une guérison possible, pour notre état.

Il y avait de la tension dans sa voix.

Un silence tomba. Il pesa sur la pièce et parut pénétrer les quatre personnes qui s'y trouvaient.

Le temps silencieux fut brisé par un rire bref de Sween-Madro.

— J'ai senti que pendant quelques secondes je paraissais...

— Humain, dit Pat Ungarn. Comme si vous aviez des sentiments et des espoirs et des désirs, tout comme nous.

— Ne comptez pas là-dessus ! gronda le Dreegh.

— Je suppppose que vous avez analysé Steve, deviné qu'il a le souvenir d'un contact mental avec une intelligence suprême, peut-être même ultime. Or, ces Terriens, quand ils sont éveillés, se trouvent dans un état particulier de confusion perpétuelle qui les rend inaptes à la citoyenneté galactique. Donc, le meilleur moyen de vous défendre contre la mémoire de Steve, c'est de le maintenir éveillé. Par conséquent, j'en déduis que la charge d'énergie que vous avez projetée en lui était destinée à garder en état de stimulation constante le centre d'éveil de son centre cérébral. Mais ce n'est qu'une défense provisoire. Dans quatre ou cinq jours, l'épuisement aura atteint chez Hanardy un stade extrême, et dans son corps quelque chose devra céder. Qu'aurez-vous alors que vous n'avez pas à présent ?

Le Dreegh semblait étonnamment disposé à répondre, comme si en donnant ses explications à haute voix il pourrait les écouter lui-même et ainsi les juger.

— Mes camarades seront arrivés.

— Et alors vous serez tous dans le piège, dit le professeur. Je pense que pour plus de sûreté vous devriez nous tuer tout de suite, Pat et moi. Quant à Steve...

Hanardy avait écouté la conversation avec la conviction croissante que ce mélancolique vieillard cherchait à les faire tous exécuter sur l'heure.

— Hé là! s'exclama-t-il. Qu'est-ce que vous essayez de faire ?

Le savant agita une main impatiente.

— Taisez-vous, Steve. Vous devez bien comprendre que ce Dreegh nous tuera sans pitié. J'essaye de découvrir ce qui le retient. Ça ne concorde pas avec ce que je considère comme le bon sens... Et ne vous inquiétez pas pour votre peau. Il n'osera pas vous tuer. Vous ne risquez rien.

Hanardy pensait au contraire qu'il courait un grand risque. Néanmoins, il avait l'habitude d'obéir aux ordres du savant ; aussi garda-t-il docilement le silence.

Le Dreegh, qui avait écouté d'un air songeur ce bref dialogue, déclara de sa voix posée que lorsque ses compagnons arriveraient, Hanardy, Pat Ungarn et lui se rendraient sur Europa. Il croyait Pat nécessaire pour ce voyage. Donc, personne ne serait tué avant qu'il soit terminé.

— Je me souviens, poursuivit Sween-Madro, de ce que Steve a dit, que le Grand Galactique a remarqué quelque chose. J'en déduis que ce qu'il a remarqué a un rapport avec Steve lui-même. Nous allons donc aller à Spaceport et y étudier le comportement passé de Steve là-bas. Pour le moment, désarmons complètement cet endroit, je me sentirai plus tranquille.

De toute évidence, il serait le seul.

De pièce en pièce, le long de chaque corridor, les trois prisonniers accompagnèrent en silence leur puissant vainqueur.

Bientôt toutes les armes du météorite furent neutralisées ou jetées. Toutes les sources d'énergie capables d'être converties furent bouchées. Ainsi, les écrans furent débranchés et les machines qui les faisaient fonctionner détruites.

Ensuite, le Dreegh anéantit toute possibilité d'évasion en démolissant plusieurs minuscules vaisseaux spatiaux. Le dernier endroit où ils se rendirent, Hanardy en tête, puis le professeur, Pat et enfin Sween-Madro, fut le cargo spatial de Hanardy. Là aussi toutes les armes furent éliminées, et le Dreegh ordonna à Hanardy de démanteler le tableau de commandes. Parmi les pièces détachées, disposées à présent sur le sol, l'homme décharné choisit celles qui étaient essentielles. Les tenant dans sa main, il retourna vers la porte et s'arrêta sur le seuil. Ses yeux mauvais retinrent le regard fuyant de Hanardy.

— Steve ! Vous allez rester ici !

— Vous voulez dire, dans mon vaisseau ?

— Oui. Si vous le quittez pour quelque raison que ce soit, je vous tuerai. C'est compris ?

Hanardy se tourna vers le Pr Ungarn, puis de nouveau vers le Dreegh.

— Il y a du travail que le professeur veut que je fasse.

— Professeur Ungarn (la voix dure du vampire couvrit la faible protestation de Hanardy), dites-lui combien ce travail a peu d'importance.

Hanardy eut brièvement conscience du triste sourire

du vieux savant. Ungarn murmura avec lassitude :

— Pat et moi serons tués dès que nous aurons cessé d'être utiles. Ce qu'il fera de vous nous n'en savons rien.

— Vous restez donc ici. Vous deux, venez avec moi, ordonna Sween-Madro.

Ils sortirent aussi silencieusement qu'ils étaient venus. La porte du sas claqua. Hanardy put entendre les verrous d'acier grincer et se remettre en place. Ensuite, il n'y eut que le silence.

L'homme potentiellement le plus intelligent du système solaire était seul... et pleinement éveillé.

16

Assis ou couché, l'attente ne posait pas de problèmes à Hanardy. Des années de solitude dans l'espace l'avaient préparé à l'épreuve qui commençait. Mais il y avait une différence.

Il s'en aperçut bientôt, quand il s'allongea sur son étroite couchette. Il ne pouvait pas dormir.

Vingt-quatre heures terrestres s'écoulèrent.

Peu porté à la réflexion, Steve Hanardy ; guère passionné de lecture. Les quatre livres à bord étaient des manuels de réparations. Il les avaient feuilletés cent fois, mais il les prit et les parcourut à nouveau. Chaque page, comme il s'y attendait, il la savait par cœur. Au bout d'une heure interminable, il avait épuisé leurs possibilités.

Un autre jour, toujours éveillé, toujours sans sommeil, il se sentit plus agité. L'épuisement le gagnait.

Homme de l'espace, Hanardy avait reçu des consignes quant aux dangers de l'insomnie. Il connaissait la tendance de l'esprit à rêver tout éveillé, les hallucinations, les effets inévitables de la tension perpétuelle de la veille.

Rien de cela ne se produisit.

Il ne savait pas que le centre du sommeil de son cerveau avait été pour toujours affaibli, et le centre de la veille pour toujours stimulé. Le premier ne pouvait agir, le second ne pouvait cesser d'agir. Si bien qu'entre eux, il ne pouvait y avoir l'interaction habituelle avec ses états crépusculaires.

Mais il était de plus en plus fatigué.

Il restait maintenant presque continuellement couché, mais son épuisement ne faisait qu'augmenter.

Au quatrième « matin », la pensée lui vint pour la première fois : cela va me rendre fou !

Jamais de toute sa vie il n'avait connu cette peur-là. Vers la fin de cette journée, Hanardy était effrayé, désespéré, il avait le vertige, il sentait sa raison lui échapper. La question de savoir ce qu'il aurait fait s'il était resté seul ne put se poser ce jour-là.

Car au soir du quatrième « jour », Pat Ungarn passa par le sas, le trouva pelotonné sur sa couchette et lui dit :

— Steve, venez avec moi. Il est temps que nous passions à l'action.

Steve se leva en chancelant. Il allait la suivre quand il se rappela les ordres de Sween-Madro. Il s'arrêta :

— Qu'est-ce qu'il y a ? demanda-t-elle.

— Il m'a dit de ne pas quitter mon vaisseau, répondit-il avec simplicité. Il me tuera si je sors.

Aussitôt, elle se mit en colère et ses dures paroles furent comme des coups qui venaient frapper l'esprit de Hanardy.

— Steve, assez de sottises ! Vous n'avez pas plus à perdre que nous ! Alors venez !

Et elle repartit par le sas. Hanardy resta sur place, étourdi et tremblant. En une seule phrase, de sa voix péremptoire, elle avait implicitement lancé un défi à sa virilité : elle sous-entendait que l'amour muet qu'il éprouvait pour elle avait fait de lui son esclave, et elle rétablissait son ascendant absolu.

Tendu, silencieux, il traîna les pieds sur le sol métallique du sas et quelques instants plus tard il se retrouva dans le météorite interdit.

Il se sentait condamné.

La fille le précéda jusque dans la salle des machines.

Quand Steve y entra à contrecœur derrière elle, le Pr Ungarn se leva de son fauteuil et s'avança, avec son sourire infiniment las.

— Pat veut vous parler de l'intelligence. Savez-vous quel est votre Q.I. ?

La question effleura à peine les remparts extérieurs de l'attention de Hanardy. En suivant la fille de couloir en corridor, il n'avait cessé d'avoir une vision terrifiante : Sween-Madro apparaissant brusquement au prochain détour, et le tuant aussitôt. La vision demeurait, mais elle s'accompagnait d'une question lancinante : où diable était le Dreegh ?

— Steve ! Vous m'entendez ? demanda sèchement le professeur.

Contraint de le regarder, Hanardy parvint à se rappeler fièrement qu'il appartenait à ces 55 pour cent d'humanité dont le quotient intellectuel était supérieur à 100. Et que le sien avait atteint le chiffre 104.

— L'examinateur m'a dit que j'étais au-dessus de la moyenne, dit-il avec satisfaction. (Puis s'excusant :) Naturellement, à côté de vous autres, je ne suis rien.

— Sur l'échelle de Q.I. Klugg, vous auriez certainement plus que 104, dit le professeur. Nous tenons compte de plus de facteurs. Vos dons de mécanicien, votre habileté dans les relations spatiales ne peuvent être évalués correctement par les tests de Q.I. humains que j'ai examinés. Ecoutez, Steve. J'essaye de vous expliquer tout cela précipitamment, parce que, à un moment donné, au cours de la semaine prochaine, vous allez être, par intermittence, l'homme le plus intelligent de tout le système solaire, et personne n'y peut rien, sinon vous aider à utiliser cette intelligence. Je veux vous préparer.

Hanardy, qui s'était anxieusement placé de manière à garder un œil sur la porte ouverte — et qui s'attendait à tout instant à voir surgir le Dreegh face à leur petit groupe comploteur d'êtres inférieurs — secoua désespérément la tête.

— Vous ne savez pas ce qui s'est passé. Je peux être tué. Facile. Je n'ai pas de défense.

Le visage sombre, il décrivit son combat avec le Dreegh et sa propre impuissance.

— Et je me suis retrouvé à genoux, suppliant, jusqu'à ce que je dise quelque chose qui a fait qu'il s'est arrêté de me battre. Je vous jure, il ne pensait pas lui que j'étais impossible à tuer.

Pat s'avança, se planta devant lui et le prit aux épaules.

— Steve, dit-elle d'une voix pressante, au-dessus d'un certain degré de Q.I. l'esprit domine réellement la matière. Un être au-dessus de ce niveau d'intelligence ne peut pas être tué. Pas par des balles, ni en aucune circonstance faisant intervenir la matière. Ecoutez-moi bien. Vous avez en vous un souvenir de ce niveau d'intelligence. En vous malmenant, le Dreegh essayait de chercher ce que provoquerait en vous une tension limitée. Il a trouvé. Par vous, il a obtenu le message du Grand Galactique... Steve, après cela il n'a pas *osé* vous tirer une balle dans le corps, ni décocher un rayon d'énergie de force mortelle. Parce que cela aurait fait surgir le souvenir à la surface !

Dans son intense conviction, elle essaya de le secouer. Mais cela ne servit qu'à rendre Hanardy conscient de sa jeunesse et de sa féminité. Un corps si menu, une femme si impérieuse... il fut surpris car elle parvenait à peine à le faire bouger, moins encore à le secouer.

— Ne voyez-vous pas, Steve ? s'écria-t-elle. Vous allez être roi ! Essayez d'agir en conséquence.

Buté, Hanardy voulut protester :
— Ecoutez...

La rage empourpra la figure de Patricia. Sa voix s'éleva :

— Et si vous ne cessez pas cette résistance, finalement c'est moi-même qui vous collerai une balle dans la tête, et alors vous verrez !

Hanardy regarda au fond des yeux bleus, si brusquement furieux. Il fut persuadé qu'elle mettrait sa menace à exécution. Alarmé, il gémit :

— Mais enfin, qu'est-ce que vous voulez que je fasse ?

— Ecoutez ce que papa veut vous dire ! ordonna-t-elle. Et ne regardez pas tout le temps de l'autre côté. Vous avez besoin d'une instruction rapide et nous n'avons pas beaucoup de temps.

Hanardy jugea que c'était bien peu dire. A son avis, il n'avait pas de temps du tout.

Son sens des réalités le sauva alors. Il y avait cette salle des machines, et le vieux monsieur et sa fille ; et lui-même avec son esprit tressaillant de peur face à cette nouvelle menace. Hanardy eut une brève vision de leur trio, perdu à jamais à l'intérieur de ce météorite isolé qui n'était qu'une infime partie de la colossale famille de Jupiter, de ces petites particules de matière tourbillonnantes, un univers sans aucun sens, sans morale ni justice puisqu'il contenait des créatures comme les Dreeghs.

Comme cette pensée fugace atteignait de sombres profondeurs, il se dit soudain que Pat ne pouvait pas lui tirer dessus. Elle n'avait pas de pistolet. Il ouvrit la bouche pour le lui rappeler, puis il se ravisa.

Parce qu'elle pourrait avoir l'occasion de se procurer une arme. Donc la menace demeurait, à peine retardée... à ne pas négliger. Néanmoins, il se calma. Il était toujours tendu, effrayé. Mais il ne bougea pas et il écouta un minuscule résumé de l'histoire de l'intelligence humaine et des tentatives qui avaient été faites pour la mesurer.

Les tests d'intelligence humaine étaient, semblait-il, basés sur une courbe dont la moyenne était 100. Tous les tests que le Pr Ungarn avait vus révélaient une incertitude sur ce qui constituait ou non un facteur d'intelligence. La faculté de distinguer la gauche de la droite était-elle importante pour l'intelligence ? Un des tests l'incluait. Un individu devait-il être capable de résoudre des problèmes compliqués, des casse-tête ? Beaucoup d'examinateurs considéraient ce point comme étant d'une grande importance. Et presque tous les psychologues exigeaient une subtile compréhension de la signification exacte des mots et un vaste vocabulaire. La rapidité dans le calcul arithmétique était une exigence universelle. Il y avait aussi l'observation rapide d'une grande variété de formes géométriques. Quelques tests nécessitaient même une connaissance générale de la géographie et de l'histoire mondiales.

— Or nous, les Kluggs, poursuivit le professeur de sa voix mélancolique, nous avons fait un pas de plus.

Les mots bourdonnaient dans la tête de Hanardy. Les Kluggs opéraient suivant des théories... des théories basées sur les facultés primaires et non secondaires. Une autre race, plus « haute » que les Kluggs, appelée les Lennels, opérait suivant la Certitude... une haute harmonique de l'Autorité.

— La Certitude, chez les Lennels, dit le vieux savant, est naturellement un système et non pas une voie ouverte. Mais malgré cela elle les rend aussi puissants que les Dreeghs.

Sur une courbe de Q.I. comprenant les humains, les Kluggs, les Lennels et les Drreghs, la moyenne respective serait de 100, 220, 380, et 450. Les Dreeghs avaient une voie ouverte sur le contrôle du mouvement physique.

— Même un Grand Galactique ne peut se déplacer qu'aussi vite, et pas plus vite, qu'un Dreegh, dit le Pr Ungarn. (Il expliqua :) Ces voies ouvertes sont des sentiers à l'intérieur de l'individu aboutissant à une bien plus grande adresse que ne le permet son Q.I. standard.

Tout don musical, mathématique, pictural, toute

adresse physique, mentale ou émotionnelle étaient des voies ouvertes fonctionnant en dehors de la courbe normale, qu'elle soit humaine, Klugg ou même Dreegh. Par définition, un Grand Galactique était un individu dont la courbe Q.I. ne comportait que des voies ouvertes.

On avait signalé que la courbe de la voie ouverte commençait à environ 80. Et si personne parmi les races inférieures n'avait jamais rien vu de supérieur à 3 000 — les limites du phénomène spatial — on croyait savoir que la courbe Q.I. du Grand Galactique pouvait atteindre 10 000 chez certains.

— Il est impossible, dit le professeur de sa voix triste, d'imaginer quel genre de voie ouverte cela représente. Pat est un exemple de voie ouverte de 800. Elle peut tromper. Elle peut abuser par un tour de passe-passe, une feinte, une diversion...

Le vieux monsieur s'interrompit brusquement. Son regard glissa au delà de l'épaule droite de Hanardy et se fixa sur quelque chose que Hanardy ne pouvait voir.

17

L'homme de l'espace se figea, terrifié, soudain persuadé que le pire était arrivé, que le Dreegh Sween-Madro était derrière lui.

Mais ce n'était pas possible. Le Pr Ungarn regardait le tableau de commandes du météorite. Il n'y avait pas de porte, là.

Hanardy osa se retourner. Il vit que sur l'immense panneau un écran s'était éclairé, montrant une vue de l'espace.

C'était une région familière des cieux étoilés, une vue de l'espace interstellaire opposé au soleil. Près du centre de l'écran une lumière clignotait.

Sous les yeux de Hanardy, l'image se déplaça légèrement, se centra sur la lumière.

Il entendit derrière lui le cri étouffé de Patricia.

— Papa, souffla-t-elle. Est-ce que c'est... ?

Le Pr Ungarn s'approcha du panneau, passant ainsi dans le champ de vision de Hanardy. Le vieux monsieur hocha la tête d'un air absolument accablé.

— Oui, je le crains, ma chérie. Les huit autres Dreeghs sont arrivés, dit-il. (Il se tourna avec désespoir vers Hanardy :) Ma fille a eu une idée, elle veut se servir de vous contre Sween-Madro avant qu'ils soient là.

Hanardy le regarda, ahuri.

— Se servir de *moi ?*

La signification de cette pensée le tira brusquement de son épuisement physique. Le vieux savant haussa les épaules.

— Quel que soit le mérite de son plan, il est trop tard, bien sûr... Maintenant nous allons connaître notre sort.

L'atmosphère de totale dépression ne dura que quelques secondes. Un son, une voix humaine aiguë, rompit le silence et la sombre émotion qui pesait sur la pièce.

— Sont-ils encore loin ? cria Patricia derrière Hanardy, d'une voix tendue mais reconnaissable. Combien de temps exactement, avant qu'ils arrivent ici ?

— Moins de deux heures, à mon avis. Remarque...

Le professeur se lança alors dans une explication technique sur la vitesse à laquelle le viseur s'était centré sur le vaisseau, impliquant, dit-il, la fantastique rapidité de son approche.

Il n'eut pas le temps d'achever. La fille poussa un hurlement et, à la stupéfaction de Hanardy, elle le repoussa et se jeta, les poings levés, sur le vieux monsieur.

Elle le frappa au visage, en glapissant les jurons les plus effroyables, d'une voix furieuse de soprano. Un long moment s'écoula avant que Hanardy comprenne ce qu'elle disait :

— ... Vieil imbécile ! Qu'est-ce que tu veux dire, deux heures ? Deux heures c'est tout ce qu'il nous faut, abruti !

A ce moment, Hanardy se ressaisit. Lourdement, il bondit sur elle, la saisit, la tira en arrière.

— Assez ! Enfin quoi ! cria-t-il.

La fille tenta de s'en prendre à lui. Elle se débattait farouchement. Mais il tint bon, tout en marmonnant des excuses. Elle comprit enfin qu'il était trop fort pour elle Elle renonça et, tentant de se maîtriser, elle grommela :

— Steve, ce vieux fou stupide qu'est mon père a déjà

deux fois accepté la défaite... alors que ce n'était pas nécessaire !

Elle pivota pour s'adresser au savant et sa voix monta d'une octave :

— Montre à Steve ce que tu m'as fait voir il y a quelques minutes, avant que j'aille le chercher !

Le Pr Ungarn était blême et hagard.

— Je suis navré, ma chérie... Steve, je suis sûr que vous pouvez la lâcher, maintenant.

Hanardy la laissa aller. Elle remit de l'ordre dans sa tenue, tira sur sa robe, mais ses yeux fulguraient toujours.

— Montre-lui, bon Dieu, plus vite que ça !

Le professeur prit Hanardy par le bras et l'entraîna vers le tableau de commandes, tout en s'excusant :

— J'ai déçu ma fille. Mais à vrai dire, j'ai plus de trois cents ans. Pour un Klugg, c'est presque la fin ; alors j'oublie toujours ce que peut éprouver la jeunesse.

Pat, dit-il, était née d'un mariage tardif. Sa mère avait catégoriquement refusé de l'accompagner dans sa mission d'observateur galactique. En emmenant sa fille avec lui, il avait espéré la préserver du choc précoce de la découverte qu'elle appartenait à une race de serviteurs. Mais l'isolement ne l'avait pas épargnée. Et maintenant, leur éloignement même de toute la force militaire protectrice des races associées de niveau inférieur avait amené cette épouvantable menace de mort à laquelle ils ne pouvaient échapper, pensait-il.

— Alors l'idée ne m'est même pas venue de lui dire...

— Montre-lui ! glapit la fille. Montre-lui ce que tu n'as pas pris la peine de me dire.

Le Pr Ungarn effectua quelques réglages, et sur l'écran apparut d'abord une chambre, avec un lit dans un coin, sur lequel était couché un homme presque nu.

Le lit avança bientôt en gros plan, emplissant tout le viseur. Hanardy poussa une petite exclamation sifflante, abasourdie. C'était le Dreegh.

L'homme qui gisait là, apparemment inconscient, ne ressemblait guère au grand être plein de vitalité qui avait surgi et s'était fait passer pour le fiancé de Pat. Le corps était anormalement maigre ; on voyait les côtes. La figure, qui avait été pleine, était creuse et pâle.

— Ils ont besoin du sang et de l'énergie vitale d'autrui pour survivre, et ils en ont besoin presque continuellement, murmura le vieux monsieur.

— Voilà ce que je voulais vous montrer, Steve, dit-elle avec un mépris écrasant. Mon père ne m'a laissé voir ça qu'il y a quelques minutes. Vous vous rendez compte ? Nous sommes là, menacés de mort, et au jour et presque à l'heure où ces autres Dreeghs doivent surgir, il me révèle enfin... une chose qu'il observe depuis des jours !

Le vieil homme éteignit l'écran et soupira.

— Il ne m'est jamais venu à l'idée qu'un Klugg pourrait tenir tête à un Dreegh. Je suppose d'ailleurs qu'à l'origine Sween-Madro est venu dans l'espoir de se servir de nous comme d'une source de sang et de force vive. Et puis quand vous lui avez montré toute cette programmation du Grand Galactique, il a changé d'idée et décidé d'attendre l'arrivée des siens. Il est donc là, à notre merci, pense Pat.

Depuis des années qu'il travaillait pour les Ungarn, Hanardy était habitué à leur obéir. Il attendit donc patiemment que le savant lui fasse savoir ce qu'il devait faire. Le vieux monsieur soupira.

— Pat pense que si nous attaquons hardiment, maintenant, nous pourrons le tuer.

Hanardy fut aussitôt sceptique, mais il n'avait jamais été capable d'influencer ce père et cette fille, de quelque manière que ce fût, et il allait donc s'incliner comme toujours quand il se souvint encore une fois qu'il n'y avait pas d'armes pour procéder à une attaque quelconque.

Il rappela ce fait et il parlait encore quand il sentit un objet froid contre sa main.

Surpris, il baissa les yeux, se retourna, et vit que la fille poussait vers sa paume une barre de métal d'environ cinquante centimètres de long. Machinalement, sans y penser, il referma les doigts dessus. Dès qu'il la tint fermement dans sa main musclée, il reconnut qu'elle était en alliage d'aluminium spécial, dure, légère et solide.

— Et au cas où votre air stupide signifie ce que je pense, déclara-t-elle, voilà vos ordres : prenez cette barre, rendez-vous auprès du Dreegh et assommez-le. A mort.

Hanardy fit lentement demi-tour, ne sachant encore trop si c'était à lui que ce discours s'adressait.

— Möi ? (Et puis, après un long silence :) Hé là !

— Et je vous conseille de vous dépêcher. Nous n'avons plus beaucoup de temps.

— Hé là ! répéta bêtement Hanardy.

18

Lentement, la salle retrouva un semblant d'équilibre. Hanardy eut conscience que la fille se remettait à parler.

— Je vais entrer par la porte qui est en face du lit. S'il est en état de se réveiller, je veux lui poser quelques questions. Je dois connaître la nature de la super-intelligence.

Pour un esprit aux facultés aussi engourdies que celui de Hanardy, les mots étaient déroutants. Il s'était efforcé de se faire à l'idée que c'était lui qui devait se rendre près du Dreegh, tout en se révoltant contre ce qu'elle lui ordonnait.

Avec toutes ces pensées qui se bousculaient déjà dans son cerveau, il avait du mal à imaginer ce petit bout de fille allant affronter toute seule le Dreegh.

Pat reprit, sur un ton sévère :

— Vous attendrez près de l'autre porte, Steve. Maintenant, écoutez bien. Faites tout votre possible pour ne pas attirer son attention, qui sera braquée sur moi, je l'espère. L'information que je veux obtenir est pour vous. Mais quand je crierai « Venez ! » ne tardez pas. Vous avancez et vous tuez, c'est compris ?

Hanardy avait eu une idée bien à lui. Un soudain éclair de compréhension. Il voyait brusquement, dans cette situation mortellement dangereuse, une solution dernière : il pourrait partir dans son propre vaisseau spatial !

Mais pour cela, il lui faudrait récupérer les pièces essentielles que Sween-Madro avait prises. Les obtenir, remonter le tableau de commandes, et s'enfuir !

Pour s'en emparer, il devrait aller là où elles étaient, dans la chambre du Dreegh. Apparemment du moins, il devrait faire exactement ce que Pat voulait.

La peur s'estompa devant ce dessein évident, céda la place au sentiment qu'il n'y avait rien d'autre à faire. A cette pensée, Hanardy donna brusquement son accord.

— Oui. Je comprends.

La fille se dirigeait vers la porte. Au ton de sa voix elle se retourna et le considéra avec méfiance.

— N'allez surtout pas manigancer un petit projet personnel, dit-elle d'un ton soupçonneux.

Instantanément, Hanardy se sentit coupable, confus et penaud.

— Enfin quoi ! Je n'aime pas ce que vous voulez faire, aller là-bas et réveiller ce type. Je ne vois pas à quoi ça peut me servir d'écouter un sermon sur l'intelligence. Je ne suis pas assez malin pour le comprendre ! Alors moi, je dis que si nous y allons, il faut le tuer tout de suite.

Pat s'était retournée. Sans un regard, elle sortit de la salle. Hanardy fit une petite grimace au professeur. Quelques instants plus tard il sortit à son tour et suivit la jeune fille, épuisé, désespéré, mentalement engourdi mais résigné.

Pat l'entendit traîner des pieds derrière elle. Sans le regarder, elle lui dit :

— Vous êtes une arme, Steve. Je devais trouver comment me servir de cette arme et comment nous échapper. Fondamentalement, c'est tout ce que nous voulons ! Fuir les Dreeghs et nous cacher. Vous comprenez ?

Il se traînait dans des couloirs de pierre et de métal,

dans un recoin isolé du système solaire, sa lourdeur habituelle aggravée à présent par une immense lassitude. Il entendit donc les paroles qu'elle prononçait ; il comprit même leur signification apparente.

Il eut encore assez de présence d'esprit pour marmonner :

— Oui, bien sûr.

Autrement, reprit-elle, il risquait de partir comme un pétard, en déchargeant l'énergie dont l'avait doté l'*homo-glactis*, en une suite d'explosions inutiles ne visant rien et n'accomplissant rien. La question était donc : quelle espèce d'arme était-il ?

— A mon avis, conclut-elle, il n'y a que le Dreegh qui puisse nous fournir la réponse. C'est pourquoi nous devons l'interroger.

— Ouais, marmonna vaguement Hanardy. Ouais.

Ils atteignirent bien trop vite leur destination. Sur un signe de tête de la fille, Hanardy se mit à courir lourdement dans un couloir transversal. Il ouvrit une porte en tâtonnant et se glissa à l'intérieur.

A ce moment, Pat avait déjà franchi l'autre porte depuis quinze secondes. Hanardy entra et vit un tableau bien singulier.

Sur le lit, le corps presque nu s'agitait. Les yeux s'ouvraient. Le Dreegh regarda la fille et elle s'écria d'une voix haletante :

— Là ! Ce que vous venez de faire... prendre conscience de ma présence. Comment faites-vous ça ?

De là où il était, Hanardy ne pouvait voir la tête du Dreegh. Il se rendit simplement compte qu'il ne répondait pas.

— Quelle est, demanda Patricia Ungarn, la nature de l'intelligence d'un Grand Galactique ?

— Pat, dit le Dreegh, vous n'avez pas d'avenir, alors pourquoi cette question ?

— J'ai quelques jours.

— C'est vrai, reconnut Sween-Madro.

Il ne paraissait pas être conscient de la présence d'une deuxième personne dans la chambre. *Donc il ne peut pas lire dans la pensée !* exulta Hanardy. Pour la première fois, il reprit espoir.

— J'ai l'impression, dit Pat, que vous êtes au moins un peu vulnérable dans votre état actuel. Alors répondez-moi ! Sinon...

Elle laissa la menace et la phrase en suspens.

L'homme remua sur le lit.

— Très bien, ma chère, si ce sont des renseignements que vous voulez, je vous en donnerai plus que votre compte !

— Que voulez-vous dire ?

— Il n'y a pas de Grands Galactiques, déclara le Dreegh. Ces êtres n'existent pas, en tant que race. Poser des questions sur leur intelligence est... non pas dénué de sens, mais complexe.

— C'est ridicule ! s'exclama Pat. Nous l'avons vu !

Elle leva à demi les yeux vers Hanardy et il hocha la tête pour approuver pleinement. Oh oui, il était bien sûr qu'il existait un Grand Galactique.

Sur le lit, Sween-Madro se redressa.

— Le Grand Galactique est un fumiste ! Simplement un membre d'une race inférieure qui a été libéré par une stimulation de hasard, si bien qu'il est provisoirement devenu un super-être. La méthode ? (Le Dreegh sourit froidement :) De temps en temps, accidentellement, suffisamment d'énergie s'accumule pour rendre possible cette stimulation. L'heureux individu, dans son super-état, comprend toute la situation. Quand l'énergie a été transformée par son propre corps et utilisée au maximum pour son propre compte, il emmagasine l'énergie vitale transformée là où elle pourra éventuellement être utilisée par quelqu'un d'autre. La personne suivante pourra employer l'énergie sous sa forme reconvertie.

Ayant épuisé l'énergie, chaque récipiendaire à son tour retourne à son état inférieur.

» Ainsi William Leigh, reporter terrestre, a été pendant quelques heures le seul Grand Galactique de cette région de l'espace. Maintenant, ses super-facultés se sont dissipées à tout jamais. Et il n'y a personne pour le remplacer.

» Et voilà, naturellement, le problème avec Hanardy. Pour utiliser sa mémoire d'intelligence dans toutes ses possibilités, il a besoin d'une énorme quantité d'énergie vitale. Où l'obtiendra-t-il ? Il n'en trouvera pas ! Si nous faisons attention, si nous enquêtons avec prudence sur son passé, nous devrions pouvoir empêcher Steve de découvrir une source, connue ou inconnue.

Hanardy avait écouté cela en sentant grossir une boule de glace dans son estomac. Il vit que Pat avait blêmi.

— Je n'y crois pas, bredouilla-t-elle. Ce n'est que...

Elle ne put achever car en une fraction de seconde, le Dreegh fut à côté d'elle. La rapidité de ses mouvements était ahurissante. Hanardy, qui le regardait, ne pouvait se souvenir d'avoir vu le vampire sauter du lit.

Mais à présent, trop tard, il comprenait que les mouvements du Dreegh sur le lit avaient dû être... des manœuvres, une reprise d'équilibre. L'homme-créature avait été surpris... surpris dans une position d'impuissance, et il s'était servi de son discours pour se préparer à l'assaut.

Au désespoir, Hanardy s'aperçut que Pat Ungarn aussi avait été surprise. Les doigts de Sween-Madro se refermaient sur son épaule. Avec une force prodigieuse, sans effort, il la fit pivoter vers lui. Son grand corps maigre la dominait.

— Hanardy a le souvenir de quelque chose, Pat. C'est tout. *Et c'est tout ce qu'il y a.* C'est tout ce qui reste des Grands Galactiques.

— Si ce n'est rien, pourquoi avez-vous peur ?

— Ce n'est pas tout à fait rien, répondit patiemment

Sween-Madro. Il y a un... potentiel. Une chance sur un million. Je ne veux pas qu'il ait une seule chance de s'en servir, mais naturellement nous devrons bientôt prendre un risque avec lui et l'endormir.

Il la relâcha et recula.

— Non, non, ma chère, vous n'avez pas la moindre chance de vous servir d'une quelconque faculté spéciale de Hanardy... *parce que je sais qu'il est là-bas près de la porte.* Et il ne peut pas se mouvoir assez vite pour venir jusqu'ici et me frapper avec cette barre de métal.

Toute la tension de Hanardy le quitta et il se sentit mollir. Et Pat Ungarn semblait pétrifiée, et regardait fixement la créature. Elle se reprit soudain :

— Je sais pourquoi vous n'osez pas tuer Steve. Alors pourquoi ne me tuez-vous pas ?

Son ton était vif, provocant.

— Hé ! marmonna Hanardy. Attention !

— Ne vous inquiétez pas, Steve, dit-elle gaiement sans se retourner. Ce n'est pas parce que j'ai un potentiel de Q.I. Mais il ne me touchera pas non plus. Il vous connaît comme moi. Vous pourriez avoir une mauvaise pensée à son sujet à un moment-clé, plus tard. N'est-ce pas, monsieur le Dreegh ? J'ai bien saisi votre petit dilemme, bien que je n'aie qu'un cerveau de Klugg.

Pour Hanardy, ces mots étaient suicidaires, mais Sween-Madro continuait simplement de la contempler, vacillant un peu, sans rien dire... un épouvantail nu au-dessus de la ceinture, et ne portant qu'un pantalon de toile coupé aux genoux sur des jambes d'une maigreur squelettique.

Cependant, pas un instant Hanardy ne pensa que le Dreegh était vulnérable. Il se rappelait ses mouvements incroyablement rapides, le passage apparemment instantané d'un lieu à un autre... du lit à Pat, à une vitesse invisible. Fantastique !

Une fois de plus, la voix de Pat, moqueuse, rompit le silence.

— Que se passe-t-il ? Un Q.I. de 400 ou 500, déconcerté ? Qui ne sait que faire ? Rappelez-vous, quoi que vous fassiez, qu'il ne peut rester éveillé encore longtemps. Ce n'est qu'une question de temps avant que quelque chose cède.

A ce moment, Hanardy fut saisi d'une nouvelle angoisse. Il pensa : elle perd du temps. A chaque minute les autres Dreeghs se rapprochent !

La pensée était si pressante qu'il l'exprima tout haut.

— Pour l'amour du ciel, Miss Pat, ces autres Dreeghs vont arriver d'une...

— *Taisez-vous, imbécile !*

Instantanément hystérique, terrifiée, glapissante... telle fut sa réaction totalement inattendue.

Elle dit autre chose de cette même voix aiguë, une chose que Hanardy ne put entendre clairement. Car, en cet instant, entre sa propre phrase et les cris, le Dreegh s'était retourné. Et son bras bougeait. C'était tout ce que Hanardy pouvait voir. Que faisait-il ? La rapidité incroyable du mouvement cachait tout. Logiquement, il ne pouvait qu'avoir plongé la main vers la poche de son pantalon, mais rien de tout cela n'avait été visible.

Une arme brilla ; un rayon lumineux atteignit la figure de Hanardy.

Tandis que les ténèbres l'enveloppaient, il comprit ce que la fille avait hurlé : « Steve, il va vous endormir alors que cette pensée de l'arrivée rapide des Dreeghs est dans votre esprit... »

19

A quelle rapidité la transition entre la veille et le sommeil peut-elle se produire ?

Aussi longtemps qu'il faut pour que le centre de veille se débranche et que le centre de sommeil se mette en marche.

Il n'y a donc aucune conscience apparente du laps de temps. Si vous vivez une existence humaine, terne, cela paraît assez bref.

Pour Hanardy, qui était normalement plus lourd que la moyenne, cela ne prit pas de temps du tout.

Il fit un pas, ses lèvres s'entrouvrirent pour parler... et il dormait déjà... Il n'eut que la vague impression qu'il commençait à tomber.

Consciemment, rien d'autre ne se produisit.

En deçà du conscient, il se passa un laps de temps certain.

Pendant cet intervalle, les particules des atomes de son corps se livrèrent à des millions de millions d'actions distinctes. Et par quadrillions des molécules manœuvrèrent dans la zone crépusculaire de la matière. A cause de la pensée qui avait été dans l'esprit de Hanardy, à un certain niveau de son cerveau il remarqua des points d'espace précis, il vit et identifia l'*autre-té* des Dreeghs dans le vaisseau qui approchait, estima leur « ailleurs », fit le calcul du changement. C'était simple dans le vide virtuel de l'espace, difficile là où la matière était dense. Mais jamais impossible.

Tandis qu'il effectuait ces opérations, le vaisseau avec ses huit Dreeghs changea de position d'un point à un autre point précis de l'espace, franchissant la distance dans le treillis de points relatés.

Dans la chambre du météorite, l'événement visible fut la chute de Hanardy. Une chute en spirale, qui le fit tomber sur le côté, le bras armé de la barre de métal se trouvant pris sous son corps.

Comme Hanardy s'écroulait, le Dreegh passa devant Pat. Il atteignit la porte ouverte et s'y cramponna, comme pour se soutenir.

Pat le regardait fixement. Après ce qui s'était passé, elle n'osait croire que cette faiblesse apparente soit aussi grande.

Cependant, au bout d'un moment, elle hasarda :
— Puis-je poser une question à mon père ?

Pas de réponse. Le Dreegh était à la porte et semblait s'y cramponner.

Elle sentit son cœur battre.

Soudain, elle osait accepter la réalité de l'épuisement qu'elle observait. L'unique et puissant effort du Dreegh paraissait l'avoir anéanti.

Elle courut vers Hanardy, pour s'emparer de la barre de métal. Elle vit immédiatement qu'il était couché dessus et elle essaya de le faire rouler sur lui-même. Elle en fut incapable. Il semblait être cloué au sol dans sa position incommode.

Mais il n'y avait pas de temps à perdre ! Haletante, elle tâtonna sous le corps, trouva l'arme de métal, tira.

L'arme ne bougea pas.

Elle eut beau tirer, pousser d'un côté et d'autre, rien n'y fit. Hanardy crispait les doigts sur la barre comme un étau, et le poids de son corps renforçait cette prise. Rien de ce qu'elle pourrait faire ne dégagerait la barre.

Pat était sûre que la position de Hanardy, son inertie n'étaient pas le fait du hasard. Atterrée, elle se dit que le Dreegh l'avait fait tomber de cette façon.

Elle se sentit saisie un instant de crainte respectueuse. Quelle stupéfiante faculté de prévision Sween-Madro avait eue, pour comprendre la nature du danger qui le menaçait et s'en être défendu exactement comme il le fallait !

C'était une manœuvre destinée à vaincre, exactement et précisément, une petite femme Klugg dont les dons de déduction ne pouvaient alléger le poids d'un corps comme celui de Hanardy, et dont l'habileté à résoudre des problèmes ne comportait pas la faculté de dénouer une main crispée, aux muscles puissants.

Mais — elle était maintenant debout, infiniment résolue — cela ne lui servirait à rien !

Le Dreegh avait aussi une arme. Il n'avait qu'un seul espoir, qu'elle n'ose pas s'approcher de lui.

Un instant plus tard, elle osa. Ses doigts tremblants tâtèrent le pantalon de toile, cherchèrent une poche.

Ils ne trouvèrent rien.

Mais il avait bien une arme, se dit-elle, perplexe. Il l'a braquée sur Steve. Je l'ai vue !

Plus fébrilement encore, elle se remit à chercher, à explorer toutes les possibilités de l'unique vêtement qu'il portait. En vain.

Elle se rappela finalement, dans son désespoir, que son père avait dû observer la scène. Il pouvait avoir vu où était l'arme.

— Papa ! cria-t-elle anxieusement.

La réponse vint immédiatement par l'interphone, paisible, rassurante :

— Oui, ma chérie ?

Surveillant le Dreegh, elle demanda :

— Est-ce que tu aurais un conseil à me donner sur la façon de le tuer ?

Le vieux savant, assis dans la salle des commandes du

météorite, soupira. De là où il était, il voyait sur un écran sa fille, Hanardy sans connaissance et Sween-Madro ; sur un autre, il observait lugubrement le vaisseau des Dreeghs qui était arrivé et s'accrochait à un sas. Sur le second écran, il vit trois hommes et cinq femmes sortir du vaisseau et s'engager dans un corridor du météorite. Il était évident qu'il ne servirait plus à rien de tuer Sween-Madro.

La voix de sa fille le tira de ses réflexions.

— Il doit avoir eu de nouveau recours à la super-vélocité sans que je le remarque, et il a caché son arme. Est-ce que tu as vu ce qu'il en a fait ?

Ce que voyait le Pr Ungarn, c'était que les Dreeghs, sans se presser, se dirigeaient tout droit vers Madro et Pat.

En les contemplant, le vieux savant se dit : « Pat avait raison. Sween-Madro était vulnérable. Il aurait pu être tué. Mais il est trop tard. »

Accablé, furieux contre lui-même, il abandonna la salle des commandes et se hâta d'aller rejoindre sa fille.

Quand le professeur arriva, Sween-Madro était de nouveau sur le lit et Hanardy avait été hissé sur un chariot à moteur que l'on avait poussé près d'une machine manifestement apportée par le vaisseau Dreegh.

C'était un simple appareil avec une paire de ventouses bulbeuses transparentes et un système de succion. Une aiguille était enfoncée dans un vaisseau sanguin du bras droit de Hanardy. Rapidement, un épais liquide rouge bleuâtre monta dans une des ventouses ; environ un litre, estima le Pr Ungarn à mi-voix à sa fille.

Un par un, sans un mot, les Dreeghs s'approchèrent de la machine. Une autre aiguille fut utilisée. Et dans chaque Dreegh fut transfusée une petite quantité du sang de la grosse ventouse. On en utilisa ainsi à peu près la moitié.

Toujours sans un mot, un Dreegh inséra l'aiguille dans le bras de Sween-Madro, et le reste du sang de la ventouse coula dans sa veine.

Pat observait les êtres épouvantables avec une curiosité avide. Toute sa vie, elle en avait entendu parler, avait été avertie du danger qu'ils représentaient ; et voilà qu'ils étaient là, venus de toutes ces distances d'années et de kilomètres. Quatre hommes et cinq femmes.

Trois d'entre elles étaient brunes, la quatrième, blonde et la cinquième, rousse.

Elles étaient toutes très grandes et sveltes comme des lianes. Les hommes mesuraient tous un mètre quatre-vingt-cinq ou un peu plus, et ils étaient d'une grande maigreur. En les voyant ainsi, tous ensemble, Pat se demanda si cette haute taille était une conséquence de leur maladie. Est-ce que les os des Dreeghs s'allongeaient à cause de leur état ? Elle ne pouvait que s'interroger.

Sur le lit, Sween-Madro bougea. Il ouvrit les yeux et se redressa.

Il tremblait un peu et paraissait mal assuré. Encore une fois, l'action silencieuse. Les hommes Dreeghs ne bougèrent pas mais une par une les femmes allèrent se pencher sur lui et l'embrassèrent légèrement sur les lèvres.

A chaque effleurement, il y eut une faible lueur bleuâtre, un éclat de clarté, comme une étincelle. Invariablement, l'étincelle bleue passait de la femme à l'homme.

Et à chaque lueur, il se ranimait un peu plus. Son corps s'étoffa visiblement. Ses yeux devinrent plus brillants.

Pat, qui observait avec une fascination absolue, sentit soudain deux paires de mains l'empoigner. Elle eut le temps de pousser un hurlement quand les deux Dreeghs la portèrent vers Sween et la maintinrent au-dessus de lui, son visage près du sien.

Au dernier instant, elle renonça à sa lutte vaine et se figea.

Elle voyait le regard sardonique de Sween levé vers elle. Puis, d'un mouvement délibéré, il releva la tête et frôla de ses lèvres la bouche de Pat.

Elle s'attendait à mourir.

Tout au fond de son cerveau, un incendie s'alluma. Sa chaleur devint immédiatement intolérable ; instantanément, un éclair de flamme bleue jaillit de sa bouche vers les lèvres de Sween.

Et puis elle se retrouva debout. Elle avait le vertige, tout tournait mais cela ne dura pas. Elle se remit vite. Elle était encore bien vivante.

Sween-Madro se redressa et s'assit.

— L'existence de ces afflux d'énergie entre frère et sœur — que vous venez d'expérimenter — et la faculté des Dreeghs de les utiliser nous portent à croire que nous pourrions devenir les êtres les plus puissants de la galaxie, à perpétuité. Si nous pouvons vaincre Hanardy. Nous ne vous avons pris qu'environ dix pour cent d'énergie. Nous ne voulons pas vous abîmer... pas encore.

Il se leva et alla se pencher sur le routier de l'espace, toujours inconscient. Puis il fit signe à Pat et au professeur ; le père et la fille le rejoignirent aussitôt.

— Je ne suis pas encore bien remis. Pouvez-vous détecter un changement, chez lui ? demanda-t-il. (Il poursuivit sans attendre la réponse :) Je pense qu'il ne s'est rien passé. Il a bien l'air d'un humain, d'un niveau si bas qu'on ne peut que souhaiter n'en jamais connaître, et c'est bien ainsi qu'il était avant, ne pensez-vous pas ?

— Je ne comprends pas, dit vivement Pat. Qu'attendiez-vous ?

— Rien, du moins je l'espérais. Mais cette réflexion sur la proximité de notre vaisseau était le premier usage non programmé de sa faculté. Une action de relation spatiale comme celle-là se trouve dans la courbe d'intelligence des Grands Galactiques à un Q.I. 1 200, environ.

— Mais de quoi aviez-vous peur ? insista Pat.
— Que cela soit renvoyé par feed-back dans son système nerveux !
— Et ça ferait quoi ?

Le Dreegh se contenta de la regarder ironiquement. Ce fut le Pr Ungarn qui rompit le silence.

— Ma chérie, les Dreeghs agissent vraiment comme si leur unique ennemi était un Hanardy programmé.
— Alors tu crois à leur analyse de la nature des Grands Galactiques ?
— Ils y croient ; alors j'y crois.
— Il n'y a donc aucun espoir ?

Le vieux monsieur indiqua Hanardy.

— Il y a Steve.
— Mais ce n'est qu'un péquenaud ! C'est pourquoi nous l'avons choisi pour être notre cheval de trait, rappelle-toi ! Parce que c'était le minable le plus stupide et le plus honnête du système solaire !

Le vieux savant hocha la tête, l'air soudain lugubre. Pat s'aperçut que les Dreeghs les observaient, et semblaient les écouter.

Ce fut une des femmes brunes qui parla enfin :

— Je m'appelle Rilke, dit-elle d'une voix grave un peu voilée. Ce que vous venez de décrire, un homme aussi dépourvu d'importance que celui-ci, est une des raisons pour lesquelles nous voulons aller sur Europa. Nous devons découvrir ce que le Grand Galactique a *vu* chez cet étrange petit homme. Nous devons le savoir parce que nous avons besoin, pour nos citernes de sang et nos réserves d'énergie, du sang et de l'énergie vitale d'un million de personnes de ce système planétaire sans défense. Et nous n'osons pas tuer une seule de ces personnes tant que l'énigme Hanardy n'est pas résolue.

20

Prenez un être pensant...

Tout le monde, à bord du super-vaisseau Dreegh qui atteignit la lune Europa en trente heures (au lieu de plusieurs semaines) correspondait à cette description : les Dreeghs, Pat, le Pr Ungarn et Hanardy endormi.

Ils transportaient le cargo de Hanardy qui devait être leur engin d'atterrissage. Ils s'étaient posés sans incident à l'appartement permanent de Hanardy à Spaceport, la ville principale de la grande lune.

Considérez n'importe quelle personne consciente...

Cela comprend un homme endormi, comme Hanardy.

Il est couché là, sans défense. Dans ce quatrième stade du sommeil où se trouve Hanardy — le stade profond d'onde delta — poussez-le, frappez-le, roulez-le sur lui-même : il est extrêmement difficile de le réveiller. Cependant, c'est à ce stade qu'une personne peut mettre à exécution l'étrange dessein d'un somnambule.

Forcez cet individu conscient à agir au sein d'un univers immensément vaste...

— Nous ne prenons pas de risques, dit la brune Rilke. Nous allons le mettre en mouvement au niveau somnambulique.

Ce fut Sween qui dirigea une vive lumière sur la figure de Hanardy ; après une ou deux secondes à peine il l'éteignit.

Du temps s'écoula. Enfin, le corps sur le lit s'agita légèrement.

Une seconde femme — la blonde — fit un geste sans lever les yeux de l'instrument qu'elle observait et dit précipitamment :

— Le dessein somnambulique est dans la bande d'ondes delta C — 10 — 13 B.

C'était une nomenclature confidentielle, qui ne signifiait rien pour Pat. Mais les mots provoquèrent un frémissement inattendu d'impatience chez les Dreeghs.

Sween-Madro se tourna vers Patricia :

— Est-ce que vous savez pourquoi Hanardy voudrait aller voir treize personnes de Spaceport, et auraient de l'affection pour elles ?

Pat fit la moue.

— Il fréquente pas mal de vagabonds de l'espace, en ville, dit-elle avec mépris. De ces clochards comme on en voit tant. Je ne perdrais pas une minute de mon temps avec eux.

— Nous ne prenons pas de risques, Pat, dit froidement Sween. La solution idéale serait de les tuer tous les treize. Mais dans ce cas, Hanardy pourrait nourrir envers nous des rêves de châtiment à son réveil, un réveil qui va survenir d'un instant à l'autre, d'une façon ou d'une autre. Donc (la longue figure grimaça un sourire), nous ferons en sorte qu'ils lui soient inutilisables.

— Chut ! fit la blonde en désignant l'homme sur le lit.

Hanardy le somnambule ouvrait les yeux.

Pat vit alors les Dreeghs l'observer avec une grande attention. Machinalement, elle retint sa respiration et attendit.

Hanardy ne la remarqua pas, ni elle ni les Dreeghs, il ne semblait pas avoir conscience d'autres présences dans la cabine.

Sans un mot, il se leva et ôta son pyjama. Puis il passa dans sa salle de bains, se rasa et se coiffa. Il revint dans la chambre et commença à s'habiller, enfilant son pantalon sale, une chemise et une paire de bottes.

Quand Hanardy sortit de la pièce, Rilke donna une bourrade à Pat.

— Restez auprès du somnambule, ordonna-t-elle.

Pat s'aperçut que Rilke et Sween-Madro la suivaient de près. Les autres avaient disparu.

Hanardy le somnambule ouvrit le sas et s'engagea sur la passerelle.

Sween-Madro fit signe à Pat de le suivre.

La jeune fille avait hésité au sommet de l'étroite « planche ». Et maintenant elle s'attardait un instant pour contempler la ville de Spaceport.

Le sas du cargo de Hanardy était situé à une quinzaine de mètres au-dessus du lourd échafaudage inférieur qui soutenait le vaisseau. Il y avait un espace d'approximativement un mètre cinquante entre l'ouverture et l'échafaudage supérieur qui constituait une partie de l'appontement.

Presque droit devant elle, Pat pouvait voir les premiers bâtiments de la ville. Elle avait du mal à se persuader que toute la population du port, avec tout son matériel, n'avait aucune chance contre les Dreeghs. Il n'y avait là aucune protection pour elle, ni pour Hanardy, ni pour personne.

Elle fut impressionnée. Le facteur décisif était l'intelligence des Dreeghs.

Elle pensa : et si le *souvenir* d'intelligence de Steve était tout ce qui se dressait entre ces vampires et leurs victimes ?

Quelques minutes plus tard, elle marchait à côté de Hanardy. Elle jeta un coup d'œil à sa figure impassible, si lourde, si peu intellectuelle. Il ne semblait constituer qu'un bien faible espoir, en vérité.

Les Dreeghs et elle suivirent Hanardy dans une rue, dans un hôtel, par un ascenseur et le long d'un couloir jusqu'à une porte où s'inscrivait le numéro 517. Hanardy pressa un petit bouton et au bout de quelques instants la porte s'ouvrit. Une femme d'un certain âge apparut, traînant les pieds. Elle était mafflue et avait des yeux chassieux mais son visage s'éclaira d'un sourire de bienvenue quand elle reconnut Hanardy.

— Ah, salut, Han ! s'écria-t-elle.

Elle se rendit compte alors que les Dreeghs et Pat accompagnaient Hanardy. Si elle songea à se défendre, il était trop tard. Sween la réduisit à l'impuissance avec son éclair hypnotique mécanique, dont il dit nonchalamment quand ils furent entrés, la porte refermée :

— Rien de plus complexe n'est nécessaire pour les êtres humains ou... les Kluggs. Pardon, Pat, mais le fait est que, comme les gens de ce système, vous avez aussi la vague idée que l'hypnose et tous les autres phénomènes de perte de conscience ont été inventés par des hypnotiseurs et autres personnages sans scrupules... Vous ne surprendrez jamais un Lennel, ni un Medder, ni un Hulak avec une méthode de contrôle autre que... Peu importe.

Il se tourna vers la femme. Bientôt, interrogée habilement par le Dreegh, elle avoua la vérité sur ses rapports avec Hanardy.

Depuis le jour où ils avaient fait connaissance, il lui avait donné de l'argent.

— Qu'est-ce qu'il obtient en échange ? demanda Rilke.

— Rien.

Comme leur méthode ne soutirait que la vérité, Rilke fronça les sourcils et regarda Sween.

— Ça ne peut pas être de l'altruisme. Pas à ce niveau inférieur.

C'était visiblement un élément inattendu. Pat dit avec mépris :

— Si l'altruisme est un facteur de Q.I., vous autres Dreeghs devez sans doute être au-dessous du niveau de l'imbécillité.

L'homme ne répondit pas. Son long corps maigre se

pencha sur la femme replète qu'il venait d'interroger si brièvement. Un éclair bleu jaillit quand il posa sa bouche sur ses lèvres. Il répéta six ou sept fois cette caricature de baiser. A chaque fois, la femme rapetissait à vue d'œil, comme un malade qui s'étiole sur un lit d'hôpital.

Finalement, une vive lumière fut projetée dans ses yeux fatigués, supprimant tout souvenir de sa dégradation. Mais quand ils partirent, l'être ratatiné sur le lit était encore en vie.

La personne suivante auprès de qui Hanardy endormi les conduisit était un homme. Et cette fois ce fut Rilke qui donna le baiser léger, et c'est dans son système nerveux que la flamme bleue fut attirée.

De la même façon, ils drainèrent tous les treize amis de Hanardy ; puis ils décidèrent de tuer Steve.

En souriant largement, Sween expliqua :

— Si nous le faisons sauter, avec vous (la femme pour laquelle il éprouve un dévouement de bête) à ses côtés, dans son port natal — le seul foyer qu'il connaisse — il se préoccupera de protéger ceux qu'il aime. Et alors nous, qui serons là-bas dans l'espace à ce moment, survivrons probablement aux quelques instants qu'il lui faudra pour se réveiller.

En entendant ces mots, Pat sentit sa résolution s'affermir et pensa qu'elle n'avait rien à perdre.

Ils s'étaient engagés sur la passerelle métallique qui montait vers le sas du cargo de Hanardy. Hanardy marchait devant, derrière lui la jeune fille, puis Rilke et, fermant la marche, Sween. Comme ils atteignaient les quelques derniers mètres, Pat prit son courage à deux mains et dit à voix haute :

— Ce serait une faute...

Et elle se pencha en avant. Elle plaqua les deux mains sur le dos de Hanardy et le poussa au bord de l'étroite passerelle.

Comme elle s'y attendait, les Dreeghs furent rapides.

Hanardy vacillait encore au-dessus des quinze mètres de vide quand l'homme et la femme se précipitèrent. Ensemble ils se penchèrent sur la rampe basse, tendirent les bras, le saisirent.

En poussant Hanardy, Pat s'était automatiquement trouvée emportée par son élan et avait basculé.

Tout en tombant, elle acheva dans son esprit la phrase qu'elle avait commencée : « Ce serait une faute... de ne pas mettre totalement à l'épreuve cet amour de bête ! »

Spaceport, sur Europa, comme toutes les autres agglomérations similaires du système solaire, ne ressemblait pas du tout à une petite ville ordinaire de quatre mille habitants humains. Elle rappelait plutôt les anciennes bases de ravitaillement naval du Pacifique Sud, avec son établissement militaire et sa garnison, à cette nuance près que la « garnison » de Spaceport était formée de techniciens spécialisés qui travaillaient dans des systèmes mécaniques complexes pour réparer et entretenir les vaisseaux spatiaux. De plus, Spaceport était une ville minière où de petits engins apportaient le minerai des météorites, où de gigantesques usines séparaient le métal précieux de la gangue, après quoi le matériau raffiné était expédié sur Terre.

La similitude avec un port du Pacifique Sud était accentuée par un autre aspect. Tout comme chaque petit port des îles des Mers du Sud, dispersées dans l'océan Pacifique terrestre, attirait en foule un étrange assortiment d'épaves humaines, ainsi Spaceport avait sa tribu bizarre de vagabonds de l'espace. Cette tribu était formée d'hommes et de femmes en nombre presque égal, l'importance du groupe étant variable. Pour le moment, il comprenait treize personnes. Ce n'était pas précisément des honnêtes gens, mais pas des criminels non plus. C'était impossible. Dans l'espace, toute personne inculpée d'un des crimes fondamentaux était automatiquement renvoyée sur Terre et n'en pouvait plus jamais partir. Cependant, il existait une grande tolérance quant à ce qui constituait un crime, chez les responsables de la loi et de l'ordre. L'ivresse n'en était pas un, certainement, ni l'usage de la drogue. A aucun degré, les pratiques sexuelles normales, rétribuées ou non, n'étaient l'objet d'une enquête.

Cette tolérance avait ses raisons. La majorité des personnes concernées — hommes et femmes — étaient techniquement entraînées. Ils étaient des vagabonds parce qu'ils ne pouvaient conserver un emploi stable, mais dans les périodes de travail urgent, il était courant de trouver un chef de personnel d'une des compagnies à court de main-d'œuvre dans les bars de Front Street à la recherche d'un individu ou d'un groupe particulier. Les vagabonds ainsi embauchés pouvaient gagner de fortes sommes pendant une semaine ou deux, parfois trois.

Ce fut précisément un de ces chefs de personnel, cherchant de telles âmes perdues, qui découvrit les treize personnes qu'il voulait — quatre femmes et neuf hommes — malades dans leurs chambres d'hôtel.

Naturellement, il prévint les autorités portuaires. Après auscultation, le médecin appelé en consultation diagnostiqua un état de faiblesse extrême. Tous les treize semblaient, dit-il succinctement, « marginalement vivants ».

Le rapport suscita une réaction alarmée de l'Autorité Portuaire. Le directeur imagina une sorte d'épidémie provoquée par ces épaves et se répandant pour décimer la population de son petit royaume.

Il réfléchissait encore aux mesures à prendre quand des rapports émanant de divers médecins signalèrent que la maladie, quelle qu'elle fût, avait atteint un grand nombre de citoyens aisés de Spaceport, en plus des vagabonds.

On compta finalement cent quatre-vingt-treize personnes souffrant de cette même perte d'énergie et de cette apathie presque comateuse.

22

A un certain niveau de l'esprit, Hanardy eut conscience que Patricia Ungarn plongeait vers la mort.

Pour la sauver, il devait tirer de l'énergie de quelque part.

Il comprit immédiatement d'où l'énergie devrait venir.

Pendant un instant cosmique, alors que son somnambulisme était interrompu et remplacé par l'état de rêve précédant le réveil, il fut soutenu par la rigidité de sa personnalité.

Il y eut une fraction de seconde, alors, pendant laquelle une partie consciente de lui-même contempla avec horreur et stupéfaction une vie entière de vagabondage minable.

Ce seul regard de prescience kaléidoscopique suffit.

Les barrières tombèrent.

Le temps cessa. Pour lui, tous les afflux de particules s'arrêtèrent.

Dans cet état d'éternité, Hanardy prit conscience de lui-même dans un site.

Autour de lui, il y avait 193 autres sites. Il s'aperçut immédiatement que 13 de ces sites étaient extrêmement brumeux. Il les supprima immédiatement de son dessein.

Aux 180 sites qui restaient, il adressa un postulat. Il

postula que les 180 seraient heureux de faire un remboursement immédiat.

Sur ce, chacun des 180 donna de son plein gré à Hanardy sept-dixièmes de toute l'énergie vitale disponible dans leurs 180 sites.

Tandis que cette énergie affluait vers Hanardy, le temps se remit en marche pour lui.

L'univers vivant qui était Steve Hanardy se développa dans ce qui semblait être de vastes ténèbres primitives. Dans cette obscurité il y avait des ombres plus noires, au nombre de neuf : les Dreeghs. Au cœur même de ces excroissances noires passait un mince fil ondulant de clarté argentée : la maladie des Dreeghs, brillante, serpentante, horrible.

Alors que Hanardy remarquait cette déformation totalement criminelle, il distingua une striure rouge dans l'argent sinistre.

Avec un immense étonnement, il pensa : « Mais c'est mon sang ! »

Il comprit alors, avec un profond intérêt, que c'était le sang que les Dreeghs lui avaient soutiré à leur arrivée dans le météorite d'Ungarn.

Ils en avaient donné la majeure partie à Sween. Mais les autres avaient avidement pris pour eux une portion du sang frais.

Hanardy comprit que c'était ce que le Grand Galactique avait remarqué chez lui. Il était un catalyseur ! En sa présence, d'une façon ou d'une autre, les gens guérissaient... par bien des aspects.

Encore quelques jours, et ce sang qu'ils avaient absorbé permettrait aux Dreeghs de se guérir de leur maladie.

Les Dreeghs découvriraient le remède trop tard... trop tard pour changer leurs méthodes de violence.

Pour Hanardy, la scène se transforma.

Les neuf ombres noires n'étaient plus constituées par leur maladie, quand il les revit. Il se surprit à respecter les neuf en tant que membres de la seule race inférieure qui avait atteint l'immortalité.

Leur guérison était importante.

Encore une fois, pour Hanardy, un changement se produisit. Il prit conscience de longues lignes d'énergie qui filaient vers lui, droites et blanches, de quelque immense obscurité au delà. Dans le lointain, un seul point lumineux. Son attention se braqua dessus, et aussitôt toutes les innombrables lignes disparurent.

Hanardy devina que ce point lumineux était le vaisseau des Dreeghs et que, en rapport avec la terre, il se trouverait éventuellement dans une direction spécifique. La fine, fine ligne blanche était comme un index entre le vaisseau et lui. Hanardy regarda le long de cette ligne. Et comme il était ouvert — ah, si ouvert ! — il opéra le contact. Puis il contacta d'autres lieux et établit un équilibre entre eux et le vaisseau des Dreeghs.

Il s'orienta dans l'espace.

Il l'orienta !

Comme il achevait ces contacts, il s'aperçut que le vaisseau Dreegh était maintenant à un peu plus de six mille années-lumière.

C'était assez loin, pensa-t-il.

Ayant pris cette décision, il permit au flot de particules de reprendre son cours vers les Dreeghs. Ainsi...

Quand le temps reprit, les Dreeghs se trouvaient dans leur propre vaisseau spatial. Ils étaient là, tous les neuf. Ils se regardèrent entre eux, mal à leur aise, et puis ils examinèrent leur environnement. Ils virent des configurations d'étoiles inconnues. Leur malaise s'accrut. Ce n'était pas agréable d'être perdus dans l'espace, ils ne le savaient que trop.

Au bout d'un moment, comme rien ne se passait, il devint évident que — même s'ils n'avaient plus aucun espoir de retrouver le système solaire de la Terre — ils étaient sauvés...

Pat eut conscience du changement quand elle s'aperçut qu'elle ne tombait plus et qu'elle n'était plus sur Europa. En retrouvant son équilibre, elle vit qu'elle était dans une chambre familière.

Elle secoua la tête pour s'éclaircir les idées. Et comprit alors qu'elle était dans une pièce du météorite Ungarn, chez elle. Elle entendit un léger son, se retourna et s'immobilisa, en déséquilibre sur un pied, en voyant son père.

Le vieux monsieur paraissait soulagé.

— Tu m'as fait peur, dit-il. Je suis ici depuis plus d'une heure. Ma chérie, tout va bien ! Nos écrans remarchent ; tout est comme... avant. Nous sommes sauvés.

— M-mais... où est Steve ? demanda-t-elle.

... C'était avant. Hanardy avait l'impression qu'il se rappelait un événement oublié, dans le météorite des Ungarn, un moment avant l'arrivée de Sween-Madro et du second groupe de Dreeghs.

Le Grand Galactique de ce moment précédent, celui qui avait été William Leigh, se penchait sur Hanardy couché par terre. Il disait avec un sourire sérieux mais amical :

— Cette fille et vous, vous formez une sacrée combinaison. Vous à qui on doit tant, et elle avec sa singulière témérité... Steve, il y a des milliards de voies ouvertes dans l'univers. La conscience de leur génie est le prochain échelon de l'intelligence. Parce que vous avez eu une rétroaction, si vous prenez cela à cœur, vous pourriez même obtenir la fille.

Leigh se tut brusquement. Il toucha l'épaule du routier de l'espace.

Le souvenir s'estompa...

SECOND
STADE Q.I. 10 000
REHABILITATION ACHEVEE.
COMMENCEZ STADE FINAL !

DEUXIÈME PARTIE

LA SOLUTION GALACTIQUE

23

Barbara Ellington sentit le contact quand elle se redressa devant le rafraîchissoir. Ce n'était qu'un effleurement, mais tout à fait surprenant, un léger frôlement momentané de quelque chose de glacé sur le muscle de son bras droit, à l'épaule.

Elle se retourna vivement, un peu gauchement, et eut un mouvement de confusion en voyant le petit homme chauve élégamment vêtu qui se tenait derrière elle, attendant manifestement son tour pour boire.

— Tiens, bonsoir, Barbara, dit-il aimablement.

Barbara se sentit soudain gênée.

— Je... je me croyais seule, docteur Gloge. J'ai fini, maintenant.

Elle prit la serviette qu'elle avait accotée contre le mur lorsqu'elle s'était arrêtée pour boire un peu d'eau et repartit dans le corridor brillamment éclairé. Elle était grande, mince, peut-être un peu trop grande mais, avec son visage sérieux et ses cheveux châtains lustrés, elle ne manquait pas de séduction. Pour le moment, elle avait les joues en feu. Elle savait qu'elle marchait d'un pas raide, emprunté, et se demandait si le Dr Gloge la suivait des yeux, intrigué par son attitude bizarre devant le rafraîchissoir.

« Mais quelque chose m'a bien touchée », pensa-t-elle.

Avant que le couloir n'oblique, elle se retourna. Le Dr Gloge avait bu et s'éloignait sans se presser dans la direction opposée. Il n'y avait personne d'autre en vue.

Après avoir tourné le coin, Barbara leva la main gauche et frotta le haut de son bras, là où elle avait senti cette fine aiguille de glace. Le Dr Gloge était-il responsable de... eh bien, de ce qui s'était passé ? Elle fronça les sourcils et secoua la tête. Elle avait travaillé dans le bureau du Dr Gloge pendant quinze jours, tout de suite après avoir été embauchée. Et le Dr Henry Gloge, chef du service de biologie de Recherche Alpha, tout en étant constamment courtois, était un personnage froid, calme, réservé, complètement absorbé par son travail.

Ce n'était pas du tout le genre d'homme qui pourrait trouver drôle de faire une blague à une sténo-dactylo.

Il ne s'agissait pas d'une blague.

Du point de vue du Dr Henry Gloge, la rencontre avec Barbara Ellington dans le couloir du cinquième étage cet après-midi avait été un très heureux hasard. Quelques semaines plus tôt, il l'avait sélectionnée pour qu'elle soit à son insu un des deux sujets pour la Stimulation Point Omega.

Ses projets mûrement réfléchis avaient comporté une visite à l'appartement de la jeune fille en son absence. Il avait installé un matériel qui pourrait être précieux plus tard, pour l'expérience qu'il tentait. Et ce fut seulement après la mise au point de ces préliminaires qu'il s'était rendu au bureau des secrétaires, et avait appris que Barbara avait été mutée dans un autre service.

Gloge n'osa courir le risque de poser des questions. Car si l'expérience donnait des résultats peu satisfaisants, personne ne devait soupçonner un rapport entre lui-même et une simple dactylo. Et même si elle réussissait, le secret pourrait continuer d'être indispensable.

Ce retard irrita Gloge. Quand, alors qu'il la cherchait depuis quatre jours, il la reconnut soudain dans le couloir, à une quinzaine de mètres devant lui, il pensa qu'après tout la chance était de son côté.

Quand la fille s'arrêta devant le rafraîchissoir, il

s'approcha d'elle sans bruit. Rapidement, il s'assura qu'il n'y avait personne en vue. Puis il prit le pistolet à aiguille et le braqua sur les muscles de son épaule. Le pistolet contenait un mélange gazeux de sérum Omega, et la seule indication d'une décharge, quand il tira, fut une mince traînée de vapeur du bout de l'aiguille à la peau de la jeune fille.

Sa tâche accomplie, Gloge rengaina prestement l'arme dans l'étui de sa doublure et reboutonna sa veste.

Barbara, portant toujours sa serviette, atteignit enfin les bureaux de John Hammond, assistant spécial du président de la Recherche Alpha, au cinquième étage de ce qui était considéré comme le plus important complexe de laboratoires de la Terre. Alex Sloan, le président, occupait l'étage supérieur.

Barbara hésita devant l'énorme porte noire où s'inscrivait le nom de Hammond. Elle contempla avec orgueil les mots *Liaisons et Enquêtes Scientifiques* inscrits sur le battant. Puis elle prit une petite clef dans sa serviette, la glissa dans la serrure et fit pression sur la droite.

La porte s'ouvrit sans bruit. Barbara passa dans l'antichambre, et entendit le léger déclic de la porte qui se refermait.

Il n'y avait personne. Le bureau de Helen Wendell, la secrétaire de Hammond, se trouvait dans le fond, jonché de papiers. La porte donnant sur le petit couloir menant au bureau personnel de Hammond était ouverte. Barbara entendit la voix d'Helen.

Barbara Ellington avait été attribuée à Hammond — ou plutôt à Helen Wendell — dès son retour d'un voyage de recyclage inattendu en Europe. Le souvenir de ces vacances — c'était ainsi qu'elle considérait ce séjour —, continuait de l'enchanter. Et pourtant, cela avait été évidemment un stage de préparation à sa nouvelle situation.

A part l'agréable augmentation de salaire, son sujet

d'intérêt avait été, était toujours, la personnalité mystérieuse et quelque peu inquiétante de John Hammond lui-même, et aussi l'espérance qu'elle serait au cœur des opérations secrètes des *Liaisons et Enquêtes Scientifiques*. Jusque-là, cet espoir avait été déçu.

Barbara s'approcha du bureau d'Helen Wedell, tira de sa serviette quelques documents, et elle les déposait dans une corbeille quand elle avisa le nom du Dr Henry Gloge sur une note, dans la corbeille voisine. Impulsivement, sans doute parce qu'elle venait de le croiser, elle se pencha sur le papier.

La note était agrafée à un rapport. C'était un rappel à Hammond de son rendez-vous avec Gloge ce jour-là à 15 h 30, au sujet du Projet Omega de Gloge. Barbara consulta machinalement sa montre. Il était 3 heures moins 5.

Contrairement à la plupart des documents qu'elle tapait, ce rapport était, en partie au moins, compréhensible. Il faisait allusion à une expérience biologique, la Stimulation Point Omega. Barbara ne se souvenait pas d'avoir eu connaissance d'un tel projet quand elle travaillait pour le Dr Gloge. Mais ce n'était guère surprenant, le service biologique étant un des plus importants de Recherche Alpha. D'après ce qu'elle lisait, il s'agissait de « l'accélération des processus évolutionnaires » chez certaines espèces animales, et la seule information réelle du rapport semblait être qu'un bon nombre de ces animaux étaient morts et qu'on s'était débarrassé de leurs cadavres.

Est-ce que le grand John Hammond perdait son temps à ce genre de choses ?

Déçue, Barbara remit le rapport dans la corbeille et passa dans son propre bureau.

Quand elle s'assit devant sa machine, elle remarqua une liasse de papiers qui ne se trouvaient pas là quand elle était sortie. Ils étaient accompagnés d'un petit mot écrit de la main d'Helen :

Barbara,

Ceci est arrivé à l'improviste et doit être tapé aujourd'hui. Ce travail exigera manifestement plusieurs heures supplémentaires. Si vous avez des projets particuliers pour ce soir, prévenez-moi et je ferai venir une dactylo.

Barbara éprouva aussitôt un pincement de jalousie possessive. C'était *son* travail, *son* bureau. Elle ne voulait pas qu'une autre fille vînt s'en mêler.

Malheureusement, elle avait un rendez-vous. Mais pour empêcher une intruse de prendre sa place dans le service de John Hammond, ne fût-ce que pour quelques heures, elle était prête à tout sacrifier. Sa décision fut prise instantanément, ne nécessitant aucune réflexion. Mais elle hésita quand même un moment, en se mordillant la lèvre ; car il lui fallait trouver comment décommander un garçon au caractère impatient, emporté. Enfin elle décrocha le téléphone et composa un numéro.

Depuis quelques mois, Barbara formait des projets d'avenir avec Vince Strather, un technicien du laboratoire de photographie. Quand elle entendit sa voix, elle lui expliqua ce qui se passait et acheva, d'un ton contrit :

— Il m'est difficile de refuser, Vince, alors que je débute à peine ici.

Elle pouvait presque sentir Vince encaissant le choc du contrordre qu'elle lui opposait ; elle avait rapidement découvert, au cours de leurs brèves rencontres qu'il cherchait à la pousser vers une intimité pré-conjugale, qu'elle était bien résolue à ne pas accepter.

Elle fut soulagée qu'il écoute ses explications sans récriminer. Elle raccrocha, en éprouvant pour lui une bouffée de tendresse. « Je l'aime vraiment », pensa-t-elle.

Quelques instants plus tard, elle eut soudain comme un vertige.

La sensation était singulière, pas du tout comme ses migraines habituelles. Elle la sentit monter : une impression de légèreté, quelque chose qui tournait en elle et au-dehors, comme si soudain elle ne pesait plus rien, comme si elle allait s'envoler de sa chaise, tournoyant lentement dans les airs.

Presque simultanément, elle éprouva une curieuse exaltation, un sentiment de force et de bien-être, qui ne ressemblait à rien de ce qu'elle avait pu connaître. Ces sensations durèrent une vingtaine de secondes, puis elles se dissipèrent presque aussi brusquement qu'elles s'étaient manifestées.

Les idées confuses, quelque peu secouée, Barbara se redressa sur sa chaise. Elle envisagea un instant de prendre de l'aspirine. Mais il n'y avait aucune raison, dans le fond. Elle ne se sentait pas malade. Il lui semblait même qu'elle était plus éveillée, plus fringante.

Elle allait se mettre à taper quand elle perçut du coin de l'œil un mouvement du côté de la porte. Elle leva les yeux et vit John Hammond sur le seuil.

Elle se figea, comme toujours en sa présence ; puis, lentement, elle lui fit face.

Hammond la considérait d'un air songeur. C'était un homme de plus d'un mètre quatre-vingts, aux cheveux châtain foncé et aux yeux gris d'acier. Il paraissait quarante ans et était taillé en athlète. Mais ce n'était pas sa force physique qui impressionnait Barbara depuis dix jours qu'elle travaillait pour lui ; c'était l'intelligence pénétrante que reflétaient ses traits et son regard. Elle pensa, et ce n'était pas la première fois : voilà comment sont les hommes réellement grands.

— Ça va bien, Barbara ? demanda Hammond. Pendant un instant, j'ai cru que vous alliez tomber de votre chaise.

Barbara fut un peu troublée que son bref vertige ait été surpris.

— Excusez-moi, Mr Hammond, bredouilla-t-elle timidement. Je devais rêvasser.

Il la regarda encore un instant, puis il tourna les talons et s'éloigna.

24

En quittant Barbara, le Dr Gloge descendit plusieurs étages et se posta derrière une pile de caisses d'emballage. Elles se trouvaient dans un passage en face de la porte fermée à clef de la réserve du principal laboratoire photographique. A 15 h 15 précises, une porte s'ouvrit dans le fond du couloir. Un jeune homme rouquin, dégingandé et maussade, en blouse blanche tachée, apparut en poussant devant lui un chariot chargé et se dirigea vers Gloge et la réserve.

C'était le moment du changement d'équipe au laboratoire. Gloge avait appris qu'à cette heure Vince Strather, le petit ami de Barbara Ellington, allait régulièrement ranger du matériel dans la réserve.

Regardant entre les lattes d'une caisse à claire-voie, le Dr Gloge regarda approcher Strather. Il se sentait beaucoup plus tendu et nerveux que lorsqu'il avait administré la piqûre à Barbara. De lui-même, il n'aurait pas choisi Vincent Strather comme sujet, le jeune homme était trop coléreux, trop amer. Mais le fait qu'il soit l'amoureux de Barbara et qu'ils passent ensemble leurs heures de loisir serait peut-être utile pour le déroulement de l'expérience, du moins le Dr Gloge le pensait.

Introduisant une main sous sa veste où se trouvait le pistolet à aiguille, il se glissa rapidement dans le passage, derrière Strather...

Alors même qu'il pressait la détente, il comprit que sa nervosité l'avait trahi.

Il avait tiré trop vite, de trop loin. Le jet, émergeant de l'aiguille à près de quinze cents kilomètres-heure, eut le temps de se déployer et de ralentir. Il atteignit Strather en haut de l'omoplate et ne pénétra pas franchement sous la peau. Strather avait dû avoir l'impression d'un impact brutal. Il sursauta et poussa un cri, puis il frémit sous le choc, assez longtemps pour que Gloge rengaine vivement le petit pistolet et reboutonne sa veste.

Mais ce fut tout juste. Vince se retourna vivement. Il saisit Gloge par le bras et hurla avec rage :

— Espèce de foutu crétin ! Avec quoi m'avez-vous frappé là tout de suite ? Et d'abord, qui êtes-vous, qu'est-ce ce que vous foutez là ?

Pendant une seconde, le Dr Gloge fut affolé. Puis il essaya de se dégager de l'étreinte de Strather.

— Je ne sais pas de quoi vous parlez, marmonna-t-il.

Il se tut. Il vit que Vince regardait par-dessus son épaule. La main du jeune homme se desserra et Gloge parvint à se libérer. Il se retourna pour voir ce qu'il y avait derrière lui et fut aussitôt suffoqué et terrifié.

John Hammond arrivait, ses yeux gris posés sur eux, l'air surpris. Gloge espéra qu'il n'était pas présent quand il avait tiré.

Hammond s'approcha et demanda avec une paisible autorité.

— Que se passe-t-il, docteur Gloge ?

— Docteur ! s'exclama Strather en sursautant.

Gloge prit un ton de perplexité indignée.

— Ce jeune homme paraît s'imaginer que je viens de le frapper. Inutile de dire que j'ai rien fait de pareil, et que je ne comprends pas ce qui a pu lui donner cette idée.

Il examina Strather, en fronçant les sourcils. Le regard indécis du jeune homme alla de l'un à l'autre. Il était manifestement impressionné par la présence de John Hammond et par le titre de Gloge, mais sa colère n'était pas encore apaisée.

— Ma foi, bougonna-t-il, quelque chose m'a frappé. Du moins c'est l'impression que j'ai eue. Quand je me suis retourné, il était là derrière moi. Alors j'ai cru que c'était lui.

— Je vous croisais, rectifia le Dr Gloge. Vous avez poussé une exclamation et je me suis arrêté. C'est tout, jeune homme. Je n'avais certainement aucune raison de vous frapper !

— J'ai dû me tromper, reconnut Strather de mauvaise grâce.

— C'est ça. Disons que c'est une simple erreur et n'y pensons plus, dit promptement le Dr Gloge, et il tendit la main.

Strather la prit et la serra mollement, puis il regarda Hammond. Comme le grand patron ne disait rien, il se détourna, visiblement soulagé, prit un des cartons sur son chariot et le porta dans la réserve.

— Je montais à mon bureau, docteur, dit Hammond, où j'aimerais vous voir dans quelques minutes au sujet du projet Oméga. Je suppose que c'était là que vous alliez ?

— Oui, oui, en effet.

Gloge marcha à côté de Hammond, en se demandant s'il avait vu quelque chose. Il n'en donnait pas l'impression.

Quelques minutes plus tard, regardant John Hammond de l'autre côté de son splendide bureau bien ciré, Gloge éprouva la sensation déplaisante d'être un criminel devant la police. Il avait toujours été stupéfait que cet homme — Hammond — pût lui donner le sentiment de n'être qu'un petit garçon.

Cependant, la conversation commença par une déclaration rassurante du grand patron.

— C'est un entretien tout à fait confidentiel, docteur. Je ne représente pas le président Sloan, en ce moment, encore moins le Conseil de Régence. J'ai simplement fait en sorte que nous puissions tous deux parler très franchement.

— S'est-on plaint de mes travaux ici ?

Hammond hocha la tête.

— Vous ne pouvez pas l'ignorer, docteur. On vous a demandé à trois reprises depuis deux mois, de développer davantage vos rapports sur le projet, de les rendre plus détaillés et explicites.

Gloge comprit à contrecœur qu'il lui faudrait révéler certains de ses résultats. Il répondit avec une franchise apparente :

— Ma répugnance à communiquer est due à un dilemme strictement scientifique. Certaines choses se sont passées au cours de l'expérience, mais leur signification ne m'est apparue clairement qu'il y a quelques jours.

— On a le sentiment, déclara Hammond de sa voix posée, que votre projet échoue.

— L'accusation est indigne ! protesta Gloge.

— Aucune accusation n'a été portée, pas encore. C'est pourquoi je suis ici aujourd'hui. Vous n'avez enregistré aucune réussite depuis six mois, vous savez.

— Mr Hammond, il y a eu de nombreux échecs. Dans le cadre limité des stades actuels des expériences, c'est tout à fait normal.

— Limité en quel sens ?

— Limité aux formes de vie animale les plus inférieures, les moins complexes.

— C'est une limite que vous avez vous-même imposée au projet, lui rappela Hammond.

— C'est vrai. Les conclusions que j'ai pu formuler à ces niveaux si bas ont été inappréciables. Et le fait que les résultats des expériences ont été presque invariablement négatifs, en ce sens que presque tous les sujets ont évolué vers des formes non viables, est sans importance.

— Presque tous, releva Hammond. Ils ne sont donc pas tous morts rapidement ?

Gloge se mordit la lèvre. Il n'avait pas voulu faire cet aveu dès le début de la conversation.

— Eh bien... Dans un pourcentage respectable de cas, les sujets ont survécu à la première injection.

— Et la seconde ?

Gloge hésita. Mais il ne pouvait plus reculer.

— Le pourcentage de survie diminue radicalement. Je ne me rappelle pas les chiffres exacts.

— Et la troisième ?

Il était vraiment forcé de faire des révélations.

— A ce jour, trois animaux ont survécu à la troisième piqûre. Tous trois appartenaient à la même espèce, le *cryptobranchus*.

— Des obstinés, ceux-là !... Selon votre théorie, docteur, la troisième piqûre devrait faire progresser l'animal le long de la courbe évolutionnaire jusqu'à un point qu'il n'aurait pu atteindre qu'en un demi-million d'années d'évolution normale. Est-ce que vous avez abouti à ce résultat, dans ces trois cas ?

— Comme il est permis de considérer, avec d'assez bonnes raisons, que le *cryptobranchus* appartient à une espèce dont le développement évolutif est pratiquement au point mort, je dirais que le résultat a été plus que signifiant.

— Y a-t-il eu des changements observables ?

Gloge avait été tendu, aussi longtemps qu'il s'était trouvé contraint de faire aveu sur aveu. Il cherchait à savoir quand il pourrait commencer à résister à l'interrogatoire.

Maintenant ! se dit-il.

— Mr Hammond, dit-il en s'efforçant de prendre un accent de sincérité, je commence à comprendre que j'ai eu tort de ne pas remettre des rapports plus positifs. Je ne puis croire que vous soyez réellement intéressé par des explications superficielles. Voulez-vous me laisser résumer mes observations ?

Les yeux gris de Hammond étaient calmes et droits.

— Allez-y, dit-il paisiblement.

Gloge esquissa alors ses conclusions. Les aspects intéressants étaient doubles, et sans doute d'une égale importance.

Le premier, c'était qu'il restait à toutes les formes de vie un vaste choix d'évolution. Pour des raisons encore obscures, le sérum Oméga stimulait un de ces potentiels de développement, et aucune stimulation subséquente ne pouvait modifier la direction mutationnelle. La plupart de ces développements aboutissaient à l'extinction.

— Le second aspect, dit Gloge, c'est que les chances de réussite augmentent à mesure que la forme de vie devient plus évoluée.

Hammond marqua son intérêt :

— Vous voulez dire que lorsque vous vous mettrez finalement à travailler sur des mammifères plus actifs et éventuellement des singes, vous obtiendrez de meilleurs résultats ?

— Je n'en doute absolument pas.

Il y avait un aspect secondaire, poursuivit Gloge. Les régions cervicales contrôlant l'inhibition des réflexes simples semblaient être la source d'une nouvelle croissance neurale et d'une extension sensorielle. Apparemment, le sérum intensifiait ces points d'effort, accroissait leur souplesse opérationnelle. Malheureusement, bien trop souvent une telle amplification aboutissait à la mort.

Cependant, chez le *cryptobranchus*, le palais avait développé de minuscules branchies opérationnelles. La peau s'était épaissie en segments de carapace osseuse. Des crochets courts avaient poussé, reliés à des glandes produisant un faible venin hématoxique. Les yeux avaient disparu, mais certaines zones de la peau développaient une sensibilité, de niveau visuel, à la lumière.

— Il y a eu d'autres changements, conclut Gloge, mais ceux-là sont les plus spectaculaires.

— Ils le paraissent en effet. Qu'est-il arrivé aux deux spécimens qui n'ont pas été disséqués ?

Le Dr Gloge s'aperçut que sa digression avait été sans effet.

— Ils ont reçu la quatrième injection, naturellement, répondit-il avec résignation.

— Celle qui doit les faire progresser jusqu'à un point situé à un million d'années de leur courbe évolutive... ?

— Ou au point culminant de cette courbe. L'assimilation des quatre stades de la stimulation au déroulement de périodes spécifiques d'évolution normale — vingt mille, cinquante mille, cinq cent mille ans et un million d'années — est naturellement théorique. Mes calculs indiquent que chez beaucoup d'espèces que nous connaissons les deux points peuvent se confondre.

Hammond hocha la tête.

— Je comprends, docteur. Et qu'est-il arrivé quand vos *cryptobranchus* évolués ont reçu la quatrième piqûre ?

— Je ne puis vous donner une réponse précise à ce sujet, Mr Hammond. Apparemment, il y a eu un très rapide délabrement de toute la structure. En deux heures, les deux spécimens se sont littéralement dissous.

— Autrement dit, la stimulation Point Oméga dirige les *cryptobranchus* et, en fait, toutes les espèces auxquelles elle a été appliquée, dans une des nombreuses impasses de l'évolution.

— Jusqu'ici, c'est vrai, dit sèchement Gloge.

Hammond garda un moment le silence, puis :

— Un dernier détail. Il a été suggéré que vous pourriez envisager de vous faire assister dans ces travaux par un adjoint suffisamment qualifié. Recherche Alpha pourrait sans doute obtenir la collaboration de Sir Hubert Roland pour un projet de cet intérêt.

— Avec tout le respect que je dois à Sir Hubert

Roland et à ses travaux, répliqua froidement le Dr Gloge, je le considérerais ici comme un touche-à-tout ! Si l'on tente de me l'imposer, je résisterai.

— Allons, dit aimablement Hammond, ne prenons pas de décisions catégoriques pour le moment. Comme je vous l'ai dit, c'est un entretien tout à fait officieux. Je crains de devoir maintenant mettre fin à cette conversation, ajouta-t-il en jetant un coup d'œil à sa montre. Auriez-vous le temps de revenir me voir ici dans huit jours, à 10 heures, docteur ? J'aimerais poursuivre cette conversation un peu plus loin, et je ne pourrai pas vous recevoir avant.

Le Dr Gloge eut du mal à maîtriser un sentiment de triomphe. On était mercredi. Il avait choisi ce jour-là pour débuter, parce qu'il voulait que ses sujets soient absents de leur lieu de travail pendant le week-end.

D'ici à samedi, il pourrait certainement faire les deux premières piqûres aux deux jeunes gens.

Le mercredi suivant, la troisième et peut-être même la quatrième auraient été administrées, toute réaction aurait été étudiée ou bien l'expérience serait terminée.

Pour masquer sa satisfaction, Gloge répondit comme s'il faisait une concession :

— Comme vous voudrez, Mr Hammond.

Dès que Gloge fut parti, Hammond alla chercher Helen, la ramena dans son bureau et ferma la porte.

— Une curieuse coïncidence, lui dit-il. Peut-être le premier indice.

Sur quoi, il lui raconta comment il avait rencontré le Dr Gloge et Vincent Strather à 15 h 15 dans le couloir, et fit état de l'accusation de Vincent.

— Il faut reconnaître, conclut-il, que dans un complexe scientifique aussi vaste que Recherche Alpha, la rencontre de ces deux-là est une coïncidence vraiment surprenante.

— Fantastique serait le mot, s'exclama Helen. Vous

dites que Vince croyait avoir été frappé. Qu'est-ce qui pourrait produire une telle sensation ?

— Un poing, répondit laconiquement Hammond. Un coup de batte de base-ball, la décharge dans certaines circonstances d'un pistolet à gaz... (Il s'interrompit et la dévisagea, les yeux brillants :) Tout commence à concorder, n'est-ce pas ? Incroyablement, de lui-même, le Dr Henry Gloge, l'expérimentateur du sérum Oméga, a probablement choisi Vince Strather comme sujet d'expérience, à son insu. En d'autres circonstances, nous serions obligés de réexaminer les qualifications morales de Gloge pour savoir s'il convient de le garder, mais j'ai l'impression qu'il est tout autant que Vince une victime.

— M-mais... Mais comment est-ce que cela pourrait avoir un rapport avec la rencontre, par hasard, de William Leigh et de ces deux-là, et de Barbara ? répliqua Helen. Et, ce qui est peut-être plus important, comment est-ce que cela s'intègre dans la situation Dreegh ?

Hammond lui sourit tendrement.

— N'oubliez pas que nous ne sommes peut-être pas qualifiés pour répondre à ces questions. Nous sommes témoins des effets de la logique des Grands Galactiques. Ne nous hâtons pas d'en chercher la signification. Remarquons simplement que nous commençons à y être mêlés, et ouvrons l'œil. Et gardons l'esprit en éveil.

25

Le Dr Henry Gloge resta éveillé une bonne partie de la nuit, oscillant entre l'espoir et la peur de ce qu'il découvrirait quand il irait vérifier les premiers résultats de la Stimulation Point Omega sur des êtres humains. S'ils étaient manifestement négatifs, il ne lui resterait qu'une solution.

Elle pouvait s'appeler meurtre.

Le Dr Gloge aborda ce sujet avec détachement sans aucun trouble. Au cours de ses travaux, il lui était plusieurs fois arrivé de procéder secrètement à des expériences plus avancées, tout en suivant, ostensiblement, la méthode scientifique pas à pas. Ainsi fortifié par des connaissances spéciales, il avait pu, par le passé, projeter le travail à l'échelon inférieur avec la perception intuitive que lui avaient parfois apporté ses investigations privées.

L'importance qu'avait pour lui le Projet Omega justifiait un expédient similaire. Objectivement, compte tenu d'un tel but, la vie de deux jeunes gens qu'il avait choisis pour son expérience ne comptait pas. Leur mort, si elle devenait nécessaire, entrerait dans la même catégorie que le massacre d'autres sujets de laboratoire.

Avec les êtres humains il y avait bien entendu un élément de risque personnel pour lui-même. C'était cela qui le troublait, maintenant qu'il avait administré la première piqûre. A chaque instant, le Dr Gloge se réveillait d'un demi-sommeil peuplé de cauchemars pour trembler de nouveau et suffoquer d'angoisse avant de retomber dans son assoupissement agité.

A 4 heures du matin, il se leva presque avec soulagement, se remonta avec plusieurs comprimés d'un puissant stimulant, vérifia une dernière fois ses préparatifs et partit à travers la ville, vers l'immeuble où habitait Barbara Ellington. Il conduisait une camionnette noire qu'il avait achetée et équipée pour son expérience.

Il arriva à destination vers 5 heures et quart. C'était une rue résidentielle paisible, bordée d'arbres, dans un des plus vieux quartiers, à une douzaine de kilomètres du complexe de Recherche Alpha. A deux cents mètres de la maison, le Dr Gloge gara sa camionnette contre le trottoir opposé et coupa le contact.

Depuis une semaine, un récepteur-enregistreur miniature était installé sous l'écorce d'un sycomore en face de la maison ; son micro, habilement peint pour ressembler à un clou rouillé, se trouvait braqué sur la chambre de Barbara, au premier étage. A présent, le Dr Gloge prit l'autre partie du double appareil dans le coffret du tableau de bord, inséra l'écouteur dans son oreille et le mit en marche.

Après avoir tourné le bouton de réglage du son à droite et à gauche pendant trente secondes, il se sentit pâlir. Il avait essayé l'appareil de nuit en deux occasions au cours de la semaine. Il était assez sensible pour capter le son de la respiration et même les battements de cœur de la personne se trouvant dans la chambre ; et il comprit immédiatement, avec une certitude absolue, que pour le moment, il n'y avait dans la chambre de Barbara Ellington aucun occupant vivant.

Rapidement, il brancha sur le petit appareil le mécanisme d'enregistrement, le remonta une heure en arrière et remit l'écouteur à son oreille.

Presque tout de suite, il se détendit.

Barbara Ellington avait été dans cette pièce, endormie, une heure plus tôt ; respiration régulière, battements de cœur normaux et soutenus. Le Dr Gloge avait écouté trop d'enregistrements semblables d'animaux de laboratoire pour avoir le moindre doute. Ce sujet-là avait survécu, intact, au premier stade de la Stimulation Point Omega !

La sensation de triomphe, après les horribles craintes de la nuit, fut enivrante. Le Dr Gloge eut besoin de quelques minutes pour se ressaisir. Finalement, il parvint à avancer la bande mathétique de dix minutes en dix minutes, jusqu'à ce qu'il entende Barbara s'éveiller, se lever et aller et venir dans sa chambre. Il écouta avec fascination, croyant presque voir ce qu'elle faisait. A un moment donné, elle resta immobile pendant plusieurs secondes, puis laissa échapper un rire léger qui plongea le savant à l'écoute dans le ravissement. Une minute plus tard environ, il entendit une porte se fermer. Ensuite, ce ne fut plus que le silence sans vie qui lui avait fait si peur.

Barbara Ellington s'était réveillée ce jeudi matin avec une pensée qui ne l'avait jamais effleurée : « La vie n'a pas besoin d'être sérieuse ! »

Elle réfléchissait à cette idée frivole avec stupéfaction quand une seconde pensée lui vint à l'esprit, qu'elle n'avait encore jamais eue non plus de toute sa vie. « A quoi rime cette folie de me rendre esclave d'un homme ? »

Cela lui parut naturel et manifestement vrai. Il n'y avait là aucun rejet des hommes. Elle aimait encore Vince, lui semblait-il... mais différemment.

Le souvenir de Vince la fit sourire. Elle avait déjà remarqué, après un rapide coup d'œil autour de sa chambre, qu'il était deux heures plus tôt que l'heure habituelle de son lever. Le soleil filtrait par la fenêtre à l'horizontale, ce qui naguère lui avait paru abominable, parce que signifiant la perte d'un précieux sommeil.

Mais à présent, elle songea soudain : « Et si je téléphonais à Vince ? Nous irions faire un tour en voiture avant d'aller au travail ! »

Elle tendit la main vers le téléphone, puis réfléchit et se ravisa. Laissons le pauvre garçon dormir encore un peu.

Elle s'habilla rapidement, mais avec plus de soin que d'ordinaire. Quand elle se regarda dans la glace elle se trouva soudain plus jolie.

« ... Beaucoup plus jolie ! » se dit-elle. Intriguée, un instant stupéfaite, elle s'approcha du miroir, elle examina son visage. *Sa* figure, familière. Mais aussi celle d'une radieuse inconnue. Une autre impression lui vint et les yeux bleus de son reflet, brillants, pétillants, parurent s'agrandir.

« Je me sens deux fois plus vivante que jamais ! »

De la surprise... du plaisir... et soudain : « Est-ce que je ne devrais pas me demander pourquoi ? »

Le visage reflété fronça un peu les sourcils, puis lui rit au nez.

Il s'était produit un changement, un changement merveilleux qui n'était pas encore total. Elle sentait des choses se mouvoir en elle, des flots de clarté aux marges de son esprit. Sa curiosité s'était éveillée mais elle était légère, ni pressante ni anxieuse. « Ce que je veux savoir, je le *saurai* ! », se dit Barbara ; et, sur ce, toute trace de curiosité fut repoussée.

« Et maintenant. »

Elle jeta un nouveau regard à sa petite chambre. Depuis un an elle l'abritait, la contenait, la soutenait. Mais elle ne voulait plus d'abri. La chambre ne pourrait la retenir aujourd'hui !

Souriante, elle décida : « Je vais aller réveiller Vince ! »

Elle dut sonner cinq fois à la porte de Vince avant de

l'entendre bouger à l'intérieur. Et puis sa voix pâteuse cria :

— Qu'est-ce que c'est ?

Barbara éclata de rire.

— C'est moi !

— Bonté divine !

Le verrou claqua et la porte s'ouvrit. Vince la dévisagea de ses yeux rougis. Il avait enfilé une robe de chambre sur son pyjama, sa figure osseuse était congestionnée et ses cheveux roux emmêlés.

— Qu'est-ce que tu fais debout à cette heure ? s'exclama-t-il quand Barbara entra dans l'appartement. Il est 5 heures et demie !

— Il fait une matinée splendide. Je ne pouvais pas rester au lit. J'ai pensé que nous pourrions faire une promenade en voiture avant d'aller travailler.

Vince ferma la porte et la regarda en clignant des yeux d'un air ahuri.

— Une promenade en voiture ?

— Tu ne te sens pas bien, Vince ? On dirait presque que tu as de la fièvre.

Il secoua la tête.

— Je ne me sens pas fiévreux, mais ça ne va pas trop bien. Je ne sais pas ce que j'ai. Viens t'asseoir. Tu veux du café ?

— Pas particulièrement. Je vais t'en faire si tu veux.

— Non, laisse. Pour le moment j'ai plutôt mal au cœur.

Vince s'assit sur le canapé du petit living-room, tira de la poche de sa robe de chambre des cigarettes, en alluma une et fit la grimace.

— Ça n'a pas très bon goût non plus, grommela-t-il. (Puis il regarda Barbara). Il s'est passé quelque chose de très bizarre, hier. Et je ne sais pas trop si...

Il hésita.

— Tu ne sais pas si quoi ?

— Si ce n'est pas à cause de ça que je me sens

patraque... C'est idiot, probablement. Tu sais, ce Dr Gloge, pour qui tu as travaillé ?

A cet instant, Barbara eut l'impression que des zones entières de son esprit s'illuminaient. Elle entendit Vince commencer à raconter l'incident. Mais — à part l'intervention de John Hammond — c'était quelque chose qu'elle savait déjà.

Cela faisait partie d'une histoire bien plus considérable...

Elle pensa : « Quel petit homme impudent ! Quelle chose folle, merveilleuse, fantastique il a faite ! »

Une onde de surexcitation la parcourut. Le document qu'elle avait vu sur le bureau d'Helen Wendell lui revint à la mémoire, chaque mot net et distinct... et pas seulement les mots !

Maintenant elle *comprenait !* Ce qu'ils signifiaient, ce qu'ils impliquaient, les possibilités qu'ils recélaient, pour elle, pour Vince.

Un autre sentiment s'éveilla. Une vive méfiance.

Il y avait du danger, là ! John Hammond... Helen... les centaines de petites impressions reçues se rassemblèrent soudain pour former une image nette mais déconcertante... de quelque chose de supranormal, se dit-elle, abasourdie.

Qui étaient-ils ? Que faisaient-ils ? Par bien des aspects, ils n'étaient pas vraiment à leur place dans une organisation comme Recherche Alpha. Et pourtant ils en étaient virtuellement les maîtres.

Cela n'avait au fond pas d'importance dans l'immédiat. Cependant, elle était certaine d'une chose. Ils étaient opposés à ce que le Dr Gloge tentait au moyen de la Stimulation Point Omega, ils y mettraient fin s'ils le pouvaient.

« Mais ils ne peuvent pas ! » se dit-elle. Ce que le Dr Gloge avait commencé était bon. Elle en sentait la justesse comme un chant triomphant dans toutes les fibres de son être. Il lui faudrait veiller à ce que rien ne vienne le contrecarrer !

Mais elle devrait être prudente et agir vite ! C'était un coup de malchance incroyable que John Hammond ait brusquement surgi au moment où le Dr Gloge administrait sa première piqûre à Vince.

— Crois-tu que je devrais le signaler ? demanda-t-il.

— Tu n'aurais pas l'air très malin si on découvrait que tu as simplement un début de grippe, répondit Barbara sur un ton léger.

— Ouais, fit-il, peu convaincu.

— A part la nausée, qu'est-ce que tu ressens ?

Vince décrivit ses symptômes. Assez semblables à ceux qu'elle avait ressentis et elle avait vécu quelques mauvais moments avant de s'endormir, la veille. Vince passait par une période de réaction initiale plus prolongée et quelque peu plus aiguë que la sienne.

Elle éprouva le besoin de le rassurer tendrement. Mais elle se dit qu'il ne serait pas prudent de lui révéler ce qu'elle savait. Avant qu'il ait surmonté ses malaises physiques, une telle révélation risquait de le troubler dangereusement.

— Ecoute, lui dit-elle d'une voix pressante, tu n'as pas à aller au travail avant ce soir. Alors le mieux serait que tu dormes encore quelques heures. Si tu te sens plus mal et si tu veux que je te conduise chez un médecin tu n'auras qu'à me téléphoner et je viendrai te chercher. Autrement, je t'appellerai à 10 heures.

Vince accepta immédiatement.

— Je me sens terriblement groggy, c'est surtout ça. Je vais simplement m'allonger sur le canapé, au lieu de me remettre au lit.

Quand Barbara s'en alla quelques minutes lus tard, elle oublia rapidement Vince. Elle commençait à considérer divers moyens pour parler au Dr Gloge le jour même.

Gloge arriva dans la rue où habitait Vince Strather et il cherchait une place de stationnement quand il vit soudain Barbara Ellington sortir de l'immeuble et traverser la chaussée devant lui.

Elle devait être à une centaine de mètres. Le Dr Gloge freina précipitamment, donna un coup de volant et se gara le long du trottoir derrière une autre voiture. Il resta au volant, le cœur battant à la pensée qu'il avait bien failli être vu.

Barbara avait hésité, tourné la tête en direction de la camionnette, mais maintenant elle continuait d'avancer. En observant sa démarche vive et légère, la fierté de son port de tête, et en comparant cette image avec la gaucherie qu'il avait constatée la veille dans ses moindres mouvements, il sentit ses derniers doutes s'envoler.

C'était sur l'espèce humaine que la Stimulation Point Omega donnerait ses résultats.

Son seul regret était maintenant de ne pas être arrivé dix minutes plus tôt. Manifestement, la fille sortait de chez Strather, elle avait été près de lui jusqu'à présent. S'il les avait trouvés ensemble, l'examen sur une base comparative aurait pu être effectué sur eux simultanément.

Cette idée ne diminua en rien l'excitation qu'il éprouvait en suivant des yeux la voiture marron de Barbara qui s'éloignait. Il attendit qu'elle soit hors de vue, puis il conduisit la camionnette dans la ruelle sur le côté de l'immeuble. Il avait l'intention de faire un examen physique approfondi de Strather.

Quelques minutes plus tard le Dr Gloge regardait l'aiguille du petit instrument qu'il tenait à la main descendre au point zéro du cadran. Arrachant le respirateur qui lui couvrait le nez et la bouche, il se pencha sur Vincent Strather, vautré sur le canapé du living-room.

Son aspect était beaucoup moins satisfaisant qu'il ne s'y attendait. Naturellement, la figure congestionnée et les yeux injectés du jeune homme pouvaient être dus au gaz paralysant qu'il avait projeté dans l'appartement en s'y introduisant par la porte de service. Mais il y avait d'autres signes de perturbation : la tension, les vaisseaux sanguins distendus, l'altération de la couleur de la peau. A côté de la vigueur et de l'entrain de Barbara Ellington, Strather paraissait en assez piteux état.

Néanmoins, il avait survécu à la première piqûre.

Gloge se redressa, contempla de nouveau le garçon inerte, puis il alla fermer sans bruit la fenêtre qu'il avait ouverte une minute exactement après avoir diffusé le gaz à effet immédiat, qui s'était maintenant dissipé. D'ici une heure environ, Strather n'en ressentirait plus les effets, et rien ne lui ferait soupçonner qu'il s'était passé quelque chose après le départ de Barbara Ellington.

Gloge se promit de revenir le lendemain pour administrer la deuxième injection à Strather.

Il referma à clef la porte de service, et en regagnant sa camionnette, le Dr Doge se dit qu'il lui faudrait revenir et vérifier l'état de ses deux sujets le soir même.

Il se sentait extrêmement confiant. Il était certain que l'expérience de Stimulation Point Omega aurait pris fin avant que quiconque s'aperçoive qu'elle avait commencé.

26

Hammond entendit la sonnette alors qu'il se rasait dans la salle de bains de son appartement, situé derrière ses bureaux. Il s'interrompit, posa délicatement son rasoir et pressa le bouton d'un microphone encastré dans le mur.

— Oui, John ? fit la voix d'Helen.
— Qui est entré ?
— Mais... Barbara, répondit-elle, surprise. Pourquoi le demandez-vous ?
— Le compteur de champ vital vient d'enregistrer un plus-six.
— Sur *Barbara* ? s'écria Helen sans pouvoir y croire.
— Sur quelqu'un, répliqua Hammond. Il serait bon de faire vérifier le compteur par la Maintenance Spéciale. Personne d'autre n'est entré ?
— Non.
— Bon, alors vérifiez.

Il coupa la transmission et acheva de se raser.

Un peu plus tard, le ronfleur bourdonna dans le bureau de Barbara, ce qui signifiait qu'elle devait se présenter avec son bloc dans le bureau de Hammond. Elle s'y rendit, en se demandant s'il remarquerait sa transformation. Mais plus vif encore était son désir d'examiner de plus près cet homme étrange et puissant qui était son patron.

Elle entra dans le bureau et allait s'asseoir sur la chaise que Hammond lui désignait, quand quelque chose, dans son attitude, l'avertit. Elle fit un petit geste navré.

— Ah, Mr Hammond... Excusez-moi un instant.

Elle se hâta vers les lavabos. Dès qu'elle y fut enfermée, elle ferma les yeux et revécut mentalement ses impressions précises à l'instant où elle avait ressenti... elle ne savait quoi.

Ce n'était pas du tout Hammond qui était en cause. Non, c'était la chaise qui dégageait une espèce de courant d'énergie. Les yeux encore fermés, elle fit un effort pour percevoir ce qui avait été touché en elle. Il semblait y avoir un point précis de son cerveau qui réagissait chaque fois qu'elle revivait l'instant où elle avait commencé à s'asseoir.

Elle ne parvenait pas à analyser la réaction mais elle pensa : « Maintenant que je sais, je ne me laisserai pas surprendre. »

Soulagée, elle retourna au bureau de Hammond, s'assit sur la chaise et sourit à son patron au delà du grand bureau d'acajou étincelant.

— Excusez-moi. Je suis prête, maintenant.

Pendant une demi-heure, elle prit de la sténo avec une minuscule portion de son esprit tandis que le reste livrait une bataille progressivement plus consciente contre la pression d'énergie qui montait en elle de la chaise, en ondes rythmées.

Elle avait fini par deviner que c'était un centre nerveux qui réagissait à la suggestion hypnotique, aussi quand Hammond lui dit soudain de fermer les yeux, elle obéit immédiatement.

— Levez la main droite, ordonna-t-il.

Barbara leva la main droite, tenant le stylo.

Il lui dit de la remettre sur ses genoux, et puis il lui fit passer rapidement plusieur tests, qu'elle reconnut comme étant d'une catégorie très importante.

Ce qui l'intéressait plus encore, c'était qu'elle pouvait laisser le centre réagir et commander aux parties de son corps que Hammond nommait, sans perdre le contrôle. Si bien que lorsqu'il lui ordonna de laisser tomber sa main inerte, puis, se penchant, y enfonça une aiguille, elle ne sentit absolument rien et n'eut donc aucune réaction.

Hammond parut satisfait. Après avoir rendu à sa main le pouvoir de sentir, il déclara :

— Dans un instant, je vais vous dire d'oublier le test que nous avons effectué, mais vous resterez totalement sous mon contrôle et répondrez en toute sincérité aux questions que je vous poserai. Vous avez compris ?

— Oui, Mr Hammond.

— Très bien. Oubliez tout ce que nous avons fait et dit depuis que je vous ai demandé de fermer les yeux. Quand le souvenir se sera complètement effacé, rouvrez les yeux.

Barbara attendit environ dix secondes. Elle pensait : « Qu'est-ce qui a éveillé ses soupçons aussi vite ? Et qu'est-ce que ça peut lui faire ? » Elle maîtrisa sa surexcitation, persuadée qu'elle était sur le point de découvrir un peu de la vie secrète de ce bureau. Elle n'avait jamais entendu parler de chaises hypnotiques.

Elle rouvrit les yeux.

Elle fit semblant de vaciller, et s'excusa, confuse.

Les yeux gris de Hammond la considéraient avec une amabilité trompeuse.

— Vous semblez avoir des problèmes ce matin, Barbara.

— Je me sens vraiment très bien, protesta-t-elle.

— S'il y a quoi que ce soit dans votre vie qui a changé récemment, je veux que vous me le disiez. Confiez-vous à moi.

Ce fut le commencement d'un interrogatoire intensif

concernant le passé de Barbara. Elle y répondit librement. Apparemment, Hammond fut enfin convaincu car il la remercia poliment et la renvoya taper les lettres qu'il avait dictées.

Quand elle s'assit à son bureau quelques minutes plus tard, Barbara vit par la porte vitrée Helen Wendell passer dans le couloir et entrer dans le bureau de Hammond.

Hammond annonça immédiatement à Helen :
— Pendant tout le temps où j'ai parlé à Barbara le compteur de champ vital a indiqué huit-quatre, au-dessus de la portée d'hypnose. Et elle ne m'a rien dit.
— Qu'est-ce qu'il indique pour moi ? demanda Helen.

Il baissa les yeux vers la droite, sur l'appareil placé dans un tiroir ouvert.
— Onze-trois, comme d'habitude.
— Et pour vous ?
— Douze-sept, normal.
— Ce ne sont peut-être que les ondes moyennes qui sont déréglées, avança-t-elle. (Elle ajouta :) La Maintenance Spéciale viendra vérifier après les heures de bureau. D'accord ?

Hammond hésita, puis il reconnut qu'il n'y avait aucune raison de violer les règles de prudence qu'ils s'imposaient.

Pendant l'heure du déjeuner, Barbara éprouva de nouveau une brève sensation de vertige. Mais elle était maintenant attentive aux possibilités. Au lieu de se laisser aller, elle s'efforça d'analyser les moindres nuances de la sensation.

Il y avait un... un mouvement, un déplacement à l'intérieur d'elle-même.

Elle sentait un flux de particules d'énergie passant de divers points de son corps à d'autres. Un point spécifique de son cerveau semblait contrôler le flux.

Quand les pulsations cessèrent — aussi brusquement

qu'elles avaient commencé — elle se dit : « Il s'est produit un nouveau changement. Pendant cette minute je me suis développée d'une certaine façon. »

Elle était figée, à sa table de restaurant, et faisait un effort pour déterminer ce qui avait changé. Mais elle n'y parvint pas.

Néanmoins, elle était satisfaite. Spontanément, sa première idée avait été de joindre le Dr Gloge dans la journée dans l'espoir qu'il voudrait lui faire une seconde piqûre. Mais il était évident que tous les changements que provoquerait la première ne s'étaient pas encore produits.

Elle retourna aux bureaux des *Liaisons et Enquêtes Scientifiques.*

La sonnerie qui tinta à l'entrée de Barbara provoqua un regard de Hammond au compteur. Il regarda fixement le cadran, puis il sonna Helen Wendell.

— L'appareil indique maintenant neuf-deux pour Barbara, lui dit-il dès qu'elle entra.

— Vous voulez dire que sa cote a encore monté ?... Toutes choses égales d'ailleurs, c'est sûrement l'appareil qui ne marche pas.

— Mais toutes choses ne sont pas égales d'ailleurs, murmura Hammond. Se pourrait-il que Barbara soit un des autres sujets d'expérience du Dr Gloge ? C'est presque trop direct et trop simple, si l'on considère le grand esprit qui dirige tout ça. Et pourtant ça concorde. Selon vos registres, elle a travaillé un moment dans le bureau de Gloge, donc il la connaissait de vue.

— Tout ce que je peux dire, répliqua Helen, c'est qu'au cours de ma vie je n'ai jamais vu personne changer dans le sens d'un mieux. Il se produit une dégradation progressive à mesure que les gens vieillissent. Alors pourquoi ne voulez-vous pas que je fasse examiner l'appareil, pour plus de sûreté ?

Les traits puissants de Hammond se détendirent.

— Mais si, faites-le. Seulement, étant donné que nous

ne prenons jamais de risques, je pourrais garder aussi Barbara avec moi ce soir. Ça vous ennuie ?

— C'est agaçant, mais d'accord.

— Je lui administrerai le conditionnement qui abat les douze-zéro et plus. Elle ne saura pas ce qui lui arrive.

27

La nuit était tombée quand le Dr Henry Gloge gara sa camionnette noire près de la maison de Barbara. Il mit promptement en marche l'appareil audio installé dans l'arbre et régla le volume du son.

Après trente secondes de silence, sa figure s'assombrit. « Encore ! pensa-t-il, puis, avec lassitude : Enfin, elle est peut-être chez son amoureux. »

Il redémarra et s'arrêta bientôt le long du trottoir en face de l'immeuble de Strather. Une rapide vérification lui apprit que le rouquin dégingandé était chez lui... mais seul.

Le jeune homme était réveillé et en colère. A l'écoute, Gloge l'entendit décrocher rageusement le téléphone et former un numéro qui devait être celui de Barbara car bientôt il raccrocha brutalement et marmonna : « Elle ne sait donc pas que je travaille ce soir ? Où diable est cette fille ? »

C'est la question que Gloge, de plus en plus anxieux, se posait à mesure que la soirée avançait. Il retourna du côté de la pension de famille de Barbara. Jusqu'à 11 heures, le téléphone sonna périodiquement dans la chambre, témoignant de l'inquiétude de Vince.

Quand il resta enfin une heure sans sonner, Gloge en conclut que Strather était allé prendre son service de nuit. Mais il devait en être sûr. Il retourna donc devant l'immeuble de Vince. Aucun son ne lui parvint de l'appartement.

De nouveau, il revint se garer dans la rue de Barbara.

Il était maintenant très fatigué. Il régla le système d'alarme afin qu'il sonne dès que Barbara entrerait dans sa chambre ; cela fait, il s'allongea sur la couchette à l'arrière de la camionnette et sombra rapidement dans un sommeil profond.

Quelques minutes avant l'heure de fermeture des bureaux, Barbara vacilla devant sa machine et faillit s'évanouir.

Très alarmée, elle en avertit Helen Wendell. Elle trouvait tout naturel d'aller chercher du secours auprès de la blonde assistante de Hammond.

Helen compatit, et l'emmena aussitôt auprès de John Hammond. En chemin, Barbara éprouva de nouveaux vertiges et de petites pertes de conscience. Et elle fut reconnaissante à Hammond d'ouvrir une porte, derrière son bureau, et de la conduire dans un luxueux living-room et dans ce qu'il appelait la « chambre d'amis ».

Elle se déshabilla, se glissa entre les draps et s'endormit promptement. Ainsi, subtilement, Barbara était capturée.

Pendant la soirée, Hammond et Helen Wendell la surveillèrent à tour de rôle.

A minuit, le technicien de la Maintenance Spéciale vint annoncer que le compteur de champ vital marchait parfaitement, et il alla lui-même examiner le corps de la fille endormie.

— J'obtiens neuf-deux, dit-il. Qui est-ce ? Une nouvelle ?

Le silence qui accueillit cette question le fit sursauter.

— Vous voulez dire que c'est une Terrienne ?

Il n'obtint pas davantage de réponse. Quand il fut parti, Helen Wendell prit la parole :

— Au moins, il n'y a pas de nouveau changement.
— Dommage qu'elle soit au-dessus du stade de l'hypnose. Un simple conditionnement est un piètre recours, pour ce qu'il nous faut ici : la vérité.
— Qu'est-ce que vous allez faire ?
Hammond ne se décida que le jour venu.
— Puisque neuf-deux ne représente pas pour nous une menace réelle, nous pourrions peut-être utiliser sur elle, occasionnellement, un peu d'ESP ?
— Ici ? A Alpha ?
Hammond examina d'un air songeur sa ravissante assistante. En général, il se fiait à ses réactions.
Elle dut deviner ses pensées car elle dit vivement :
— La dernière fois que nous avons eu recours à la perception extensive, environ dix-huit cents Terriens se sont branchés sur nous. Naturellement, ils ont cru que c'était simplement leur imagination, mais certains en ont parlé, comparé leurs sensations. Il en a été question pendant des semaines, et diverses choses terriblement importantes ont failli être révélées.
— Ma foi... Bon, d'accord, contentons-nous de la surveiller.
— Bien. Dans ces conditions, je vais la réveiller.

Dès qu'elle arriva à son bureau, Barbara téléphona à Vince. Pas de réponse. Ce n'était pas surprenant. S'il avait travaillé toute la nuit, il devait être mort de fatigue. Elle raccrocha et appela le laboratoire de photographie. Elle fut très soulagée quand elle apprit que Vince avait pointé à son arrivée et à son départ.

Ce matin-là, assise à sa machine, Barbara était extrêmement reconnaissante à Hammond et à sa secrétaire, de l'avoir si gentiment aidée. Mais elle se sentait aussi un peu coupable. Elle était sûre d'avoir été de nouveau perturbée par la piqûre de Gloge.

C'était déconcertant d'en être si fortement affectée. « Mais maintenant, ça va très bien ! » pensa-t-elle tout en tapant le monceau de lettres qu'Helen Wendell avait placées dans sa corbeille. Cependant son esprit bouillonnait de projets. A 10 heures, Helen l'envoya distribuer comme tous les matins plusieurs dossiers pleins de mémos et de rapports.

Ailleurs...

Gloge s'était réveillé vers 7 heures. Toujours pas de Barbara. Perplexe, il se rasa dans la camionnette avec son rasoir électrique, se rendit dans une rue voisine et prit son petit déjeuner.

Il retourna ensuite à l'adresse de Strather. Une rapide vérification lui apprit que le garçon était chez lui. Gloge prépara sa deuxième cartouche de gaz... et quelques minutes plus tard il était dans l'appartement.

Le jeune homme était en pyjama, et de nouveau allongé sur le canapé du living-room. Son expression de colère semblait plus marquée.

Gloge, l'aiguille à la main, hésita. Ce sujet ne le satisfaisait pas. Cependant, il n'était plus temps de reculer. Sans attendre davantage, il posa légèrement la pointe de l'aiguille sur le corps de Strather et pressa la détente.

Il n'y eut pas de réaction visible.

En rentrant à son bureau de Recherche Alpha, Gloge pensait surtout à la fille. Son absence était désolante. Il avait espéré injecter le sérum à ses deux sujets approximativement au même moment. De toute évidence, il ne le pourrait pas.

28

Le Dr Gloge était depuis quelques minutes dans son bureau quand le téléphone sonna. Sa porte était ouverte et il entendit sa secrétaire répondre. Puis elle tourna la tête.

— Pour vous, docteur. C'est cette fille qui a travaillé ici un moment, Barbara Ellington.

La vive réaction de Gloge dut être prise par la secrétaire pour de l'irritation car elle dit vivement :

— Dois-je lui dire que vous êtes absent ?

Gloge hésita.

— Non, dit-il enfin. Je prendrai la communication ici.

Quand il entendit la voix claire et cristalline de la jeune fille il s'attendit au pire.

— Qu'y a-t-il, Barbara ?

— Je dois vous apporter des papiers, répondit-elle sur un ton enjoué, vibrant de vitalité. Je dois vous les remettre en main propre, alors je voulais être sûre que vous seriez là.

... L'occasion !

Gloge eut l'impression qu'il n'aurait pu rêver de circonstances plus favorables. Son autre sujet allait venir dans son bureau, où il pourrait lui administrer à son insu la deuxième injection et observer personnellement toutes les réactions.

Mais il n'y en eut aucune. Après lui avoir remis les

papiers elle retourna vers la porte et ce fut à ce moment qu'il se servit du pistolet à aiguille. Le coup fut parfait. La fille ne sursauta pas, ne se retourna pas ; elle ouvrit simplement la porte et sortit.

Barbara ne retourna pas dans les services de Hammond. Elle s'attendait à une violente perturbation physiologique après la deuxième piqûre, et préférait être dans la solitude de sa chambre à ce moment. Elle avait dû faire un effort pour ne pas réagir devant Gloge.

Elle resta donc chez elle, attendit aussi longtemps qu'elle le jugea prudent, puis elle téléphona à Helen Wendell pour lui dire qu'elle se sentait souffrante. Helen sympathisa.

— Ma foi, cela ne m'étonne pas après la mauvaise nuit que vous avez passée.

— J'ai eu de nouveau des vertiges et des nausées, dit Barbara. J'ai eu peur et je suis rentrée chez moi tout de suite.

— Vous êtes chez vous en ce moment ?
— Oui.
— Je vais avertir Mr Hammond.

Barbara raccrocha. Ces derniers mots l'inquiétaient mais elle ne pouvait empêcher qu'il apprenne son état. Elle sentait qu'elle risquait de perdre sa place. Et il était bien trop tôt. Plus tard, l'expérience terminée, cela n'aurait plus d'importance, pensa-t-elle, et puis elle se dit qu'elle devrait probablement prendre les précautions « normales » d'une employée. « Après tout, se dit-elle, je présente sans doute des symptômes. »

Elle téléphona à son médecin et prit rendez-vous pour le lendemain. En raccrochant elle éprouva une joie singulière. « Demain, je devrais être dans un fichu état, après la deuxième piqûre ! »

Quand Hammond revint à son bureau après déjeuner, Helen lui fit part de l'appel de Barbara et il resta un moment plongé dans ses réflexions.

— Gloge a dû lui faire la seconde piqûre, murmura-t-il enfin. Pas de suggestions ?

Helen hocha la tête.

— Poursuivons simplement ce que nous faisons.

Hammond n'hésita plus. Il était habitué à faire confiance à Helen Wendell. Il leva brusquement les mains.

— Très bien. Elle a tout le week-end pour être malade. Prévenez-moi quand elle reviendra travailler. Est-ce que le rapport de New Brasilia est arrivé ?

— Il a été envoyé au Centre de Manille.

— Ce n'est pas possible ? Appelez-moi Ramon ! Il doit y avoir une raison.

Rapidement, il se plongea dans son travail.

Barbara dormit. Quand elle se réveilla, sa pendule marquait 7 h 12.

Le jour se levait. Elle le découvrit d'une façon sensationnelle. Elle était dehors et regardait le ciel... sans avoir quitté son lit !

Elle était couchée dans sa chambre ; et elle se promenait dans la rue.

Simultanément.

Machinalement, elle retint sa respiration. Lentement, le paysage extérieur s'estompa et elle était de nouveau au lit, enfermée chez elle.

Suffoquée, elle se remit à respirer.

En expérimentant avec prudence, elle découvrit que sa perception s'étendait sur une centaine de mètres.

Et ce fut tout ce qu'elle apprit. Quelque chose, dans son cerveau, agissait comme une antenne invisible qui pouvait traverser les murs et rapporter des images visuelles aux centres d'interprétation. Cette faculté demeura tout à fait stable.

Elle s'aperçut bientôt qu'une petite camionnette noire était garée dans la rue, et que le Dr Gloge s'y trouvait.

Elle comprit qu'il faisait fonctionner un appareil et qu'il semblait écouter ce qu'elle faisait.

Il avait une expression attentive, ses yeux se plissaient. Un peu de la résolution de ce petit savant chauve se communiqua à Barbara et elle se sentit soudain mal à l'aise. Elle avait l'impression d'un caractère impitoyable, d'une détermination impersonnelle, très différente de sa propre participation joyeuse à l'expérience.

Elle devina brusquement que pour Gloge, ses sujets étaient des objets inanimés.

D'un point de vue humain c'était une attitude d'une cruauté infinie.

Alors qu'elle continuait de le percevoir, Gloge rangea ses appareils, mit son moteur en marche et démarra.

Comme Vince était encore de service de nuit, Gloge rentrait sans doute chez lui.

Barbara téléphona à Vince pour s'en assurer ; n'obtenant pas de réponse, elle appela le laboratoire photographique.

— Non, Strather n'est pas venu hier soir, lui dit le directeur adjoint du service.

Barbara raccrocha, inquiète, en se rappelant que Vince avait mal réagi à la première injection. Elle soupçonnait le biologiste de lui avoir administré aussi la deuxième piqûre, et craignait que Vince une fois encore ait mal réagi.

Elle s'habilla et se rendit chez lui. Comme elle approchait de l'immeuble, elle put le voir à l'intérieur de l'appartement. Aussi, quand il ne répondit pas à son coup de sonnette, elle entra avec sa clef et le trouva sur le canapé du living-room, dormant d'un sommeil agité et se retournant sans cesse. Il paraissait fiévreux. Elle posa une main sur son front ; il était brûlant et sec.

Vince gémit et ses paupières battirent ; il leva vers les yeux bleus pétillants de Barbara ses propres yeux marron au regard terne. Elle pensa avec chagrin : « Je me sens si bien et il est si malade. Qu'est-ce qui ne va pas, je me le demande ? »

— Il faut voir un médecin, Vince, dit-elle anxieuse. Comment s'appelle celui qui t'a fait ton check-up l'année dernière ?

— Ça va aller, marmonna-t-il, et il se rendormit.

Assise sur le bord du canapé, Barbara sentit quelque chose dans ses poumons. Sa première pensée fut « Du gaz ! ». Mais elle ne fut pas assez rapide.

Elle dut perdre connaissance parce que soudain elle se retrouva allongée par terre, et Gloge se penchait sur elle.

Le savant était calme, ses gestes précis, et il semblait satisfait. Barbara capta sa pensée : « Elle ira bien. »

Elle sentit qu'il s'approchait de Vince. « Hum. » Gloge paraissait mécontent. « Toujours pas fameux. Voyons si un tranquillisant lui fera du bien. »

Il administra la piqûre, se redressa et une bizarre idée passa dans son esprit, une pensée dure : « Lundi soir, il sera temps de procéder à la troisième injection, et il faudra que je décide de ce que je dois faire. »

La pensée qui émanait de lui était si nette qu'il sembla l'exprimer à voix haute. Cette pensée disait qu'il avait l'intention de les tuer tous les deux, s'ils n'évoluaient pas comme il le désirait.

Choquée, Barbara se força à rester immobile ; et en cet instant un processus de croissance entièrement différent se produisit en elle.

Cela commença par un véritable déluge d'information refoulée s'élevant soudain à la surface de son esprit.

... Sur la réalité de l'essence des êtres... les dupes, les malfaiteurs, les faibles d'un côté, et de l'autre les coléreux et les déséquilibrés, les sages et les cyniques. Elle reconnut qu'il y avait de par le monde des gens de bonne volonté qui étaient forts mais pour le moment elle avait davantage conscience des destructeurs... par millions, les voleurs et les traîtres... qui justifiaient tous leurs actes, elle le voyait. Mais elle comprenait aussi qu'ils avaient mal interprété leurs propres expériences amères. Parce qu'ils étaient cupides et luxurieux, qu'ils avaient perdu la peur du châtiment, terrestre ou céleste... parce qu'ils ne supportaient pas d'être contrariés dans leurs moindres désirs... parce que...

Une scène oubliée s'imposa à son esprit, un souvenir de son propre passé : l'image d'un petit sous-directeur, dans sa première place, qui l'avait renvoyée quand elle avait refusé de l'accompagner chez lui.

Toute sa vie, elle s'était interdit de voir, de connaître ces choses. Mais à présent, à un certain niveau de son ordinateur nerveux, elle permettait à *toute* cette information de se programmer dans sa conscience.

Le processus se poursuivait encore quelques minutes plus tard quand Gloge partit aussi silencieusement qu'il était venu.

Après son départ, Barbara voulut se lever et fut surprise de ne pas même pouvoir ouvrir les yeux. En comprenant que son corps était encore inconscient, elle fut saisie d'émerveillement.

Quelle fantastique faculté !

Comme le temps passait, cela devint déconcertant. Elle se dit : « Je suis vraiment tout à fait impuissante. » Quand elle parvint enfin à bouger, il était bien plus de midi. Elle se leva, songeuse, alla faire chauffer une boîte de soupe pour Vince et elle, et le força à en prendre un bol.

Aussitôt après, il se rallongea sur le canapé et se rendormit. Barbara quitta l'appartement pour aller à son rendez-vous chez le médecin.

Tout en conduisant, elle sentait comme une activité en elle. Encore des changements ? Sûrement. Peut-être y en aurait-il de nombreux autres avant lundi. Son instinct lui disait cependant qu'elle ne pourrait pas dominer cette situation uniquement grâce aux transformations suscitées par la première et la deuxième injection.

« Il faut absolument que je m'arrange, pensa-t-elle, pour avoir cette troisième piqûre. »

Le lundi à midi, après avoir dicté des lettres à une sténo-dactylo de l'administration, Hammond sortit de son bureau.

— Quelles nouvelles de Neuf-deux ?

Helen le regarda, avec un sourire radieux.

— Barbara ?

— Oui.

— Son médecin a téléphoné ce matin, à sa demande. Il dit qu'il l'a examinée samedi. Elle a, paraît-il, un peu de température, elle est sujette à des vertiges et à divers inconvénients que l'on passe généralement sous silence, la diarrhée par exemple. Mais d'après le médecin il y a quelque chose d'inattendu... Ça vous intéresse ?

— Naturellement !

— Il dit qu'à son avis Barbara a subi un important changement de personnalité depuis qu'il l'a examinée il y a un an environ.

Hammond secoua lentement la tête.

— Cela ne fait que confirmer nos propres observations. Bon, tenez-moi au courant.

Mais vers 4 heures, quand l'écran longue distance se tut enfin, il sonna Helen Wendell.

— Je n'arrive pas à chasser cette fille de ma pensée. C'est au niveau de la prémonition, alors je ne peux pas l'ignorer. Téléphonez à Barbara.

Helen le rappela une minute plus tard.
— Désolée, elle ne répond pas.
— Apportez-moi son dossier, dit Hammond. Je dois m'assurer que je n'ai rien laissé passer d'important dans cette affaire insolite.

Quelques minutes plus tard, en feuilletant le dossier, il tomba sur une photo de Vincent Strather. Il ne put retenir une exclamation.
— Qu'y a-t-il ? demanda Helen.

Il le lui dit et conclut :
— Naturellement, je n'ai pas fait le rapprochement entre Barbara et ce jeune homme. Mais voilà sa photo. Allez chercher le dossier de Gloge.

— Apparemment, le changement a débuté quand sa sœur est morte il y a cinq mois. Un de ces brusques et dangereux déplacements de la motivation personnelle, dit Helen Wendell. (Elle ajouta avec irritation :) J'aurais dû être attentive à cela. La mort d'un proche parent se révèle souvent importante.

Elle était assise dans le living-room de l'appartement de Hammond à Recherche Alpha. Derrière eux, la porte du bureau personnel de Hammond était fermée. Au fond de la pièce, un grand coffre mural était ouvert, révélant une longue double rangée de minces dossiers métalliques. Deux d'entre eux, ceux de Henry Gloge et de Barbara Ellington, étaient ouverts sur la table devant Helen. Hammond se tenait debout à côté d'elle.

— Et ce voyage qu'il a fait dans l'Est au début du mois ? demanda-t-il.

— Il a passé trois jours dans sa ville natale, en principe pour vendre la propriété qui appartenait à sa sœur et à lui. Ils avaient une maison, avec laboratoire privé, sans gardiens ni domestiques, en pleine campagne. Le lieu idéal pour des expériences non contrôlées. Sur des primates ? Peu probable. Il n'est pas facile de s'en procurer secrètement, et à l'exception des plus petits gibbons, ils constitueraient des sujets très dangereux pour le projet du Dr Gloge. Alors il devait compter travailler sur des êtres humains.

Hammond hocha la tête.

Il avait une expression presque maladive.

Helen leva les yeux vers lui.

— Vous paraissez anxieux. On peut supposer que Barbara et Vince ont reçu chacun deux piqûres. Cela les transportera à cinquante mille ans d'ici sur un niveau quelconque. Ça ne me paraît pas terriblement grave.

Il sourit froidement.

— N'oubliez pas que nous avons affaire à une des races semences.

— Oui... mais seulement cinquante mille ans, jusqu'à présent.

— Vous et moi sommes encore tout en bas de l'échelle. Alors il nous est difficile de concevoir le potentiel d'évolution du gène *Homo galacticus*.

Elle rit.

— Je me contente très bien de mon sort inférieur...

— Bon conditionnement, murmura-t-il.

— ... mais je veux bien accepter votre analyse. Que comptez-vous faire de Gloge ?

Hammond carra ses épaules.

— Même si c'est un empiétement sur les Grands Galactiques, on attend de nous que nous tenions compte des réalités de la situation. Et ma réaction normale est que lorsqu'un homme entretient des idées de meurtre, on doit surveiller ses victimes possibles. Comme toujours, la prévention est le meilleur remède... Appelez Ames et faites-lui placer des hommes de la sécurité spéciale à chaque issue. Pendant l'heure qui suit, qu'on ne laisse pas Gloge sortir de ce bâtiment. Et si Vince ou Barbara veulent pénétrer dans le complexe, qu'on les y retienne. Quand vous aurez donné ces ordres, annulez tous mes rendez-vous pour la journée et la soirée.

— Vous allez arrêter l'expérience ?

— Je vais essayer. Mais je commence à entrevoir vaguement le rôle que doit jouer Barbara dans tout cela et je doute que nous puissions faire quelque chose à ce stade, sinon les protéger, Vince et elle.

Il passa dans sa chambre et en ressortit bientôt, après s'être changé. Helen Wendell lui annonça :

— J'ai prévenu Ames, il a dit d'accord. Mais j'ai téléphoné aussi au bureau du Dr Gloge. Il est parti il y a environ une heure, m'a dit sa secrétaire.

— Sonnez l'alerte, dit vivement Hammond. Dites à Ames de placer un cordon de gardes autour des demeures de ces deux jeunes gens !

— Où allez-vous ?

— Barbara d'abord, puis Vince. J'espère arriver à temps !

Quelque chose dut passer dans les yeux d'Helen car il eut un sourire crispé et lui dit :

— Vous jugez que je m'engage trop, n'est-ce pas ?

La superbe blonde lui sourit.

— Tous les jours, sur cette planète, des milliers de gens sont assassinés, des centaines de milliers sont victimes de vols, et il se produit d'innombrables actes de moindre violence. Des individus sont frappés, trompés, insultés, avilis, abusés... la liste est infinie. Si jamais nous nous ouvrons à tout cela, nous dépérirons.

— J'aime assez Barbara, avoua Hammond.

— Moi aussi, répondit calmement Helen. Que se passe-t-il, à votre avis ?

— Je pense que Gloge leur a administré la première piqûre mercredi et la deuxième vendredi. Cela signifie que la troisième devrait être faite aujourd'hui. Et ça, à moins qu'ils ne réagissent bien, je dois l'empêcher.

Il partit en toute hâte.

30

Gloge devenait nerveux. Tandis que s'écoulait la journée du lundi, il ne cessait de penser à ses deux spécimens ; et ce qui l'inquiétait le plus, c'était qu'il ne les avait pas sous observation en ce dernier jour.

Quelle situation ridicule ! se dit-il. La plus grande expérience de l'histoire humaine... et pas un savant pour l'observer jusqu'à la conclusion de la deuxième injection-clé.

Il éprouvait aussi un autre sentiment.

La peur !

Il ne pouvait chasser le jeune homme de son esprit. Il avait vu trop d'animaux présenter à leur façon les symptômes qu'il avait observés chez Vince. La mauvaise réaction au sérum, les signes de malaise interne, l'aspect maladif, la lutte désespérée des cellules et l'altération chimique de la peau.

Et il y avait — il devait le reconnaître — un autre sujet d'angoisse. Au cours des expériences qui avaient échoué, beaucoup de spécimens animaux avaient développé de très nettes caractéristiques de résistance violente. Il serait sage de se préparer à tout accident de cette nature.

Il songea : « Inutile de me faire d'illusions. Je ferais mieux de tout lâcher et d'aller encore examiner ces deux-là. »

Ce fut alors qu'il quitta son bureau.

Il était à peu près certain que Barbara allait bien. Alors il se rendit chez Vince, et vérifia d'abord avec son appareil d'écoute que le jeune homme était chez lui, et seul.

Il détecta immédiatement des mouvements ; le bruit d'une respiration oppressée, des grincements de sommier. Ces sons parvenaient à la puissance dix dans le récepteur hypersensible, mais Gloge avait baissé le volume et ils ne furent pas douloureux à ses oreilles.

L'inquiétude de Gloge s'accrut encore, car ce qu'il entendait confirmait ses craintes.

Soudain, toute l'attitude scientifique qui l'avait motivé jusqu'alors se heurta violemment à la réalité de l'échec.

Selon son précédent raisonnement, il lui fallait maintenant tuer Vince.

Et cela signifiait naturellement qu'il devrait aussi se débarrasser de Barbara.

Sa panique cessa, au bout de plusieurs minutes, sous l'impact d'une pensée strictement scientifique : de simples sons ne constituaient pas une donnée suffisante pour une décision aussi fondamentale.

Il éprouva une intense déception.

Maintenant, il lui fallait prendre sa décision, après un face à face avec Vince. Il ne serait pas correct de disposer de ses deux sujets humains sans un interrogatoire en tête à tête.

Alors que Gloge descendait de voiture et se dirigeait vers la porte de l'immeuble, Vince fit un rêve.

Il rêva que l'homme — comment s'appelait-il ? — Gloge, avec qui il s'était disputé quelques jours plus tôt devant la réserve à Recherche Alpha venait chez lui dans l'intention de le tuer. Tout au fond de son être, une colère prit naissance. Mais il ne se réveilla pas.

Le rêve — un produit de son propre développement évolutif, étrange et troublé — se poursuivit.

De quelque mystérieux poste d'observation, il regardait Gloge approcher de sa porte de service. Il ne fut pas étonné quand le petit homme chauve tira une clef de sa poche. Crispé de peur, Vince vit Gloge la glisser sournoisement dans la serrure, la tourner lentement, pousser la porte sans bruit.

A ce moment, le corps de Vince fut poussé à l'action défensive par son extrême angoisse. Des millions de petits paquets d'énergie brillants, de couleur crème, furent émis par son système nerveux. Ils ressemblaient à de courtes lignes droites. Et ils franchirent le mur séparant le living-room de la cuisine, et ils frappèrent Gloge.

De grandes masses d'unités d'énergie trouvèrent immédiatement les extrémités des nerfs de Gloge et se ruèrent en scintillant jusque dans son cerveau.

Les unités d'énergie ne résultaient pas d'une pensée analytique consciente. Elles étaient uniquement créées par la peur, et transportaient des messages pressants. Elles repoussèrent mentalement Gloge, lui ordonnèrent de partir, de retourner là d'où il venait.

Le Dr Gloge reprit ses sens avec un sursaut. Il était de nouveau dans sa camionnette. Il se souvenait d'avoir couru, d'avoir fui précipitamment. Il avait le vague souvenir d'une panique totale.

Tremblant, haletant, il essaya de se remettre de l'acte de peur le plus honteux qu'il avait jamais commis.

Et il savait qu'il devait retourner auprès de Vince.

Deux fois encore, Vince endormi émit assez de paquets d'énergie pour forcer Gloge à fuir. A chaque fois, leur puissance diminuait et Gloge se retirait moins loin avant de s'arrêter et de se forcer à revenir jusqu'à l'appartement.

La quatrième fois, le mécanisme cérébral de Vince ne put fabriquer qu'une très petite décharge d'énergie. Gloge sentit la peur monter en lui mais il parvint à la maîtriser.

Silencieusement, il marcha de la porte de la cuisine à celle du living-room.

Il ne comprenait pas encore que le corps endormi et lui avaient livré un combat qu'il venait de gagner.

Quelques instants plus tard, Gloge contempla son sujet masculin épuisé. Le corps endormi avait beaucoup transpiré. Il tremblait et gémissait et Gloge vit qu'il était agité de soubresauts.

Indiscutablement, pensa-t-il, l'expérience a échoué.

Il ne perdit pas de temps. Il s'était préparé. Il tira de sa poche une paire de menottes, les glissa avec précaution aux poignets de Vince et les fit claquer.

Puis il lui lia les jambes et attacha les chevilles aux poignets.

Il prit ensuite un bâillon. Comme il l'avait prévu, il eut beaucoup de mal à l'enfoncer dans la bouche. Sous lui, le corps se raidit. Des yeux fous s'ouvrirent et le regardèrent.

Dans un grand effort convulsif, Vince essaya de lever ses bras tout en tentant de se mettre debout.

Mais Gloge avait bien effectué son travail préliminaire. Les efforts intenses de la victime se calmèrent. Le Dr Gloge comprit qu'il était totalement maître de la situation. Il ôta le bâillon et demanda.

— Je veux savoir comment vous vous sentez.

Les yeux à demi fous de rage fulgurèrent d'une impulsion de violence. Vince jura d'une voix stridente. Il continua de glapir pendant plusieurs minutes. Puis une idée parut lui venir.

— Vous... Vous m'avez fait quelque chose la semaine dernière.

Gloge hocha la tête.

— Je vous ai injecté deux fois un sérum destiné à accélérer votre évolution cellulaire, et je suis venu voir comment vous allez.

Son regard gris était froid ; sa tête chauve brillait sous la lampe qu'il avait allumée. Son expression était grave.

— Dites-moi exactement comment vous vous sentez, insista-t-il.

Cette fois, les injures de Vince cessèrent au bout d'une minute. Il se laissa retomber sur les coussins, regarda fixement son adversaire et quelque chose dans le visage pâle et crispé du savant dut le convaincre.

— Je me sens affreusement mal, murmura-t-il.

— Que ressentez-vous au juste ?

Lentement, au moyen de questions précises, Gloge fit avouer à Vince qu'il se sentait faible, épuisé et engourdi.

C'était la combinaison fatale qui s'était si souvent produite chez les animaux ; et Gloge savait qu'elle était décisive.

Sans un autre mot il se pencha et commença à enfoncer de nouveau le bâillon dans la bouche de Vince. Sa victime se débattit, se tordit, tourna la tête, et tenta plusieurs fois de mordre. Mais, inexorablement, Gloge força le bâillon jusqu'au fond de la bouche et noua solidement les extrémités derrière la tête.

Ensuite, il sortit et conduisit la camionnette dans la ruelle, devant la porte de service de l'immeuble de Vince. Il enveloppa dans une couverture le corps du jeune homme, le porta hardiment dehors et le déposa dans la voiture.

Quelques minutes plus tard, il reprenait la route en direction de la maison d'un de ses subordonnés. L'homme avait été prêté à un laboratoire de l'Est, et sa maison comme son jardin étaient inoccupés.

S'il s'était arrêté un instant, s'il avait levé le pied de l'accélérateur, Gloge aurait peut-être renoncé à son sinistre projet. Mais il ne ralentit que pour arrêter enfin la voiture, une fois arrivé à destination. Et cela, dans sa signification réelle, était la continuation de son plan.

Ses derniers instants.

Laborieusement, il traîna Vince, bâillonné et ligoté, sur le trottoir, sous un portail, et jusqu'à l'extrémité de la piscine. Et toujours sans s'interrompre, il poussa le corps crispé dans l'eau.

Ayant commis son acte terrible, il se redressa, hors d'haleine, épuisé, et regarda le chapelet de bulles qui montait à la surface sombre. Soudain terrifié à l'idée d'être vu, il fit demi-tour et s'éloigna en chancelant.

Lorsqu'il tomba sur le siège de la camionnette, la première pensée adverse lui vint, plus comme un sentiment d'horreur qu'une idée : « Mon Dieu, qu'ai-je fait ? »

Mais cette réaction ne suscita aucun mouvement. Il ne retourna pas sur ses pas. Il resta assis, s'habituant à l'idée qu'à quelques mètres de lui un homme se noyait.

Quand il n'eut plus aucun doute, quand selon toutes les lois de la vie le sujet de son expérience devait être mort, Gloge soupira et s'anima. Il n'était pas question de revenir en arrière. Un de moins, à l'autre maintenant : la fille !

D'une cabine publique à un quart d'heure de là, il téléphona à la pension de famille de Barbara Ellington. La voix de la vieille logeuse lui répondit que Barbara était sortie.

— Elle a vraiment du succès, aujourd'hui, ajouta-t-elle.

— Que voulez-vous dire ? dit Gloge inquiet.

— Plusieurs messieurs sont passés il y a un moment et l'ont demandée aussi, mais j'ai dû leur dire qu'elle n'était pas là.

Gloge fut pris de peur.

— Est-ce qu'ils ont donné leur nom ?

— Il y avait un certain Mr Hammond.

Hammond ! Gloge se sentit glacé de terreur.

— Merci, bredouilla-t-il, et il raccrocha.

Il retourna en tremblant à sa voiture, déchiré entre deux impulsions. Il avait l'intention de retourner à la piscine, une fois la nuit tombée, de repêcher le cadavre de Vince, de défaire les liens et de s'en débarrasser. Il avait la vive impression maintenant qu'il devrait faire ça immédiatement. D'autre part, il était tout aussi désespérément persuadé qu'il devait retourner à son bureau et retirer du coffre le reste du sérum.

Cette dernière nécessité lui parut finalement la plus importante et la plus sûre, à cette heure. Le soleil s'était caché derrière les collines à l'ouest, mais le ciel demeurait d'un beau bleu éclatant. Il y avait encore trop de lumière dans le jour mourant pour la lugubre tâche qui l'attendait : faire disparaître un cadavre.

A 19 h 10, Gloge ouvrit avec sa clef la porte donnant directement du couloir dans le service de biologie de Recherche Alpha. Il entra dans son bureau, referma la porte, alla tout droit au grand bureau nu au centre de la pièce et se pencha pour ouvrir le tiroir où il gardait la clef d'un des coffres-forts.

— Bonsoir, docteur Gloge, dit derrière lui une voix de femme.

Pendant un instant, le Dr Gloge resta pétrifié. Les mots, le ton firent monter en lui un espoir électrisant. Il pouvait à peine croire à sa chance ; la seconde personne dont il devait se débarrasser était venue là où il pourrait le plus aisément lui régler son compte.

Lentement, il se redressa et se retourna.

Barbara Ellington se tenait sur le seuil de la bibliothèque contiguë et l'observait, l'expression grave et attentive.

A aucun moment, au cours de ce qui suivit, Gloge n'eut l'idée *consciente* que cette personne était Barbara Ellington.

Mais à l'instant même où il la vit, dans quelque tréfonds de son être, des réajustements nerveux se produisirent. Par millions. Et dès cette seconde, subconsciemment, elle fut pour lui sa sœur morte. Mais elle n'était plus morte. Elle était vivante en la personne de Barbara.

Ils échangèrent un regard de totale compréhension. L'idée vint à Gloge qu'il était scientifiquement mauvais de tuer cette victime d'une expérience réussie. Il avait même le sentiment qu'elle était de son côté et qu'elle collaborerait avec lui. Il réprima une envie fugace de prétendre ne pas savoir pourquoi elle était là.

— Comment êtes-vous entrée ? dit-il tranquillement.
— Par la salle des spécimens.
— Est-ce que les équipes de nuit vous ont vue ?
— Personne.

Barbara sourit légèrement. Gloge l'examinait d'un regard aigu, évaluateur. Il remarqua sa façon de se tenir, presque immobile, mais parfaitement équilibrée ; une attitude qui révélait une énergie contenue, sur le qui-vive. Il lut dans ses yeux une intelligence aiguë.

Une idée lui vint : jamais encore il n'y a rien eu de tel sur la Terre !

— Vous avez pris un grand risque avec nous, n'est-ce pas ? dit-elle soudain.

Les mots qui jaillirent de la bouche du Dr Gloge le surprirent lui-même :

— Il fallait que je le fasse.
— Oui, je sais.

Elle parlait d'une voix assurée, sur le ton de la conversation normale. Elle avança dans la pièce et le Dr Gloge éprouva un pincement de crainte, un fourmillement glacé sur la peau. Mais elle se détourna de lui, sur la gauche, et il la suivit des yeux quand elle alla s'asseoir dans un fauteuil contre le mur et plaça son sac à main sur l'accoudoir.

— Vous devez immédiatement faire la troisième injection de sérum, dit-elle. Je vous observerai. Ensuite je prendrai l'appareil et je porterai une dose de sérum à Vince. Il...

Elle s'interrompit, les yeux bleus brillant d'une brusque compréhension tandis qu'elle examinait l'expression de Gloge.

— Ainsi, vous l'avez noyé ! murmura-t-elle, songeuse. (Puis au bout d'un instant :) Il n'est pas mort. Je le sens encore en vie. Bon, alors quel est cet appareil que vous utilisez ? Vous devez encore l'avoir sur vous ?

— Oui, avoua Gloge d'une voix rauque. Mais il est préférable d'attendre la matinée avant d'administrer la troisième piqûre. Les chances d'un développement favorable seraient accrues. Et vous devez rester ici. Personne ne doit vous voir telle que vous êtes. Il faut procéder à des tests... vous devez me dire...

Il s'interrompit, se rendant compte qu'il bredouillait. Les yeux de Barbara ne quittaient pas sa figure. Et de même que sa connaissance du sort de Vince ne l'avait pas troublée il savait, sans trop savoir comment, qu'elle comprenait ce qu'il avait fait et pourquoi, si bien que son expresion le rassura.

— Docteur Gloge, reprit-elle de sa voix tranquille, il y a plusieurs choses que vous ne comprenez pas. Je sais que je puis assimiler le sérum. Alors faites-moi l'injection, et donnez-moi le sérum. Immédiatement.

Barbara se leva et marcha vers lui. Elle ne dit rien, son visage ne refléta aucune émotion, mais soudain Gloge s'aperçut qu'il lui tendait le pistolet à gaz.

— Il ne reste qu'une dose.

Elle prit le pistolet sans lui toucher les doigts, le tourna dans sa main, l'examina et le lui rendit.

— Où est votre réserve de sérum ?

De la tête, le Dr Gloge désigna la porte de la bibliothèque.

— Le plus grand des deux coffres, là à côté.

Elle se tourna dans la direction indiquée. Elle resta un moment immobile, le regard lointain, les lèvres entrouvertes. Dans une attitude d'écoute intense. Enfin elle se retourna vers lui.

— Faites-moi la piqûre. Il y a des hommes qui viennent.

Le Dr Gloge leva le pistolet, posa la pointe sur l'épaule de Barbara et pressa la détente. Elle eut un léger sursaut, lui prit l'arme, ouvrit son sac, y glissa le pistolet et fit claquer le fermoir. Ses yeux se tournèrent vers la porte du bureau.

— Ecoutez, murmura-t-elle.

Au bout d'un moment, le Dr Gloge entendit des pas dans l'étroit couloir du laboratoire principal.

— Qui est-ce ? demanda-t-il anxieusement.

— Hammond. Trois autres hommes.

Gloge poussa un petit cri de désespoir.

— Nous devons nous enfuir. Il ne doit pas nous trouver ici. Vite... par ici.

Il tendit la main vers la bibliothèque. Barbara secoua la tête.

— Ce service, les bâtiments sont cernés. Toutes les issues sont gardées. Hammond doit penser qu'il a toutes les preuves nécessaires contre vous... mais ne l'aidez en aucune façon ! N'avouez rien ! Voyons ce que je peux faire avec ma...

Tout en parlant, elle retourna au fauteuil et s'y assit, l'air détendu.

— Je vais peut-être pouvoir m'occuper de lui, dit-elle avec confiance.

Les pas avaient atteint la porte. On frappa. Gloge jeta un coup d'œil à Barbara. Ses pensées tourbillonnaient. Elle fit un petit signe de tête, lui sourit.

— Entrez ! cria précipitamment le Dr Gloge, trop fort.

Hammon entra.

— Tiens, Mr Hammond ! s'exclama Barbara.

Elle rougissait ; elle avait une expression embarrassée, penaude.

En la voyant, Hammond s'était arrêté net. Il sentit un sondage mental. Son cerveau éleva une barrière et les tâtonnements cessèrent.

Leurs regards se croisèrent ; et il y eut une lueur de consternation dans les yeux de Barbara. Hammond sourit ironiquement. Puis il dit d'une voix glacée :

— Restez où vous êtes, Barbara. Je vous parlerai plus tard... Ames ! Venez !

Il y avait de la menace dans le ton, et le Dr Gloge adressa un bref coup d'œil désespéré et suppliant à Barbara. Elle répondit par un sourire indécis. L'air de confusion, d'innocence timide par lequel elle avait accueilli Hammond avait disparu, laissant son visage résigné mais en alerte.

Hammond ne parut pas remarquer le changement.

— Ames, dit-il au premier des trois hommes qui arrivèrent de la salle des spécimens par la bibliothèque (et Gloge reconnut Wesley Ames, le chef de la sécurité de Recherche Alpha), voici Barbara Ellington. Prenez ce sac qu'elle tient à la main. Ne permettez à personne d'entrer dans le bureau. Miss Ellington ne doit pas quitter cette pièce et ne doit pas toucher à quoi que ce soit. Elle doit rester dans ce fauteuil jusqu'à ce que je revienne avec le Dr Gloge.

Wesley Ames hocha la tête.

— Compris, Mr Hammond.

Il se tourna vers ses hommes ; l'un d'eux alla fermer la porte du bureau à clef. Ames s'approcha de Barbara. Elle lui tendit son sac sans un mot.

— Venez avec moi, docteur, dit sèchement Hammond.

Gloge le suivit dans la bibliothèque. Hammond ferma la porte sur eux.

— Où est Vince ? demanda-t-il d'une voix inexorable.

— Vraiment, Mr Hammond, protesta Gloge, je ne...

Hammond s'approcha brusquement de lui. Le mouvement apparut à Gloge comme une menace. Il recula, s'attendant à être molesté. Mais l'autre lui prit fermement le bras et pressa un petit objet de métal contre son poignet.

— Dites-moi où est Vince, ordonna Hammond.

Gloge entrouvrit les lèvres pour nier qu'il sût quoi que ce soit. Mais au lieu de cela ce fut l'aveu de ce qu'il avait fait qui lui échappa. En se rendant compte de ce qu'il avouait, Gloge essaya désespérément de se taire. Il avait déjà deviné que le métal qui touchait sa peau nue était une sorte d'appareil hypnotiseur, et il tenta de dégager son bras de l'étreinte de Hammond.

Ce fut en vain.

— Il y a combien de temps que vous l'avez noyé ?

— Une heure environ, répondit-il au désespoir.

Au même instant, des cris retentirent dans le bureau voisin. La porte s'ouvrit. Wesley Ames apparut, la figure blême.

— *Mr Hammond... elle est partie !*

Hammond le bouscula et se précipita dans le bureau. Le Dr Gloge le suivit, les jambes flageolantes. Quand il atteignit la porte, Hammond revenait déjà du corridor, avec un des gardes du service de sécurité. Ames et les autres étaient debout, les bras ballants, au milieu de la pièce et regardaient de tous côtés, l'air ahuri. Hammond ferma la porte et dit à Ames :

— Vite, maintenant ! Que s'est-il passé ?

— Je ne sais pas, Mr Hammond. Nous étions tous à la surveiller. Elle était là dans ce fauteuil ; et puis elle n'y était plus, c'est tout. Un des gardes était debout adossé à la porte. Quand nous avons vu qu'elle était partie, il était assis par terre, à côté de la porte ! Et elle était ouverte. Nous avons couru dans le couloir mais la fille n'y était pas. Alors je vous ai appelé.

— Vous l'observiez depuis combien de temps ? demanda Hammond.

— Combien de temps ? répéta Ames, le regard égaré.

Je venais juste d'accompagner ma mère jusqu'à l'ascenseur...

Il se tut, cligna des yeux.

— Mais qu'est-ce que je raconte ? Ma mère est morte depuis huit ans !

— Ainsi c'est ça, son petit truc, murmura Hammond. Elle a plongé dans ces profondeurs du cœur où sont ensevelis les mots purs, sans souillure. Et je croyais qu'elle cherchait simplement à lire mes pensées ! (Il s'interrompit pour ordonner d'une voix autoritaire :) Réveillez-vous, Ames ! Pendant deux ou trois minutes vous avez tous les trois quitté ce monde. Ne cherchez pas à savoir comment Miss Ellington a fait. Envoyez son signalement aux issues. Si un garde la voit approcher, qu'il la tienne à distance sous la menace d'un pistolet.

Les hommes sortirent précipitamment. Il désigna un fauteuil à Gloge et comme le savant s'asseyait, la tête vide, abasourdi, il tira de sa poche un objet mince comme un crayon, pressa l'extrémité et attendit.

Au cinquième étage du complexe de Recherche Alpha, Helen Wendell décrocha le petit téléphone privé sur le coin de son bureau et dit :

— Je vous écoute, John.

— Branchez immédiatement tous les écrans de défense, ordonna Hammond. Gloge a noyé Strather, avec lui l'expérience a échoué. Mais l'autre est éveillée et bien en vie. Il est difficile de savoir ce qu'elle va faire, mais elle peut juger nécessaire de s'introduire dans mon bureau, pour chercher à quitter rapidement ce bâtiment.

Helen appuya sur un bouton.

— Elle ne pourra pas passer par ici, assura-t-elle. Les écrans sont branchés.

32

Au-dehors, la nuit était tombée sur ce lundi de tension.

A 20 h 18, Helen Wendell décrocha de nouveau le petit téléphone qui bourdonnait sur le coin de son bureau, jeta un coup d'œil à la porte fermée et murmura à l'appareil :

— Je vous écoute, John.

— Je suis à la piscine, répondit John Hammond. Nous venons de repêcher Vince. Helen, il est vivant. Je ne sais quel réflexe a empêché l'absorption d'eau. Mais nous avons besoin d'une tente à oxygène.

De la main gauche, Helen décrocha un autre téléphone.

— Vous voulez l'ambulance ? demanda-t-elle tout en formant déjà un numéro.

— Oui. Vous avez l'adresse. Dites-leur de s'arrêter au petit portail. Nous devons agir vite.

— Des policiers en uniforme, aussi ?

— Oui, mais dites-leur de rester dans la voiture à moins qu'on ait besoin d'eux. Nous sommes hors de vue, derrière une haute grille. Et il fait noir. Je reviendrai avec eux. Est-ce que Barbara a été appréhendée ?

— Non.

— Je ne le pensais pas. J'interrogerai les gardes dès mon arrivée, dit Hammond.

Barbara avait laissé Ames l'accompagner jusqu'à l'ascenseur, en continuant de lui laisser croire qu'elle était sa mère.

Une fois dans l'ascenseur, elle pressa le dernier bouton du haut et se trouva bientôt sur le toit. Comme elle l'avait déjà perçu, un hélicoptère s'apprêtait à prendre le départ. Et bien qu'elle ne fût pas une passagère autorisée, le pilote l'embarqua en la prenant pour sa petite amie. Son apparition soudaine lui paraissait tout à fait logique.

Un peu plus tard, il la déposa sur le toit d'un autre immeuble. Et cela aussi lui parut la chose du monde la plus naturelle, sa raison pour se rendre là évidente.

Il décolla et oublia promptement tout l'incident.

L'atterrissage précipité était pour Barbara une nécessité. Elle sentait que la nouvelle injection commençait à faire son effet. Examinant les immeubles qu'elle survolait, elle en avait perçu un dont les étages supérieurs étaient inoccupés.

« Je vais essayer de descendre dans un bureau quelconque », pensa-t-elle.

Mais elle ne descendit pas plus bas que le dernier étage. Elle commençait déjà à chanceler en mettant le pied sur la première marche de l'escalier du toit. Et son corps ne lui obéissait plus. Sur sa gauche, une porte s'ouvrait sur une sorte de grenier-entrepôt. Elle la franchit en vacillant, la referma et poussa le verrou. Puis elle se laissa tomber sur le sol.

Pendant cette nuit-là, elle ne perdit jamais tout à fait conscience. L'évanouissement n'était plus possible pour elle. Mais elle sentait son corps changer, changer, changer...

Les flots d'énergie qui l'envahissaient prenaient une signification nouvelle. Ils étaient séparés d'elle. Bientôt ils redeviendraient contrôlables, mais d'une tout autre façon.

Un peu de Barbara parut disparaître avec cette certitude.

« Je suis encore moi ! » pensa l'entité couchée par terre. « La chair, la sensation, le désir... »

Mais elle avait la très nette impression que le « moi », même dans ces premiers stades des transformations des cinq cent mille ans, était un MOI PLUS.

Comment au juste le moi devenait quelque chose de plus n'était pas encore très clair.

La longue nuit se traîna lentement.

33

Mardi.

Un peu avant midi, Helen Wendell revint de l'appartement privé de John Hammond dans les bureaux. Elle trouva Hammond qui l'attendait dans le sien. Il leva les yeux quand elle entra.

— Comment vont les patients ?

— Gloge est parfait dans son rôle, répondit-elle. Je lui ai même permis de passer une partie de la matinée avec ses assistants, ici. Il a déjà eu deux conversations par Telstar avec Sir Hubert, au sujet de sa nouvelle mission à l'étranger. Je l'ai rendormi, mais il est à notre disposition. Quand êtes-vous arrivé ?

— A l'instant. Et Strather ?

Helen posa une main sur l'enregistreur.

— Je l'ai examiné avec l'appareil médical il y a vingt minutes. L'AM m'a donné son opinion en détail. J'ai tout noté. Vous voulez l'entendre ?

— Résumez-le-moi.

Helen rassembla ses souvenirs, puis :

— L'AM confirme qu'il n'a pas avalé d'eau, qu'un mécanisme cervical nouvellement développé a coupé la respiration et l'a maintenu dans un état d'animation suspendue. Vince lui-même n'a aucun souvenir conscient de l'affaire, c'était donc de toute évidence un acte de survie du cerveau inférieur. L'AM rapporte d'autres développements qui se produisent en Vince, et les juge insolites. Il est encore trop tôt pour savoir s'il survivrait ou non à une troisième injection. On lui a administré un somnifère.

Hammond parut mécontent.

— Bien, dit-il tout de même au bout d'un moment. Qu'avez-vous d'autre pour moi ?

— Quelques transmissions de messages.

— Au sujet de Gloge ?

— Oui. New Brasilia et Manille pensent comme vous qu'il y aurait trop de risques de fuites révélatrices si le Dr Gloge restait à Recherche Alpha plus longtemps qu'il n'est absolument nécessaire.

— Vous dites que Gloge est parfait dans son rôle.

— Oui. Pour le moment. Mais c'est un sujet extrêmement récalcitrant, et naturellement je ne peux pas lui administrer le genre de conditionnement qu'on pourrait lui donner au centre de Paris. C'est là qu'il doit aller. Le courrier, Arnold, le conduira à bord du jet de Paris cet après-midi à 5 h 10.

— Non ! protesta Hammond en secouant la tête. C'est trop tôt ! Gloge est notre appât pour attraper Barbara. Ses expériences indiquent qu'elle ne sera pas en mesure d'agir avant ce soir. J'ai calculé que le meilleur moment pour laisser Gloge franchir les écrans de défense serait aux environs de 9 heures.

Helen resta un moment silencieuse.

— Tout le monde a l'air de penser, John, que vous surestimez les possibilités d'une évolution réellement dangereuse chez Barbara Ellington.

Hammond sourit froidement.

— Je l'ai vue. Pas eux. Notez bien qu'elle est peut-être morte ou mourante à l'heure qu'il est des effets de la troisième piqûre. Mais si elle est capable de venir, je crois qu'elle viendra. Elle veut se faire faire cette quatrième piqûre. A tout moment, elle peut se mettre à la recherche de l'homme qui peut lui administrer le sérum.

Le mardi, une perception nouvelle vint à Barbara.

Elle avait développé des mécanismes cervicaux capables de manipuler l'espace, de faire des choses à un niveau automatique, sans que son esprit conscient sache comment ni pourquoi. Des choses fantastiques...

Alors qu'elle était couchée là, un nouveau centre nerveux de son cerveau se déploya et parcourut un volume d'espace de 500 années-lumière de diamètre. Il effleura et examina des nuages d'hydrogène neutre et de brillantes jeunes étoiles du type 0, mesura des systèmes binaires, recensa des comètes et des astéroïdes de glace. Très loin, dans la constellation d'Ophiuchus, un géant blanc-bleu se transformait en nova, et le nouveau relais étrange de l'esprit de Barbara observa les soulèvements frénétiques de sphères de gaz irradiant. Un nain noir émit son dernier rayon d'infra-rouge et sombra dans l'abysse sans radiation des étoiles mortes.

L'esprit de Barbara englobait tout, et s'étendait plus loin encore... il se tendit sans effort jusqu'à ce qu'il touche une Chose spécifique... et se retire.

Débordante d'extase, Barbara cria dans sa tête : *Qu'est-ce que j'ai touché ?*

Elle savait que le mécanisme du cerveau avait été programmé pour chercher cette chose. Mais aucune perception consciente n'y prenait part. Son unique certitude, c'était que le centre nerveux semblait satisfait et cessait son exploration.

Mais elle sentait, avec une joie intense, qu'il restait conscient de la Chose qu'il avait touchée.

Elle savourait encore ce bonheur quelques instants plus tard quand elle s'aperçut qu'en elle les flots d'énergie recommençaient à agir.

Graduellement, alors, elle permit à son corps et à son esprit de sombrer dans un état réceptif.

Depuis le matin, la lourde chaleur du plein été pesait sur la ville. Dans le grenier fermé à clef, au dernier étage du gratte-ciel à cinq kilomètres de Recherche Alpha, cette chaleur devint étouffante tandis que le soleil passait au zénith et tapait sur les fenêtres fermées, sans rideaux ni volets. Barbara, couchée en chien de fusil sur le plancher poussiéreux, ne bougeait pas. De temps en temps, un gémissement lui échappait. Pendant longtemps, très longtemps, la sueur la baigna à mesure que la température montait ; et puis la peau de sa figure devint sèche et pâle, d'un blanc sale. Elle ne faisait plus aucun bruit. Même en se penchant sur elle, il aurait été impossible de savoir si elle respirait encore.

A 4 heures, le soleil commença à quitter les fenêtres et bientôt le grenier bouclé fut plongé dans l'ombre. Mais il fallut encore une heure avant que la température baisse. Vers 6 heures, Barbara s'anima pour la première fois.

Elle allongea lentement les jambes puis, avec un brusque mouvement convulsif, elle roula sur le dos, bien à plat, les bras mollement étendus à ses côtés.

Sa joue droite était maculée d'une épaisse couche de poussière collée à la sueur. Elle respirait régulièrement. Au bout de plusieurs minutes, ses paupières battirent. Ses yeux étaient d'un bleu profond, brillant, curieusement vifs et éveillés tout en restant fixes et vagues. Bientôt les paupières s'abaissèrent lentement et demeurèrent fermées.

Le soir tomba ; les lumières de la ville s'allumèrent. L'entrepôt vide était silencieux. Plus d'une heure s'écoula avant que la jeune fille inerte s'anime de nouveau.

Cette fois, le mouvement était différent. Barbara se releva brusquement, rapidement, alla à la fenêtre la plus proche et regarda par la vitre poussiéreuse.

A l'ouest, l'immense complexe de Recherche Alpha

scintillait de lumière blanche. Elle le contempla longuement...

Puis l'esprit qui commandait les yeux passa à un niveau de perception étendue entièrement nouveau.

Les activités des équipes de nuit dans le complexe de recherche ne différaient guère de celles du jour ; mais il y avait moins de monde, tandis que la conscience qui était Barbara errait par les couloirs illuminés et familiers, tournait des coins, plongeait subitement à un niveau inférieur contenant le service de biologie. Là, elle traversa le laboratoire principal et longea un étroit corridor pour s'arrêter devant la porte du bureau du Dr Gloge.

Elle passa au travers de la porte, s'immobilisa un instant dans le bureau obscur et silencieux et se dirigea vers la bibliothèque. Elle plana une minute ou deux au-dessus du grand coffre dans un coin. Et elle sut.

Le coffre était vide... et piégé.

La conscience flotta hors de la bibliothèque, glissa vers le cinquième étage, vers une immense porte noire avec l'inscription : *Liaisons et Enquêtes Scientifiques.* Elle s'y arrêta.

Plusieurs minutes s'écoulèrent tandis qu'elle examinait lentement et avec attention les murs extérieurs des bureaux et de l'appartement de John Hammond. Il y avait là quelque chose de neuf... quelque chose qui paraissait très dangereux. A l'intérieur des murs et des portes, au-dessus du plafond, sous le plancher, d'étranges énergies serpentaient et rampaient comme des volutes de fumée.

Elle ne pouvait pas franchir cette barrière.

Mais si elle ne pouvait entrer, ses perceptions en seraient peut-être capables, dans une certaine mesure.

Elle devait éviter, pensa-t-elle, aussi bien la porte principale que l'ascenseur secret menant directement à l'appartement de Hammond, derrière les bureaux. Comme c'était les accès les plus évidents pour un intrus, ils devaient être les plus formidablement protégés.

Elle retourna dans le couloir, à cinq ou six mètres de la massive porte noire, bien à l'écart du mur la séparant du bureau. Elle attendit. Peu à peu, une image se forma...

C'était une pièce inconnue, un des bureaux intérieurs du service. Il n'y avait personne, et rien d'intéressant à part une porte fermée en face de celle qui donnait sur le couloir.

Le bureau intérieur disparut... et ce qui suivit ne fut pas une image mais une houle de faim sauvage, dévorante.

Stupéfaite, choquée, sentant déjà l'attraction qui dans un moment la projetterait au travers des redoutables barrières protégeant le service, la conscience tâtonnante brisa le fil de perception visuelle et devint inactive pour parvenir à se stabiliser.

Néanmoins, elle savait maintenant où était le sérum : dans une chambre forte de l'appartement de Hammond, derrière d'épaisses barrières, apparemment inaccessible.

Avec précaution, la perception se remit à agir. Une autre partie de l'appartement apparut, brouillée par des énergies hostiles. L'autre sujet était là. Vivant.

Vivant, mais impuissant. Vivant mais inconscient, dans une cage de force obscure qui permettait à peine son identification. Barbara fut très heureuse qu'il ait été sauvé.

Quelques minutes plus tard, elle comprit qu'il n'y avait personne d'autre dans le logement verrouillé de Hammond. Elle en retira la perception visuelle, et laissa se développer l'image du bureau principal. La vision brumeuse d'une femme — Helen Wendell — se dessina ; elle semblait parler dans un appareil relié à une machine devant elle.

Une seconde bande de perception s'ouvrit et des voix devinrent distinctement audibles.

Ganin Arnold, le courrier de New Brasilia, téléphonait son dernier rapport du jetport de la ville, à quinze kilomètres au sud du complexe de Recherche Alpha.

— On ferme les portes, annonça-t-il.

Il parlait dans un microphone camouflé, plaqué sur son nez et sa bouche, qui avait l'aspect d'un de ces respirateurs tranquillisants que beaucoup de passagers utilisaient à présent, dans les dernières minutes avant le décollage. Sa voix eût été inaudible même pour une personne placée juste à côté de lui. Dans le bureau de John Hammond, elle montait clairement de l'appareil posé devant Helen Wendell.

— Le décollage du vol non-stop à destination de Paris aura lieu, dit Arnold en s'interrompant un instant pour consulter sa montre, dans deux minutes trente secondes. Tous les passagers et membres d'équipage sont passés au moins une fois par le rayon de mesure. Rien de ce qui a pu précéder ou suivre à bord notre biologiste et moi n'indique un niveau d'énergie vitale supérieur à la moyenne terrestre qui se situe bien entendu, au-dessous de six.

« Pour résumer, nous ne sommes absolument pas accompagnés à Paris par une forme évolutionnaire humaine anormalement élevée. Le comportement du Dr Gloge a été excellent. Son tranquilliseur commence à produire son effet, et il montre des signes d'assoupissement. Sans nul doute, il dormira profondément pendant le voyage.

Arnold se tut, attendant probablement une réponse. Comme rien ne venait, il reprit :

— Dès que le champ d'élévation se mettra en marche, toute communication par ce moyen deviendra impossible, naturellement. Comme, à partir de ce moment, rien ne devrait mal tourner, je suggère, si Mr Hammond le permet, de terminer mon rapport tout de suite.

— Mr Hammond, répondit Helen (et le courrier perçut sa voix sur la gauche de son crâne), préfère que vous restiez en alerte et disponible, dans l'attente des dernières instructions, jusqu'au décollage.

Dans le grenier fermé à clef, au dernier étage de l'entrepôt désert à quelques kilomètres à l'est de Recherche Alpha, la silhouette près de la fenêtre émergea soudain de sa transe. La tête se releva, les yeux contemplèrent le ciel nocturne reflétant les lumières de la ville. Une main bougea, tâta la vitre épaisse. Le verre tomba comme une grosse goutte de glace fondue.
La poussière tournoya quand une bouffée d'air froid pénétra.
Barbara attendit, puis elle s'approcha de l'ouverture.
Ses yeux se tournèrent de nouveau vers l'ouest, et s'immobilisèrent. Elle écouta. Les mille bruits de la ville étaient maintenant clairs et distincts. Couvrant le tout, on percevait une mince fontaine de son céleste tandis que, toutes les trente secondes, un jet s'élevait verticalement du port, coupait ses moteurs et disparaissait dans la nuit avec un ululement sifflant. La tête de Barbara tourna vivement, suivant brièvement le changement de son. Puis elle s'immobilisa.
Son regard s'éleva lentement, vers le nord, suivant un lointain point mouvant dans la nuit, les yeux plissés par l'effort de concentration.

A bord du jet de Paris qui venait de quitter la ville, le Dr Henry Gloge éprouvait quelque chose de fort curieux. Ensommeillé, presque endormi, il avait envisagé la plaisante signification de sa mission d'aujourd'hui auprès de Sir Hubert Roland. Soudain, il eut une sensation de réveil.
Il regarda autour de lui, alarmé, examinant d'abord le passager assis à côté de lui.
C'était un homme massif, solidement charpenté. Il avait l'air d'un inspecteur de police, et Gloge comprit que c'était son gardien. Ce qui était curieux, c'était qu'il

se vautrait sur son siège, la tête ballante, les yeux fermés... signes caractéristiques de l'effet du tranquilliseur.

« Pourquoi dort-il ? » pensa Gloge. Il était persuadé que c'était lui-même qui aurait dû dormir. Il se rappelait clairement l'appareil — un instrument totalement inconnu de lui — qu'Helen Wendell avait employé pour implanter dans son cerveau une suite complète d'illusions contraignantes. Il était monté à bord volontiers. Et il avait, sur le conseil de son gardien, inhalé assez de gaz tranquillisant avec le respirateur individuel pour rester somnolent jusqu'à ce que le jet se pose à Paris.

Mais quelques minutes plus tard il s'était réveillé, et les illusions de la journée s'effaçaient de son esprit !

Il devait y avoir une explication à ces phénomènes apparemment contradictoires.

La pensée s'arrêta là. Une sensation de vide suivit, puis une brusque terreur l'envahit.

Quelque part, une voix avait dit : « Oui, docteur Gloge... il y a bien une explication ! »

Lentement, contre son gré mais tout à fait incapable de résister à l'impulsion, le Dr Gloge se retourna, regarda par-dessus son épaule. Il y avait quelqu'un, assis derrière lui.

Pendant un instant, ce ne fut qu'une inconnue. Puis les yeux s'ouvrirent. Ils se braquèrent sur lui, brillant d'un bleu démoniaque, même dans la pénombre de l'appareil.

La femme parla, et elle avait la voix de Barbara Ellington :

— Nous avons un problème, docteur Gloge. Il semble y avoir un groupe d'extra-terrestres sur cette planète, et je ne sais pas encore très bien ce qu'ils font ici. C'est notre tâche immédiate. Le découvrir.

— Vous êtes *où ?* s'exclama Helen Wendell.

Sa main se déplaça sur la droite, abaissa une manette. Un petit écran s'alluma sur la droite du bureau.

— John ! Vite !

Dans le bureau intérieur, John Hammond tourna la tête, et vit l'écran allumé à côté de lui. Un instant plus tard, il écoutait les mots précipités se déverser par le haut-parleur téléphonique sur sa gauche. Il dit au profil pâle et tendu d'Helen sur l'écran :

— Où est-il ?

— Au jetport de Des Moines ! Le jet de Paris a fait un atterrissage d'urgence pour réparations. Maintenant personne ne semble comprendre ce qui ne va pas, ni quelles réparations sont nécessaires. Mais les passagers ont été débarqués, et on les transfère en ce moment à bord d'un autre jet. Arnold est dans un état de choc. Ecoutez-le !

— ... il y avait une femme avec lui, cria la voix surexcitée du courrier. Sur le moment, j'ai cru que c'était une des passagères, descendue avec nous. Maintenant je ne sais plus. Mais toujours est-il que je suis simplement resté là debout et que je les ai regardés sortir tous les deux du grand hall. L'idée ne m'est même pas venue de me demander pourquoi cette femme était avec Gloge, ni de les arrêter, ni même de me demander où ils allaient...

Hammond tourna un bouton et la voix s'assourdit. Il s'adressa à Helen :

— Quand le jet a-t-il atterri ?

— D'après ce qu'Arnold a dit au début, il doit y avoir une demi-heure ! Comme il le dit, l'idée ne lui est pas venue de nous appeler avant cet instant.

— *Une demi-heure ?* cria Hammond en se levant d'un bond. Helen, lâchez tout ! Je veux un observateur hors planète, de préférence d'ici quelques minutes !

Elle le regarda avec étonnement.

— A quoi vous attendez-vous ?

— Je n'en sais absolument rien !

Elle hésita.

— Les Surveillants...

— Quoi qu'on puisse faire ici, interrompit Hammond, je suis capable de le faire seul. Je n'ai besoin de personne pour ça. Les écrans de défense du côté nord vont cesser de fonctionner pendant exactement quarante secondes. Dépêchez-vous !

Il éteignit l'écran, glissa une main sous son bureau et pressa un bouton.

Dans le bureau principal, Helen Wendell regarda un instant l'écran éteint. Puis elle bondit, courut vers la grande porte, l'ouvrit et se glissa dans le couloir. La porte se referma derrière elle.

Quelques instants plus tard, John Hammond entra dans la chambre, derrière son bureau, où Vincent Strather était couché, entouré d'un écran piège. Hammond marcha jusqu'au mur, tourna les commandes et abaissa de moitié l'énergie.

L'écran s'estompa dans une sorte d'invisibilité brumeuse et pendant quelques secondes il contempla la forme inerte sur le lit. Il demanda à haute voix :

— Il n'y a pas eu de nouveaux changements internes ?

— Pas depuis deux heures, répondit la voix de l'appareil médical fixé au mur.

— Cette forme est viable ?

— Oui.

— Il se réveillerait si je coupais l'écran ?

— Oui. Immédiatement.

Hammond garda le silence un moment.

— Vous avez calculé les effets d'une quatrième injection de sérum ? demanda-t-il enfin.

— Oui, répondit la machine.

— Quels sont-ils, en général ?

— En général, dit l'appareil, il y a des changements prononcés, à une allure très accélérée. La tendance évolutive demeurerait la même mais serait beaucoup plus avancée. La forme résultante se stabiliserait en vingt minutes. Elle serait viable, elle aussi.

Hammond actionna les commandes de l'écran-piège pour lui rendre sa pleine force. L'écran s'assombrit et devint dense, opaque.

Il était encore trop tôt pour décider d'administrer la quatrième piqûre. Peut-être, miséricordieusement, pourrait-on l'éviter.

34

A 10 heures et demie, le signal longue distance résonna de l'écran téléphonique. Hammond se détourna de la boîte de contrôle portative sur son bureau tout en pressant le bouton de réponse et celui qui lui permettait de rester invisible au cas où l'appareil de son correspondant aurait un écran.

— Je vous écoute, dit-il.

L'écran resta obscur mais quelqu'un poussa un soupir de soulagement.

— *Mr Hammond!*

La voix était faible, chevrotante, mais c'était indiscutablement celle du Dr Gloge.

Deux déclics secs montèrent des instruments posés sur le bureau, un signal d'Helen Wendell, dans le vaisseau d'observation au large de la Terre, indiquant qu'elle enregistrait la conversation.

— Où êtes-vous, docteur ?

— Mr Hammond... une chose terrible... cette créature... Barbara Ellington...

— Elle vous a emmené hors du jet, je sais, dit Hammond. Où êtes-vous maintenant ?

— Chez moi, en Pennsylvanie.

— Elle y est venue avec vous ?

— Oui. Je ne pouvais rien y faire.

— Non, bien sûr. Elle est partie, à présent ?

— Je ne sais pas où elle est. J'ai pris le risque de téléphoner. Mr Hammond, il y avait quelque chose que je ne savais pas, que j'avais oublié. Mais elle le savait, elle ! Je...

— Vous avez du sérum Omega dans le laboratoire ? demanda Hammond.

— Je ne l'envisageais pas comme ça, répondit Gloge. C'était une variante d'une précédente expérience, contenant des impuretés provoquant une réaction erratique dangereuse. J'avais l'impression d'avoir détruit tout le stock. Mais cet être savait bien que non ! Elle m'a amené ici, m'a forcé à lui donner ce qui restait du sérum. C'est une petite quantité...

— Mais suffisante pour une quatrième injection normale de la série ?

— Oui, oui, il y en a assez pour une quatrième injection.

— Et elle s'est fait la piqûre ?

Le Dr Gloge hésita un instant.

— Oui. Cependant, on peut espérer qu'au lieu de provoquer le processus d'évolution de ce que je considère à présent comme une créature monstrueuse à son prochain stade, le sérum imparfait aura pour résultat sa prompte destruction.

— Peut-être... Mais pour ainsi dire depuis le premier instant où vous avez lancé Barbara Ellington dans cette évolution, elle semble avoir conscience de ce qui est possible pour elle. Je ne puis croire qu'elle fasse une erreur à présent.

— Je... Mr Hammond, je me rends compte de l'énormité de ce que j'ai fait. Si, de quelque façon que ce soit, je puis aider à éviter les pires conséquences, je coopérerai au maximum. Je...

Un brusque déclic et la communication fut coupée. Après un silence, la voix d'Helen Wendell chuchota à l'oreille de Hammond :

— Pensez-vous que Barbara l'a laissé téléphoner, et puis a coupé ?
— Naturellement.
Helen ne fit aucune réflexion, elle attendit, et bientôt Hammond poursuivit, à mi-voix :
— Je crois qu'elle veut que nous sachions qu'elle va venir ici.
— Je crois qu'elle est déjà là, dit Helen. Au revoir.

35

John Hammond regarda la boîte de contrôle sur son bureau et vit frémir les aiguilles. Il constata aussi une réaction tout à fait inattendue. La présence d'une non-énergie qui annulait d'énergie.

— Helen, dit-il, cette femme est montée quelque part hors de notre portée! Ce que vous voyez, c'est de l'énergie essayant de se maintenir contre de l'anti-énergie. J'ai suivi des cours sur ce phénomène, mais je ne l'avais encore jamais vu dans une situation réelle.

Helen Wendell, les yeux fixés sur un écran de contrôle identique dans le vaisseau d'observation, ne répondit pas. Un orage électrique mouvant fulgurait les indicateurs de l'écran de contrôle; il révélait que les forces défensives entourant le bureau et l'appartement de Hammond étaient soumises à des assauts qui variaient rapidement... et bientôt elles furent mises à rude épreuve, presque à la limite.

Cela dura plus d'une minute, tous les cadrans indiquant des relevés incroyablement hauts, les aiguilles frémissantes presque immmobiles.

« John Hammond! » murmura à Hammond la surface du bureau.

Il eut un sursaut, un mouvement de recul et baissa les yeux.

« John Hammond ! » chuchota le fauteuil côté de lui.
« John Hammond ! », « John Hammond ! », « John Hammond ! »...
Son nom lui parvenait de tous les coins de la pièce, volait autour de lui, l'enveloppait. Du fait de sa position supérieure de surveillance, Hammond connaissait le schéma et le danger. On ne l'avait jamais jugé probable mais néanmoins *ils* avaient tenu compte de cette possibilité, et Hammond avait donc un recours pour parer à ce cas d'urgence.

Il chercha précipitamment sur son bureau un instrument qu'il avait posé parmi les autres. Pendant une seconde ou deux, il fut incapable de le reconnaître et une panique glacée le saisit. Et puis il s'aperçut qu'il l'avait déjà dans la main. Il repoussa du pouce un bouton sur le côté, le fit monter dans une glissière et le verrouilla, puis il reposa l'instrument sur le bureau.

Un grincement en émanait. Pas seulement un son mais une vibration, un violent frémissement des nerfs. Les fantômes de voix s'étouffèrent, quittèrent la pièce. La lointaine petite voix d'Helen Wendell vrilla le tympan de Hammond.

— L'écran de contrôle ! Elle s'en va !

Simple espoir...

— Vous en êtes certaine ?

— Pas vraiment, et la voix d'Helen ranima sa panique. Que montre votre écran ?

— Un brouillard subjectif, pour le moment. Il s'éclaircit.

— Que s'est-il passé ?

— Je crois qu'elle a tâtonné au-dessus de nous et elle s'est imaginée qu'elle pouvait nous piétiner et nous vaincre aisément. Alors elle doit avoir éprouvé la plus grande surprise de sa brève existence de sur-femme sous-galactique. Elle ne se doutait pas que nous représentons les Grands.

— Est-elle touchée ?

— Oh, je ne pense pas. Elle a trop appris. Mais... les détails plus tard.

Hammond cligna des yeux sur l'écran de contrôle, pivota dans son fauteuil et ouvrit la porte de la chambre voisine.

— Administrez l'injection finale au sujet! cria-t-il. Bien reçu? Répondez!

— La quatrième et dernière injection de la série de Stimulation Omega sera administrée au sujet, répliqua l'appareil.

— Immédiatement!

— Immédiatement.

Hammond entendit de nouveau la voix d'Helen alors qu'il se retournait vers son bureau après avoir fermé la porte.

— Par moments, les anti-énergies se maintenaient au point quatre-vingt-seize de surcharge. A quatre points de la limite théorique. Est-ce qu'elle vous a pris dans l'équilibre d'énergie?

— Il s'en est fallu de peu, répondit Hammond. Une très haute énergie, un truc pseudo-hypno qui n'a pas tout à fait marché. Et elle reviendra. J'ai encore en ma possession quelque chose qu'elle veut!

Sur son bureau, l'écran téléphonique se brouilla. Quand il l'alluma, la voix du Dr Gloge lui parvint.

— Nous avons été coupés, Mr Hammond, dit le biologiste sur un ton posé, mesuré.

— Que s'est-il passé? demanda Hammond avec méfiance.

— Mr Hammond, j'ai finalement analysé ce qu'est en réalité l'évolution. L'univers est un spectre. Il a besoin d'énergies en mouvement à tous les niveaux. C'est pourquoi ceux des niveaux les plus élevés ne se mêlent pas directement des activités individuelles aux niveaux inférieurs. Mais c'est aussi pourquoi ils s'inquiètent quand une race atteint le degré où elle peut commencer à manipuler des forces importantes.

— Barbara, dit posément Hammond, si le but de cet appel est de découvrir si je vais vous laisser entrer, la réponse est oui.

Un silence, un déclic. Puis un léger frémissement momentané d'un des indicateurs de l'écran de contrôle. Et puis, dans un autre coin, un autre.

— Que se passe-t-il ? demanda Helen avec inquiétude.

— Elle franchit les écrans, avec ma permission.

— Croyez-vous que ce soit une ruse ?

— Dans un sens. Pour une raison que j'ignore, elle n'a pas voulu atteindre ce point théorique final d'un million d'années sur l'échelle d'évolution de Gloge. Ça pourrait venir un peu plus tard.

— Et, croyant cela, vous allez vraiment la laisser entrer ?

— Naturellement.

Helen ne répondit pas.

Une minute s'écoula en silence. Hammond changea de positon, pour se placer face à la porte, s'écarta de quelques pas de la boîte de contrôle et du bureau et attendit.

Un petit voyant rouge s'alluma dans un coin de l'écran de contrôle. Quelque chose venait d'entrer dans le bureau principal.

Le lourd silence persista encore quelques secondes. Puis, sur le plancher dur au fond du couloir, Hammond entendit des pas.

Il n'aurait su dire ce qu'il s'attendait à voir... mais certainement pas un son aussi ordinaire que le claquement vif de talons hauts sur un parquet !

Elle apparut sur le seuil, s'arrêta et le regarda. Hammond ne dit rien. Toutes les apparences indiquaient que c'était la même Barbara Ellington qu'il avait vue assise dans le fauteuil du bureau du Dr Gloge la veille au soir. Rien n'avait changé, ni dans son expression ni dans sa tenue ; jusqu'au sac de cuir marron qu'elle avait à la main qui semblait être le même. A part l'air de vitalité radieuse, l'aisance de l'attitude, la vive intelligence du regard, c'était bien la fille gauche et timide qui avait travaillé dans le bureau pendant une quinzaine de jours.

Par conséquent, pensa Hammond, c'était un fantôme ! Pas une illusion : il était maintenant protégé contre toute tentative de manipulaton de son esprit par des barrières qui ne se briseraient que s'il mourait. La silhouette debout devant lui était réelle. Les instruments l'indiquaient. Mais c'était une forme créée pour cette rencontre, pas celle de Barbara Ellington telle qu'elle était en cet instant.

Il ne savait pas très bien pourquoi elle l'avait prise. Peut-être cette forme était-elle destinée à endormir sa méfiance.

Elle entra dans la pièce, en souriant légèrement, et regarda autour d'elle. Hammond comprit alors qu'il ne s'était pas trompé. Quelque chose était entré avec elle... quelque chose d'oppressant, qui donnait la chair de poule, une sensation de puissance.

Les yeux bleus curieusement brillants se tournèrent vers lui, le sourire s'accentua.

— Je vais devoir effectuer un test pour savoir pourquoi vous êtes encore là, dit-elle nonchalamment. Alors défendez-vous !

Il n'y eut aucun bruit mais un nuage de lumière blanche s'éleva entre eux, les enveloppa ; se dissipa, s'illumina silencieusement, s'éteignit encore. Tous deux étaient immobiles, tous deux s'observaient. Rien dans le bureau n'avait changé.

— Excellent ! dit-elle. Le mystère que vous recélez commence à se révéler. Je connais maintenant la qualité de votre race, John Hammond. Votre science à vous ne pourrait jamais contrôler les ordres d'énergie qui vous protègent ici mentalement et physiquement !

« Il devrait donc y avoir d'autres indications selon

lesquelles, en cas d'extrême nécessité, vous auriez l'autorisation d'employer des instruments créés par des êtres plus grands que vous, des instruments que vous ne comprenez pas vous-même. Et où trouverait-on ces instruments, en ce moment ?... Là, je crois ! »

Elle se tourna vers la porte de la chambre voisine, fit trois pas et s'arrêta. Une brume rose et scintillante venait d'apparaître devant la porte, sur le mur et le plancher avoisinant.

— Oui, dit-elle. Cela provient de la même source ! Et ici...

Elle se retourna, s'approcha vivement de la boîte de contrôle sur le bureau, s'arrêta de nouveau. Une brume rose enveloppait la boîte.

— Les trois points que vous devez juger vitaux, ici ! murmura-t-elle en hochant la tête. Vous-même, l'être dans la pièce voisine, et les contrôles de ce service. Vous devez les sauvegarder, au prix de la révélation d'un secret qu'en d'autres circonstances vous ne voudriez jamais révéler. Maintenant, je crois qu'il est temps pour nous d'échanger des informatons.

Elle revint vers Hammond.

— J'ai soudain découvert, John Hammond, que votre espèce n'est pas native de la Terre. Vous êtes supérieur à l'humanité terrestre, mais pas assez pour expliquer pourquoi vous êtes ici. Vous avez une organisation sur cette planète. Mais c'est une curieuse organisation. Elle ne paraît pas destinée à conquérir ni à exploiter... Mais laissons cela. N'essayez pas de l'expliquer. Ça n'a aucune importance. Vous devez relâcher l'homme humain qui devait recevoir la série d'injections avec moi. Vous et les autres membres de votre race cantonnés ici quitterez ensuite promptement cette planète. Nous n'avons plus besoin de vous !

Hammond secoua la tête.

— Nous serons peut-être forcés de la quitter, répliqua-t-il, mais cela ferait de la Terre un lieu de danger actif. Les Grands Galactiques que je représente ont des races domestiques qui accomplissent pour eux des missions militaires. Il ne serait pas avantageux pour vous qu'une telle race occupe la Terre ou la mette en quarantaine pour faire en sorte que la race en germination ici continue de recevoir la surveillance nécessaire.

— John Hammond, dit la forme féminine, que les Grands Galactiques envoient des serviteurs militaires sur la Terre ou viennent eux-mêmes ne me concerne en rien. Ils seraient très imprudents de faire l'un ou l'autre. D'ici quelques heures, le sérum Omega sera disponible en quantité illimitée. D'ici quelques jours, chaque homme, femme et enfant de la Terre sera passé par toute la séquence d'évolution. Croyez-vous que la nouvelle humanité terrestre pourrait encore être surveillée et gouvernée par une autre race?

— Jamais plus le sérum Omega ne sera utilisé, déclara Hammond. Je vais vous montrer pourquoi...

Il se retourna, s'approcha de la boîte de contrôle sur son bureau. La brume rose se dissipa, puis se reforma derrière lui. Il abaissa une manette et la brume disparut. Il se détourna des commandes.

— Les champs d'énergie qui vous ont interdit d'entrer dans cette chambre ont été coupés. Dans un moment, la porte va s'ouvrir. Alors voyez vous-même... les barrières sont abaissées.

A part le bleu étincelant de ses yeux, sa figure était un masque glacé. Hammond pensa qu'elle devait déjà savoir ce qu'il y avait à côté. Mais elle se retourna, marcha vers la porte ouverte, regarda dans la chambre. Hammond contourna le bureau, pour regarder aussi...

Le piège d'énergie entourant le lit avait disparu. La chose sombre qui y était couchée se redressait. Elle secoua la tête d'un air égaré, roula sur elle-même et se mit à quatre pattes.

Les immenses yeux, d'un noir terne, les regardèrent tous deux ; puis la chose se releva, de toute sa hauteur...

Une hauteur de cinquante-cinq centimètres !

Elle vacilla sur le matelas, petite créature velue avec une tête de gnome aux yeux et à la bouche énormes.

Les paupières battirent, avec un vague étonnement. La bouche s'ouvrit. Un faible cri bêlant en sortit :

— Bar-ba-ra !

36

La fille tourna les talons, s'éloigna. Elle ne jeta pas un dernier regard à la grotesque petite créature. Mais un léger sourire frémit sur ses lèvres quand elle contempla Hammond.

— Très bien, dit-elle. Voilà qui rompt mon dernier lien avec la Terre. Je crois ce que vous avez dit. Je suppose que le sérum Oméga est un développement unique et qu'il n'est pas apparu ailleurs dans la galaxie.

Elle désigna de la tête la chambre voisine.

— Alors vous pouvez peut-être me dire ce qui n'a pas marché?

Hammond lui expliqua la double théorie de Gloge: à ce stade de l'évolution de l'homme, de nombreuses possibilités de développement demeuraient, et apparemment le sérum stimulait une de ces possibilités et par la suite était contraint par la loi de la nature de suivre cette courbe d'évolution. Tout en parlant, il l'observait attentivement et pensait: « Ce problème n'est pas résolu. Comment allons-nous nous débarrasser d'*elle?* » Et l'autre question: « Mon intuition, sur le rôle qu'elle doit jouer, est-elle bonne? »

Il sentait une force presque incroyable, une force réelle et palpable émaner d'elle comme un puissant courant.

— Les Grands Galactiques, reprit-il, en plantant leur

graine sur une nouvelle planète ne sont jamais intervenus dans les caractéristiques fondamentales des diverses races qui y vivent. Ils injectent des groupes sélectionnés de leurs propres gènes en les greffant sur des milliers d'hommes et de femmes de chaque continent. De génération en génération, ces groupes se mêlent au hasard à ceux des natifs de la planète. Apparemment, le sérum Oméga stimule une de ces mixtures et la pousse jusqu'au bout de l'évolution dont elle est capable, ce qui, par suite du facteur de singularité, aboutit généralement à une impasse.

— Le facteur de singularité ?

— Les hommes, expliqua Hammond, naissent d'une union de l'homme et de la femme. Aucune personne ne porte plus d'une portion de gènes d'humanité. Le temps passant, l'interaction et l'interrelation de tous les gènes se produit ; la race progresse parce que des milliards de mélanges de différents groupes ont lieu.

Chez Vince, un de ces groupes avait été animé, éperonné vers son développement ultime par la Stimulation Omega répétée, mais de toute évidence ce groupe avait des possibilités extrêmement limitées, comme ce serait toujours le cas quand une seule personne était en quelque sorte accouplée à elle-même. C'était le facteur de singularité.

Et c'était ce qui était arrivé à Vince et à elle. Ils étaient les produits de la plus fantastique consanguinité jamais tentée, la vie se reproduisant en eux par un seul individu, une sorte d'inceste poussé jusqu'à quelque ultime stérilité, fantastique, intéressant, monstrueux.

— Vous vous trompez, dit doucement la forme-femme. Je ne suis pas un monstre. Ainsi donc ce qui s'est passé ici est encore plus invraisemblable que je ne l'avais imaginé. En moi, c'est le groupe de gènes galactiques qui a été stimulé. Maintenant, je comprends ce que j'ai touché dans l'espace. L'un d'eux. Et il m'a laissé le toucher. Il a compris instantanément... Une dernière question, John Hammond. Omega est un terme insolite. Qu'est-ce que ça veut dire ?

— Quand l'homme devient un avec l'ultime, c'est le Point Omega.

Hammond eut l'impression, alors qu'il finissait de parler, qu'elle devenait lointaine, qu'elle se retirait de sa présence. Ou bien était-ce lui qui s'éloignait ? Non pas d'elle mais de tout, qui planait non pas dans un sens spatial mais, d'une curieuse façon, s'éloignait de la réalité de l'univers tout entier. La brève idée lui vint que ce devait être une expérience risquée et troublante. Et puis cette pensée même fut oubliée.

— Il se passe quelque chose, lui dit-elle. Dans ia petite créature derrière la porte, le processus d'évolution Omega est achevé, à sa façon. En moi, il ne l'est pas. Son achèvement dépend de quelqu'un d'autre. Cet être que j'ai...

Soudain, elle s'anima.

— Mr Hammond, ce que vous dites de l'être né de l'homme et de la femme a une autre signification, plus vaste. Quand l'homme et la femme qui se complètent deviennent un, ils réalisent simultanément la finale expansion de l'être, pleine et entière. C'est l'achèvement réel.

Toute son attitude changea. Elle leva les yeux, comme si elle voyait quelque chose.

— William Leigh ! cria-t-elle d'une voix stridente. Avez-vous un dernier message pour John Hammond ?

Un silence. Elle hocha la tête. Puis elle dit à Hammond :

— Souhaitez-nous du bonheur... ensemble.

— Avez-vous besoin de moi... pour *ça ?*

— Il y a une dernière barrière. Votre émotion. Votre trouble.

Hammond poussa un profond soupir.

— Barbara, dit-il, à vous et à William Leigh je souhaite... un mariage parfait.

Il n'était nulle part et il n'était rien. De nouvelles impressions de mots, de nouvelles impressions de pensée lui venaient soudain et ruisselaient en lui comme une pluie fine.

Les impressions prirent forme. Il était plus tard, dans le temps. Il semblait être debout dans la petite chambre à côté de son bureau, contemplant le jeune homme roux dégingandé assis sur le bord du lit, l'air groggy, qui se tenait la tête.

— Ça va mieux, Vince ? demanda Hammond.

Vincent Strather le regarda en hésitant, passa sa main sur une déchirure de sa manche.

— Probable, Mr Hammond, marmonna-t-il. Je... Qu'est-ce qui s'est passé ?

— Ce soir vous êtes allé faire une promenade en voiture avec une fille nommée Barbara Ellington, répondit Hammond. Vous aviez beaucoup bu. Elle conduisait... elle roulait trop vite. La voiture a fait une embardée, quitté l'autoroute, plongé dans un ravin et fait plusieurs tonneaux. Des témoins vous ont retiré de l'épave quelques minutes avant que le réservoir explose et qu'elle s'enflamme. La fille était morte. Ils n'ont pas cherché à dégager son corps. Quand la police m'a appris l'accident, je vous ai fait transporter ici à Recherche Alpha.

Alors qu'il parlait, il avait l'ahurissante impression que tout ce qu'il disait était vrai. L'accident avait bien eu lieu dans la soirée, exactement comme il le racontait.

— Eh bien... fit Vince.

Il s'interrompit, soupira, puis il secoua la tête et murmura :

— Barbara était une drôle de fille. Cinglée ! Je l'aimais bien, dans le temps, je l'aimais, quoi. Mais dernièrement, j'ai essayé de rompre, Mr Hammond.

Hammond eut le sentiment qu'il s'était passé beaucoup plus de choses. Machinalement, il se retourna vers la porte ouverte en entendant le téléphone rivé de son bureau.

— Excusez-moi, dit-il.

Quand il décrocha l'appareil, la figure d'Helen Wendell apparut sur l'écran téléphonique. Elle lui sourit.

— Comment va Strather ?

Hammond ne répondit pas tout de suite. Il la contempla, sentit comme un frisson glacé, comme si ses cheveux se hérissaient sur sa tête. Helen était assise à son bureau habituel. Elle n'était pas dans un vaisseau spatial en orbite au-dessus de la planète.

Il s'entendit répondre :

— Il va bien. Le choc émotionnel est léger... Et vous ?

— La mort de Barbara me chagrine, avoua-t-elle. Mais pour le moment j'ai le Dr Gloge au téléphone. Il a très envie de vous parler.

— Bien. Passez-le-moi.

— Mr Hammond, dit Gloge un instant plus tard, je vous appelle au sujet du projet de Stimulation Point Omega. J'ai revu toutes mes notes et mes conclusions de ces expériences, et je suis convaincu qu'une fois que vous aurez compris les dangers extraordinaires qui pourraient résulter de la divulgation de ces expériences, vous reconnaîtrez que le projet doit être abandonné et toutes les archives qui le concernent immédiatement détruites.

Après avoir raccroché, Hammond resta un moment à son bureau.

Ainsi cette partie du problème avait été résolue ! Les dernières traces du sérum Omega seraient supprimées, effacées, et ne s'attarderaient plus que dans son propre esprit.

Et pour combien de temps ? Pas plus de deux ou trois heures, estima John Hammond. Les images du souvenir pâlissaient ; il avait l'impression que beaucoup d'entre elles avaient, déjà, disparu. Et ce qui restait frémissait curieusement, se brouillait... de fins lambeaux colorés agités par un vent qui n'allait pas tarder à les emporter.

Il ne le regrettait pas. Il avait vu un des Grands Galactiques, et ce n'était pas un bon souvenir pour un être inférieur.

D'un certain côté, c'était blessant d'être si peu de chose, si inférieur.

Il dut s'endormir. Car il se réveilla en sursaut. Il se sentit vaguement ahuri, pour une raison qu'il ne pouvait imaginer.

Helen entra, souriante.

— Vous ne pensez pas qu'il est temps de fermer boutique ? Vous recommencez à trop travailler, trop tard.

— Vous avez raison.

Hammond se leva et passa dans la chambre voisine, pour dire à Vincent Strather qu'il était libre de rentrer chez lui.

TOUTES LES VOIES DE CAPACITES OUVERTES.
Toutes les 143 perceptions au maximum.
REHABILITATION Q. I. 10 000
ACHEVEE.

ÉPILOGUE

Sur la lune de Jupiter, Europa...

Sur le bureau de l'Autorité Portuaire se trouve le rapport sur la maladie qui a frappé 193 personnes. Entre autres renseignements, le rapport déclare :

Il se révèle que ces gens étaient tous des individus qui au cours des quinze dernières années ont tiré bénéfice d'un certain personnage de Q.I. très bas, nommé Steve Hanardy. Comme presque personne ne l'ignore à Spaceport, Hanardy — qui présente de nombreux signes de retard mental — a été d'année en année et par sa propre connivence de simple d'esprit, volé de tous ses revenus du cargo spatial ECTON-66 (une classification de type) qu'il possède et utilise.

De cette façon, tant d'argent a été escroqué à Hanardy que d'abord l'un, puis l'autre, puis d'autres encore, nombreux, se sont établis à leur compte aux dépens de la victime. Et dès qu'une personne obtenait la sécurité financière, elle rejetait le bienfaiteur. Depuis plusieurs années, tandis que l'une après l'autre ces sangsues humaines passaient de la pauvreté à la richesse, Hanardy est lui-même demeuré au niveau le plus bas.

Les malades se remettent lentement, et la plupart sont dans un état d'esprit étonnamment jovial. Un homme m'a même dit qu'il avait rêvé qu'il remboursait une dette en tombant malade ; et dans son rêve il était immensément soulagé.

Le bruit court que Hanardy aurait épousé la fille du Pr Ungarn. Mais pour y croire il faudrait croire aussi que tout ce qui s'est passé n'a été que la toile de fond d'une histoire d'amour.

Je préfère ne pas tenir compte de la rumeur et dire simplement que l'on ne sait pas où Hanardy se trouve au juste en ce moment.

Fiction • Science

Jacques Sadoul présente une sélection des meilleurs auteurs du genre, déjà publiés ou inédits.

Demandez à votre libraire le catalogue semestriel gratuit.

ASIMOV Isaac
Les cavernes d'acier (404***)
Dans les cités souterraines du futur, le meurtrier reste semblable à lui-même.
Les robots (453***)
D'abord esclaves soumis des hommes, ils deviennent leurs maîtres.
Un défilé de robots (542**)
D'autres récits passionnants sur ce sujet inépuisable.

BARBET Pierre
L'empire du Baphomet (768*)
Le démon Baphomet des Templiers n'aurait-il été qu'une créature venue des étoiles ?

BLISH James
Semailles humaines (752**)
Des hommes adaptés aux conditions de vie extra-terrestre colonisent la Galaxie.

CHERRYH Carolyn J.
Hestia (1183**)
J'aime une non-humaine ; leur vie est en danger.

CLARKE Arthur C.
2001 - l'odyssée de l'espace (349**)
Le voyage fantastique aux confins du cosmos a suscité un film célèbre.
Les enfants d'Icare (799***)
L'arrivée d'êtres d'outre-espace signifie-t-elle la perte de la liberté ?

L'étoile (966***)
Une nouvelle anthologie des meilleures nouvelles d'Arthur C. Clarke.
Rendez-vous avec Rama (1047***)
Pour la première fois dans l'histoire de l'humanité, un vaisseau spatial étranger pénètre dans le système solaire.

CURVAL Philippe
Le ressac de l'espace (595**)
Des envahisseurs extra-terrestres surtout préoccupés de beauté et d'harmonie.
L'homme à rebours (1020***)
La réalité s'est dissoute autour de Giarre : sans le savoir, il a commencé un voyage analogique.

DELANY Samuel
Nova (760***)
Un space-opéra flamboyant qui plonge au cœur des étoiles en explosion.
Babel 17 (1127***)
Le langage peut-il être l'arme absolue ?

DEMUTH Michel
Les Galaxiales
(2 t. 693*** et 996***)
La première Histoire du Futur écrite par un auteur français.

DICK Philip K.
La vérité avant-dernière (910***)
Enterrés depuis quinze ans, ils attendent la fin de la guerre atomique.

Les machines à illusions (1067**)
Lorsqu'on débranche les machines, les illusions persistent...

DOUAY Dominique
L'échiquier de la création (708**)
Un jeu d'échecs cosmique où les pions sont humains.

ELLISON Harlan
Dangereuses visions
(2 t. 626*** et 627***)
L'anthologie qui a révolutionné en 1967 le monde de la science-fiction américaine.

HARNESS Charles
L'anneau de Ritornel (785***)
C'est dans l'Aire Nodale, au cœur de l'univers, que James Andrek trouvera son destin.

HARRISON Harry
Le monde de la mort (911**)
Pour un joueur professionnel, quoi de plus excitant que de jouer sa vie contre le sort d'une planète ?
Le monde de la mort - 2 Appsala (1150***)
Jason dinAlt tombe de Charybde en Scylla.

HENDERSON Zenna
Chronique du Peuple (1092****)
Les enfants veillent à ne pas léviter devant leur nouvelle maîtresse d'école.

HERBERT Frank
La ruche d'Hellstrom (1139****)
Ou l'enfer des hommes insectes.

KEYES Daniel
Des fleurs pour Algernon (427**)
Charlie est un simple d'esprit. Des savants vont le transformer en génie comme Algernon, la souris.

McDONALD John D.
Le bal du cosmos (1162**)
Traqué sur Terre, il se voit projeté dans un autre monde.

PELOT Pierre
Kid Jésus (1140***)
Il est toujours dangereux de prendre la tête d'une croisade.

SPIELBERG Steven
Rencontres du troisième type (947**)
Le premier contact avec des visiteurs venus des étoiles.

SPINRAD Norman
Jack Barron et l'éternité (856****)
Faut-il se vendre pour conquérir l'immortalité ?

STEINER Kurt
Le disque rayé (657*)
L'homme a perdu son passé et le présent est un cauchemar.
Aux armes d'Ortog (1173**)
Devenu chevalier-Naute, Ortog fait l'apprentissage de l'espace.

STURGEON Theodore
Cristal qui songe (369**)
Fuyant des parents indignes, Horty trouve refuge dans un cirque aux personnages fantastiques.
Les talents de Xanadu (829***)
Visitez Xanadu, le monde le plus parfait de la galaxie.

VAN VOGT A.E.
Le monde des Â (362***)
Gosseyn n'existe plus : il lui faut reconquérir jusqu'à son identité.
A la poursuite des Slans (381**)
Beaux, intelligents, supérieurs aux hommes, les Slans doivent se cacher.
Le colosse anarchique (1172***)
Pour jouer, il doit détruire la race humaine
Le Silkie (855**)
Un surhomme ou un démon électronique

WILSON Colin
Les vampires de l'espace (1151***)
Ils se nourrissent de l'énergie vitale des hommes.

Science Fantasy & Fantastique

*Mystères, secrets, rêves prodigieux, ici domine
l'imagination fantastique des auteurs les plus fabuleux.*

Demandez à votre libraire le catalogue semestriel gratuit.

BRACKETT Leigh
Le secret de Sinharat (734*)
Eric John découvrira-t-il le secret des immortels sur Mars ?

Le peuple du talisman (735*)
Pour vaincre les Barbares, Stark doit s'allier avec les anciens Dieux de Mars.

BAST Pierre
Les vampires de l'Alfama (924***)
La très belle Alexandra est-elle réellement un vampire âgé de plusieurs siècles ?

KING Stephen
Carrie (835***)
Ses pouvoirs supra-normaux lui font massacrer plus de 400 personnes.

LOTZ et GOURMELIN
Les innommables (967***)
Sur la vie quotidienne de l'homme préhistorique. Illustrations de Gourmelin.

LEVIN Ira
Un bébé pour Rosemary (342**)
A New York, Satan s'empare des âmes et des corps.

LOVECRAFT Howard P.
L'affaire Charles Dexter Ward (410**)
Échappé de Salem, le sorcier Joseph Curwen vint mourir à Providence en 1771. Mais est-il bien mort ?

Légendes du mythe de Cthulhu (1161****)
Une somme sur les cultes des Grands Anciens.

MOORE Catherine L.
Shambleau (415***)
Parmi les terribles légendes qui courent l'espace, l'une au moins est vraie: la Shambleau.

La nuit du jugement (700**)
Une jeune fille et une créature extra-terrestre se retrouvent sur un satellite aménagé en centre de plaisir.

TOLKIEN J.R.R.
Bilbo le hobbit (486**)
Les hobbits sont des créatures pacifiques, mais Bilbo sait se rendre invisible, ce qui le jette dans des combats terrifiants.

Le Silmarillion
(2 t. 1037*** et 1038***)
L'histoire légendaire des Silmarils, les joyaux qui rendent fou.

VANCE Jack
Cugel l'astucieux (707**)
Il lui faudra toute son astuce pour vaincre les enchantements du magicien rieur.

Un monde magique (836**)
Sur la Terre moribonde la science a dû laisser la place à la magie.

Cinéma

et télévision

Des dizaines de romans J'ai Lu ont fait l'objet d'adaptations pour le cinéma ou la télévision. Vous y retrouverez vos héros, vos amis, vos rêves...

Demandez à votre libraire le catalogue semestriel gratuit.

ARSENIEV Vladimir
Dersou Ouzala (928****)
Un nouvel art de vivre à travers la steppe sibérienne.

BARCLAY et ZEFFIRELLI
Jésus de Nazareth (1002***)
Récit fidèle de la vie et de la passion du Christ, avec les photos du film.

BENCHLEY Peter
Dans les grands fonds (833***)
Pourquoi veut-on empêcher David et Gail de visiter une épave sombrée en 1943 ?

BLATTY William Peter
L'exorciste (630****)
A Washington, de nos jours, une petite fille vit sous l'emprise du démon.

BLIER Bertrand
Les valseuses (543****)
Plutôt crever que se passer de filles et de bagnoles.

BURON Nicole de
Vas-y maman (1031**)
Après quinze ans d'une vie transparente aux côtés de son mari et de ses enfants, elle décide de se mettre à vivre.

CAIDIN Martin
Nimitz, retour vers l'enfer (1128***)
Le super porte-avions Nimitz glisse dans une faille du temps. De 1980, il se retrouve à la veille de Pearl Harbor.

CLARKE Arthur C.
2001 - l'odyssée de l'espace (349**)
Ce voyage fantastique aux confins du cosmos a suscité un film célèbre.

CONCHON, NOLI, et CHANEL
La Banquière (1154***)
Devenue vedette de la Finance, le Pouvoir et l'Argent vont chercher à l'abattre.

CORMAN Avery
Kramer contre Kramer (1044***)
Abandonné par sa femme, un homme reste seul avec son tout petit garçon.

COYNE John
Psychose phase 3 (1070**)
... ou le récit d'une terrible malédiction.

CUSSLER Clive
Renflouez le Titanic ! (892****)
... pour retrouver le minerai stratégique enfermé dans ses flancs.

FOSTER Alan Dean
Alien (1115 ***)
Avec la créature de l'Extérieur, c'est la mort qui pénètre dans l'astronef.
Le trou noir (1129 ***)
Un maelström d'énergie les entraînait au delà de l'univers connu.

GOLON Anne et Serge
Angélique, marquise des Anges
Son mari condamné au bûcher, Angélique devient la marquise des Anges à la Cour des Miracles. Puis elle retrouve grâce auprès de Louis XIV et dispute son amour à Mme de Montespan. Bien d'autres aventures attendent encore Angélique...

GUEST Judith
Des gens comme les autres (909 ***)
Après un suicide manqué, un adolescent redécouvre ses parents.

HALEY Alex
Racines (2 t. 968 **** et 969 ****)
Le triomphe mondial de la littérature et de la TV fait revivre le drame des esclaves noirs en Amérique.

HAWKESWORTH J.
Maîtres et valets (717 **)
Le célèbre feuilleton de TV évoque la société aristocratique anglaise du début du siècle.

KING Stephen
Carrie (835 ***)
Ses pouvoirs supra-normaux lui font massacrer plus de 400 personnes.

LARSON et THURSTON
Galactica (1083 ***)
L'astro-forteresse Galactica reste le dernier espoir de l'humanité décimée.

LEVIN Ira
Un bébé pour Rosemary (342 **)
A New York, Satan s'empare des âmes et des corps

Ces garçons qui venaient du Brésil (906 ***)
Sur l'ordre du Dr Mengele, six tueurs nazis partent en mission.

LUND Doris
Eric (Printemps perdu) (759 ***)
Pendant quatre ans, le jeune Eric défie la terrible maladie qui va le tuer.

MALPASS Eric
Le matin est servi (340 **)
Le talent destructeur d'un adorable bambin de sept ans.
Au clair de la lune, mon ami Gaylord (380 ***)
L'univers de Gaylord est troublé par l'apparition de trois étranges cousins.

RODDENBERRY Gene
Star Trek (1071 **)
Un vaisseau terrien seul face à l'envahisseur venu des étoiles.

RUBENS Bernice
Chère inconnue (1158 **)
Une correspondance amoureuse peut déboucher sur la tragédie.

SAGAN Françoise
Le sang doré des Borgia (1096 **)
Une tragédie historique où se mêlent l'amour, l'argent et le poison.

SAUTET Claude
Un mauvais fils (1147 ***)
Emouvante quête d'amour pour un jeune drogué repenti.

SPIELBERG Steven
Rencontres du troisième type (947 **)
Le premier contact avec des visiteurs venus des étoiles.

TROYAT Henri
La neige en deuil (10 *)
Une tragédie dans le cadre grandiose des Alpes.

Editions J'ai Lu, 31, rue de Tournon, 75006 Paris

diffusion
France et étranger : Flammarion, Paris
Suisse : Office du Livre, Fribourg
diffusion exclusive
Canada : Flammarion Ltée, Montréal

Achevé d'imprimer sur les presses de l'imprimerie Brodard et Taupin
7, Bd Romain-Rolland, Montrouge. Usine de La Flèche,
le 15 février 1982
6754-5 Dépôt Légal février 1982. ISBN : 2 - 277 - 11813 - 3
Imprimé en France